Der Roman spielt hauptsächlich in bekannten Regionen, doch bleiben die Geschehnisse reine Fiktion. Sämtliche Handlungen und Charaktere sind frei erfunden.

MIX
Papier aus verantwortungsvollen Quellen
FSC® C104608
www.fsc.org

Bibliografische Information der Deutschen Nationalbibliothek
Die Deutsche Nationalbibliothek verzeichnet diese Publikation in der Deutschen Nationalbibliografie; detaillierte bibliografische Daten sind im Internet abrufbar über http://dnb.ddb.de

2. Auflage, 2020

www.niemeyer-buch.de

Umschlaggestaltung: C. Riethmüller
Der Umschlag verwendet Motiv(e) von 123rf.com
Druck und Bindung: Nørhaven, Viborg
Printed in Denmark
ISBN 978-3-8271-9506-7

Carsten Schütte

Der Pelikan

Ein Profiler-Thriller

CW Niemeyer

Für Mia

Prolog

Nele und Rouven hätten sich ihren Hochzeitstag nicht besser vorstellen können. Für einen sonnigen, aber knackig kalten Tag Mitte Dezember war es mit zwei Grad Celsius ideal temperiert, und die standesamtliche Trauung im neuen Rathaus war wunderschön.

Ihr Fotograf Thorsten Büthe hatte mit ihnen und den Gästen nicht nur wunderschöne, sondern auch total witzige Fotos in der Rathaushalle geschossen.

Anschließend hatte sich das Brautpaar in dem schneeweißen Tesla von Galaxy bis ins Pelikanviertel vor das Sheraton Hotel chauffieren lassen. Sie waren von dem stylishen Model X und insbesondere von dem Platzangebot sowie den großen Flügeltüren begeistert. Für den Ein- und Ausstieg mit dem cremefarbenen Brautkleid und der langen Schleppe war es ideal.

Das Sheraton Hannover Pelikan Hotel mit der gegenüberliegenden Harry's New York Bar ist in die stilvoll renovierten Fabrikationshallen der ehemaligen Pelikanwerke integriert. Seit 1906 wurden hier Tinten und Farben hergestellt, und 1929 feierte man die Geburtsstunde des ersten Pelikanfüllers, dem auch heute noch Inbegriff edelster Schreibgeräte. Im Jahre 1993 wurden die Fabrikationshallen und Verwaltungsgebäude in das Pelikanviertel umgewandelt, in dem sich neben der Hotelanlage Eigentumswohnungen, Geschäftsräume und eine vielseitige Gastronomie ansiedelten.

Der Pelikan ist nicht nur unverkennbares Markenzeichen der Pelikan Holding, sondern auch heute dieses modern-historischen Viertels.

Nach der Begrüßung durch die Direktionsassistentin Kira Sievert konnten sich die Jungvermählten in der Hochzeitssuite frisch machen, um anschließend die Party in Harry's New York Bar mit ihren 60 Gästen zu genießen.

Ihr Chauffeur Benny parkte den Tesla und begab sich in die Bar, um sein DJ-Pult startklar zu machen. Benny war nämlich zugleich DJ des Abends und Geschäftsführer von Galaxy, einer trendigen Veranstaltungsagentur in Hannover, mit der auch der Fotograf Thorsten Büthe kooperierte.

Während die Gäste eintrafen und sich mit ihren Geschenken samt einem farbenfrohen Begrüßungsgetränk in der Bar versammelten, empfingen sie das eintreffende Brautpaar mit einem Riesenbeifall.

Nach der Willkommensrede und einem leckeren Essen moderierte Benny den Eröffnungstanz an, und die Bar bebte.

In einer Tanzpause lud der Bräutigam Rouven seine Jungs an die Bar zu einem spontanen Whisky-Tasting ein.

Nele ging mit ihrer Trauzeugin Anne vor die Tür, eine Zigarette rauchen, als sie von einem Gast angesprochen wurden, den weder Nele noch Anne kannten. Er trug einen dunklen Anzug mit einer modernen Fliege und sah mit seiner Perücke, dem angeklebten Vollbart und der Spiegelsonnenbrille eher aus wie Atze Schröder. „Entschuldigung, wir kennen uns noch nicht. Ich bin Niklas, ein neuer Kollege des Bräutigams", stellte er sich vor.

Die Braut war zurückhaltend, aber offen. „Hey, Niklas, ich bin Nele, und das ist meine Trauzeugin Anne. Rouven hat noch nie von dir erzählt, auch auf der Gästeliste kann ich mich nicht an dich erinnern", dabei blickte sie skeptisch sein Outfit an.

„Stimmt. Ich bin relativ neu, und wir kennen uns auch noch nicht so gut. Ich stehe zwar nicht auf der Gästeliste, wir haben aber eine kleine Aufführung geplant und brauchen euch beide. Anne, kannst du den Bräutigam auf die Tanzfläche bitten? Wir benötigen noch circa zehn Minuten und kommen dann gleich mit Nele zusammen rein", erklärte Niklas und kündigte euphorisch an: „Das wird der Brüller!" Anne nickte und ließ die beiden allein.

„Nele, kommst du kurz mit? Ich habe noch eine kleine Verkleidung für dich im Auto und dann geht's los", forderte Niklas die Braut auf, ihm zu folgen. Er ging um die Ecke auf einen weißen Transporter zu, öffnete die beiden Türflügel und ließ sie einsteigen.

Nachdem Niklas das Licht auf der Ladefläche eingeschaltet hatte, konnte Nele einen langen Kleiderständer ausmachen, auf dem mehrere Jacken und Overalls hingen. Niklas schloss die Türen des Laderaumes. „Soll ich mich jetzt vor dir als Hermes-Bote verkleiden oder was?", fragte die Braut fast genervt. Plötzlich brach Nele zuckend zusammen. Die Antwort von Niklas nahm sie nicht mehr wahr. „Donnerwetter, der hat aber Power", stellte der vermeintliche Kollege mit Blick auf den Elektroschocker bewundernd fest, dessen Leistung deutlich über den eigentlich genormten Stromwerten lag.

Im Lieferwagen hatte alles seinen Platz. Niklas ergriff vorbereitete Kabelbinder und fesselte die Braut an Händen und Füßen. Mit einem weiteren Kabelbinder fixierte er einen großen Haushaltsschwamm als Knebel im Mund des Opfers. Niklas öffnete eine Metallkiste am Kopfende des Laderaumes und legte die zierliche Braut auf die dicken Schaumstoffpolster, mit denen der Blechbehälter rundum schalldämmend ausgelegt war. Er verschloss den Deckel mit einem Vorhängeschloss samt Zahlencode und deckte den Kasten mit Malerflies ab. Dieser Ablauf wirkte erschreckend routiniert.

Niklas bestieg den Fahrersitz über einen Durchgang des Laderaumes und fuhr ruhig über die Pelikanstraße und viele kleine Seitenstraßen bis zum Sahlkamp. Dann ließ er das Stadtgebiet hinter sich.

Kapitel 1
Die Überraschung

Anne unterbrach das Whisky-Tasting an der Bar und bat Rouven auf die Tanzfläche. Seine Kollegen waren nicht gerade begeistert und machten Anne an: „Kann das nicht noch zehn Minuten warten?"

Anne reagierte schroff: „Dann stimmt euch gefälligst ab, wenn ihr so blöde Ideen habt. Niklas hat mich gebeten, das für eure Kollegen zu arrangieren." Sie blickte in ratlose Gesichter.

„Welche Kollegen, welcher Niklas?", hakte der Chef von Rouven nach.

„Na, Niklas, euer neuer Kollege. Er sagte, ihr wolltet irgendetwas vorführen", klärte Anne auf.

„Blödsinn, wir haben weder einen Niklas im Team noch machen wir uns hier zum Affen", erwiderte der Chef.

Thorsten Büthe hatte die Unruhe registriert und ging auf Anne zu. „Kann ich euch helfen?", bot er an. Anne schilderte ihm die Begegnung und die Reaktion der Kollegen von Rouven, die weder einen Niklas kannten noch von einer Aktion ihrer Kollegen wussten. Thorsten fragte bei DJ Benny nach. „Hat mit dir jemand irgendeine Aktion oder ein Spiel abgestimmt?"

Benny schüttelte den Kopf. „Bis auf die Hochzeitstorte und den Brautstraußwurf sollten gar keine Aktionen laufen“, klärte der DJ auf.

„Anne, lass uns mal schauen, wo Nele ist“, schlug der Fotograf vor.

Nachdem die Braut vor und in der Bar nicht anzutreffen war, sprachen sie die Rezeptionistin des Hotels an. Sie hatte die Braut in letzter Zeit nicht gesehen. Als man Nele auch nicht in ihrer Suite erreichte, bat Thorsten an der Rezeption, einen Blick auf die Videokamera vor den Eingangsbereich werfen zu dürfen, was die Mitarbeiterin am Empfang allerdings aus datenschutzrechtlichen Gründen ablehnte.

Erst nach einem Anruf zur Direktionsassistentin, Kira Sievert, veranlasste diese, dass Thorsten Büthe die Videoaufnahmen einsehen durfte.

Thorsten und Kira Sievert waren sich schon einmal halbdienstlich begegnet, sodass ihr bekannt war, dass Thorsten Büthe hauptberuflich Leiter der Operativen Fallanalyse im LKA Niedersachsen war und sein Anliegen sicherlich dienstlich begründet sein dürfte.

In der Videosequenz sahen sie, wie eine männliche Person im dunklen Anzug auf die Braut und ihre Begleiterin zuging und kurz mit ihnen sprach. Anne ließ die beiden daraufhin allein und kehrte in die Bar zurück. Der Mann schien weiter auf die Braut einzureden, als beide den Kamerabereich verließen und um die Ecke zum dortigen Restaurant „XII Apostel“ abbogen. Dann verschwanden sie aus dem Erfassungswinkel der Kamera.

Thorsten machte die augenscheinliche Perücke, der vermutlich aufgeklebte Vollbart und die Sonnenbrille dieser Person stutzig. Sie durften an der Rezeption einen Screenshot ausdrucken, den Thorsten dem Bräutigam und seinen Kollegen vorlegte. „Kennt jemand diesen Typen? Kann das einer von euch sein?“

Sowohl Rouven und sein Chef sagten einstimmig: „Das ist keiner von uns.“

Auf Bitten von Thorsten fragte der DJ über Mikrofon, ob jemand von einer Aktion mit dem Brautpaar oder gar einer geplanten Brautentführung wisse und machte die Ernsthaftigkeit und Dringlichkeit dieser Frage deutlich. Alle Gäste schüttelten nur den Kopf.

Daraufhin lief Büthe um die Ecke in das Restaurant „XII Apostel“, wies sich als LKA-Beamter aus und forderte umgehend Einsicht in die Sequenzen der äußeren Videoüberwachungskameras, was ihm auch hier nach anfänglicher Zurückhaltung gewährt wurde.

Thorsten erkannte einen weißen Lieferwagen vom Hermes-Versand, der im relevanten Zeitfenster vorbei am Restaurant nach links in die Pelikanstraße abbog. Er konnte das Kennzeichen ablesen und veranlasste umgehend eine Halterabfrage über das Lagezentrum des LKA. Tatsächlich war es für einen Transporter des Hermes-Versandes mit Standort in Langenhagen vergeben.

Das zuständige Polizeikommissariat wurde unmittelbar mit der Überprüfung beauftragt und gab nach wenigen Minuten Entwarnung. Ein Hermes-Transporter mit diesem Nummernschild wurde von der Streife in Langenhagen an der Straße Rehkamp ordnungsgemäß geparkt aufgefunden, der Auspuff war kalt. Die Scheiben waren schon angefroren. Das Fahrzeug war zumindest in den letzten Stunden nicht bewegt worden.

Thorsten war ratlos. Das ergab alles keinen Sinn.

Völlig unbehelligt fuhr Niklas in das Gewerbegebiet Langenhagen, hielt am Rehkamp und wechselte seine Kennzeichen mit denen eines Hermes-Transporters, welche er bereits vorher angebracht hatte, wieder aus. Dann lauschte er an der Metallkiste im Laderaum, konnte von Nele aber nichts wahrnehmen. Die Magnettafeln mit dem Hermes-Logo tauschte Niklas mit denen einer fiktiven Werbeaufschrift einer Baufirma und entfernte sich über die L 190 in Richtung Schwarmstedt. Nele lag weiter bewusstlos in dem engen Blechbehälter.

Kapitel 2
Die Erkenntnis

Thorsten informierte den Kriminaldauerdienst, der mit mehreren Beamten den Sachverhalt vor Ort aufnahm und jeden Mitarbeiter des Hotels sowie alle Hochzeitsgäste intensiv befragte. Thorsten sichtete die Hochzeitsfotos in Rekordzeit, um Niklas zu identifizieren, wobei er sich nach der Auswertung sicher war, dass dieser sich nicht unter den geladenen Gästen befunden hatte.

Als es auch am nächsten Morgen noch keine Spur der Braut gab, wurde in der Polizeidirektion Hannover die Sonderkommission (Soko) *Pelikan* gegründet.

Das Team der Operativen Fallanalyse nahm an der Besprechung teil. Ihr Leiter, Thorsten Büthe, konnte allen Mitgliedern der Soko den Ablauf des Abends und der vermutlich echten Brautentführung aus erster Hand vorstellen.

Durch den Leiter der Mordkommission Hannover, den Ersten Kriminalhauptkommissar Udo Strahl, wurden sämtliche möglichen Ermittlungshypothesen in der neuen Soko erörtert und entsprechende Überprüfungen veranlasst.

Aus dem Fachkommissariat für Sexual- und Tötungsdelikte waren die beiden Ermittler Mona Bogner und Karl Münter in die Soko abgeordnet worden. Mona Bogner war eine erfahrene Kriminaloberkommissarin, mit der Thorsten Büthe schon in der Zeit als Ermittler oft und gern zusammengearbeitet hatte. Kriminalhauptkommissar Karl Münter stand kurz vor der Pensionierung und konnte auf eine zwanzigjährige Erfahrung in diesem Deliktsbereich zurückblicken.

Trotz dieser geballten Kompetenz ergaben sich weder Hinweise auf einen Liebhaber der Braut, einen eifersüchtigen Nebenbuhler noch gingen irgendwelche Forderungen eines Entführers ein. Die Braut hatte nicht einmal ein Handy bei sich, was sie hätten verfolgen oder orten können.

Sowohl die GPS-Daten des Hermes-Fahrzeuges mit dem von Thorsten abgelesenen Kennzeichen als auch der gesamte Fuhrpark des Hermes-Lieferdienstes wurden überprüft. Sämtliche Transporter waren mit GPS-Sendern ausgerüstet, damit die Disponenten stets einen Überblick der Einsätze hatten. Einen Transport im Bereich des Pelikanviertels und des Sheraton Hotels war nicht verzeichnet.

Nele war verschwunden, und die Polizei hatte keinen Ermittlungsansatz, wo sie suchen sollte.

Also informierte Thorsten Büthe die Kollegen der anderen OFA-Einheiten im Bundesgebiet und erkundigte sich nach entsprechenden Vergleichstaten. Niemandem jedoch war ein derartiger Fall bekannt.

Eine Auswertung der ViCLAS-Datenbank brachte ebenso keinen Hinweis auf Zusammenhänge zu ähnlichen Taten.

ViCLAS ist die Abkürzung für „Violent Crime Linkage Analysis System“, einer Datenbank zur Verknüpfung von

Tötungs- und sexuellen Gewaltdelikten, in der auch Vermisstenfälle dokumentiert sind. Auf ViCLAS haben nur die Fallanalytiker der OFA-Dienststellen Zugriff.

Auch eine umfassende Öffentlichkeitsarbeit mit Fotos der Vermissten brachte nicht den gewünschten Erfolg.

Das OFA-Team versuchte, auch ohne objektive Daten eines Tatortes fallanalytische Ableitungen zu erarbeiten, wobei sie dem jungen Ehemann allerdings wenig Hoffnungen machen konnten, Nele lebend wiederzusehen.

Die Braut blieb verschwunden, sämtliche Überprüfungen waren erfolglos abgeschlossen worden.

Kapitel 3
Ein neuer Fall?

Das Team der Zentralstelle Gewalt im LKA, zu dem auch die Vermisstenstelle und die Fallanalytiker der OFA zählen, wertet jeden Morgen sämtliche Tötungs-/Sexualdelikte und Vermisstenfälle aus.

In Fuhrberg bei Celle hatte jemand seine 26-jährige Frau als vermisst gemeldet. Als der Ehemann abends nach Hause kam, steckte der Schlüssel von außen in der unverschlossenen Tür; das Handy und Portemonnaie der jungen Frau lagen im Wohnzimmer. Im Haus war alles unauffällig, es schien nichts durchsucht worden zu sein, alle Wertgegenstände wirkten unangetastet.

Die OFA konnte landesweit aktuelle Ermittlungsvorgänge einsehen, sodass sich Nina Bachmann die Befragung des Ehemannes ansah.

„Kommt ihr bitte mal rüber!", bat sie das Team in ihr Büro. „Wie lange ist die Entführung der Braut im Sheraton her?", fragte Nina in die Runde.

„Das war vor sechs Wochen, Mitte Dezember", reagierte Kristin Bäumer als Erste.

„Dann hört euch das mal an: Gestern meldete Herr Thiel, dass seine Ehefrau nicht zu Hause war, als er abends von der Arbeit kam. Auffällig war, dass der Haustürschlüssel von außen steckte und Licht in der Küche brannte. Das

Handy und Portemonnaie lagen unangetastet im Wohnzimmer. Ihm fiel nur auf, dass die Hausschuhe fehlten, sodass er annahm, sie sei bei ihren befreundeten Nachbarn, was allerdings nicht der Fall war. Als er sich drüben nach seiner Frau erkundigen wollte, vermutete die Nachbarin, dass Frau Thiel anscheinend ein Hermes-Paket angenommen und dem rechtmäßigen Besitzer gebracht hatte.

Ein Hermes-Bote parkte vor etwa zwei Stunden ein paar Minuten direkt vor dem Haus. Als Herr Thiel sie auch bei den anderen Nachbarn nicht antreffen konnte, schaute er in ihr Handy und sah zwei Anrufe am Nachmittag, einen um 15.08 Uhr und einen um 16.02 Uhr. Eine Nummer wurde allerdings nicht übertragen.

Er rief bei allen Familienangehörigen und Freunden an, bevor er sich an die Polizei wendete. Am Abend bekam Herr Thiel dann einen Anruf von einer Frau, die sich für das Brautkleid bei eBay-Kleinanzeigen interessierte, welches Frau Thiel nach der Hochzeit im letzten Sommer inseriert hatte. Er bat die Anruferin, sich morgen noch einmal zu melden, und sah im Ankleidezimmer nach dem Brautkleid. Es war nicht mehr da!", schloss sie ihren Bericht.

Stille.

Thorsten griff zum Telefon und rief den Leiter des Fachkommissariats 1 in Celle, Steffen Lange, an.

„Hallo, Steffen, es geht um den Vermisstenfall Thiel. Wir müssen reden. Passt es euch in einer Stunde?", kündigte Thorsten das OFA-Team an. Steffen Lange stimmte zu.

Die Fallanalytiker aus Hannover hatten schon oft mit den Celler Kollegen zusammengearbeitet, eine gegenseitige Vorstellung erübrigte sich daher, sodass sie gleich zur Sache kamen.

„Euer Fall in Fuhrberg könnte etwas mit der Brautentführung aus dem Pelikanviertel in Hannover zu tun haben. Wie ist die gegenwärtige Sachlage?“, eröffnete Thorsten fragend das Gespräch.

Steffen Lange stellte den aktuellen Ermittlungsstand dar und war auch schnell fertig, sie hatten nämlich kaum Ansätze.

Ein Team der Celler Ermittler befand sich in der Hermes-Zentrale in Langenhagen und prüfte die Auslieferungen in Fuhrberg.

Die Nachbarschaftsbefragungen hatten nur Hinweise auf den Transporter ergeben, kein Kennzeichen, keine Personenbeschreibung, nichts. Der Ehemann wurde gerade nebenan vernommen und das familiäre und soziale Umfeld gecheckt. Parallel liefen die Auswertungen der Mobilfunkdaten, der Verkehrsüberwachungskameras und der Blitzeranlagen.

„Wann genau und wo haben die Eheleute Thiel geheiratet? Habt ihr das schon in Erfahrung gebracht?“, warf Kristin Bäumer mit Blick auf Steffen Lange in die Runde.

„Das kann ich euch nicht sagen“, antwortete der Kommissariatsleiter achselzuckend. „Ihr könnt ihn selbst fragen, er sitzt nebenan“, schlug er vor.

Gemeinsam mit Steffen Lange gingen Kristin und Thorsten in den Vernehmungsraum, entschuldigten sich für die Störung und baten das Celler Vernehmungsteam, sich einbringen zu dürfen. Eine junge Kollegin, die sich als Astrid Wegner vorstellte, sowie ein Beamter namens Cord Brammer nickten und machten Thiel mit dem Fallanalytiker vom LKA bekannt.

Matthias Thiel war ein hochgewachsener, attraktiver Mann um die dreißig und trug ein modisches Businessoutfit.

Er wunderte sich über den hohen personellen Aufwand, nahm die Situation nicht ganz ernst und rechnete jede Sekunde mit der Rückkehr seiner Frau, die sich in der Nachbarschaft festgequatscht hatte.

Kristin nahm den Ball empathisch auf. „Das hoffen wir auch, Herr Thiel. Dennoch müssen wir sicherheitshalber abklären, ob es auch andere Gründe geben kann, dass sich Ihre Frau bislang nicht gemeldet hat. Okay?“ Matthias Thiel nickte unsicher.

„Herr Thiel, was machen Sie beruflich?“, versuchte Kristin sich heranzutasten.

„Ich bin Analyst für Schiffsfinanzierungen bei der Nord/LB“, antwortete er leise.

„Und Ihre Frau?“, setzte Kristin fort.

„Inet arbeitet bei Exon Mobil in Celle in der Personalabteilung“, entgegnete er fast wie in Trance.

„Wann und wo haben Sie geheiratet, Herr Thiel?“, blieb Kristin am Ball.

„Am 1. August letzten Jahres. Standesamt im Celler Schloss, Kirche am Französischen Garten und die Feier war im Fürstenhof. Aber was ...“

Kristin hob eine Hand. „Ich will es Ihnen gleich erklären, bitte antworten Sie. Gab es bei der Trauung oder auf der Feier irgendwelche Situationen oder Begegnungen, mit denen Sie oder Ihre Frau nicht gerechnet haben?", fragte Kristin weiter.

„Nein, verdammt noch mal, was hat das alles mit dem Verschwinden meiner Frau zu tun?", brüllte Matthias Thiel die Beamten an. Er war nun hellwach und außer sich.

Thorsten legte die Karten auf den Tisch. „Herr Thiel, vor sechs Wochen ist in Hannover eine Braut während der Feier entführt worden, und wir müssen überprüfen, ob das mit der gegenwärtigen Situation Ihrer Frau zusammenhängen könnte."

„Unsere Hochzeit ist über ein halbes Jahr her, wie soll das zusammenhängen?", fragte Matthias Thiel verständnislos.

„Wann hat Inet ihr Brautkleid inseriert?", sprang Kristin ein.

„Vor ein bis zwei Tagen. Ich weiß es nicht genau. Sie wollte es erst aufheben, dann haben wir uns zum Verkauf entschlossen", antwortete er jetzt ruhiger, aber völlig verunsichert.

„Haben Sie Zugriff auf die Anzeige, Herr Thiel?", setzte Thorsten ein. Matthias Thiel betätigte sein Smartphone und händigte es Thorsten aus mit den Worten: „Wir haben einen gemeinsamen Account bei ebay-Kleinanzeigen."

„Biete ein Designerbrautkleid in Creme, Größe 38, an. Es hat keinerlei Beschädigungen, ist frisch gereinigt und einfach wunderschön. Preis VB."

In der Anzeige waren zudem sechs Fotos der Braut veröffentlicht, wobei das Gesicht jeweils gepixelt und nicht zu erkennen war. Als Kontaktmöglichkeit waren eine Handynummer und E-Mail-Adresse angegeben.

„Herr Thiel, würden Sie uns die Zugangsdaten zu diesem Account überlassen, um zu überprüfen, wer sich darauf gemeldet hat?", bat Thorsten. Matthias Thiel nickte nur.

Ihnen fiel sofort eine E-Mail auf, die Inet Thiel offensichtlich mit: „Hallo, das Kleid ist noch da. Gegen 17.00 Uhr bin ich zu Hause. Sie können es gern anschauen, aber auch direkt von Hermes abholen lassen. Ich wusste gar nicht, dass die auch so etwas machen und auch noch direkt die Barzahlung anbieten. Toller Service. Meine Adresse lautet: 30900 Fuhrberg, Alte Burgwedeler Straße 187a. Ich freue mich, bis gleich", beantwortet hatte.

Kapitel 4
Ziffer 2

Der helle Transporter einer Baufirma reihte sich in den Feierabendverkehr ein, der die Pendler aus dem Stadtkern Hannovers in die beschaulich ländliche Region führte. Seine Fahrt über Land dauerte nicht einmal dreißig Minuten, als die Dörfer immer kleiner wurden und der Verkehrsfluss erheblich nachließ.

Der Fahrer des weißen Wagens bog rechts von der Landesstraße ab, folgte erst einem asphaltierten Weg, der sich weiter unbefestigt zu einem kleinen einsamen Resthof fortsetzte. Jene Gegend um Schwarmstedt herum war schon einsam. Nachbarhäuser ließen sich in einem Kilometer eher erahnen, sehen konnte man sie von hier aus nicht.

Der Fahrer verließ den Van, um ein großes Scheunentor zu öffnen. Seine Ankunft wurde von einem gierigen Grunzen aus dem kleinen Schweinestall begrüßt, als er den Transporter in die Scheune fuhr, das Tor hinter sich schloss und mit einem dicken Querbalken verriegelte.

Ruhig öffnete der Mann die Doppeltür des Klein-Lkw und entfernte Decken von einer Metallkiste, bevor er das Schloss mit einer Zahlenkombination entsicherte und den Deckel aufsperrte.

Inet Thiel war bei vollem Bewusstsein und starr vor Angst. Sie versuchte zu schreien, aber der mittels eines

Kabelbinders fixierte Haushaltsschwamm in ihrem Mund ließ nur ein dumpfes Geräusch zu. Der Fahrer schien davon nicht beeindruckt zu sein, hielt der Frau den bereits eingesetzten Elektroschocker an den Hals und löste ihn unbarmherzig aus.

Kurz bäumte sich die gefesselte und geknebelte Frau krampfartig auf, dann sackte sie bewusstlos zusammen. Der Mann trug das „Paket“ in einen gefliesten Raum, in dem ein großer Metalltisch mit einem Ablauf stand. Schweigend löste er die Kabelbinder und entkleidete die Frau komplett. Die Szene erinnerte an den Sektionsraum einer Rechtsmedizin in der Vorkriegszeit. Grelle Neonröhren verursachten früher diese typischen Brummgeräusche, wobei eine Röhre ständig flackerte, was die Atmosphäre im Raum noch gruseliger wirken ließ.

Seit Ende des Ersten Weltkrieges hatte man auf diesem Hof Hausschlachtungen durchgeführt. Die Schweine wurden einen Tag vor der Schlachtung in den Stall gebracht und konnten sich in dieser Zeit an die neue Umgebung gewöhnen. Es gab Leckerlis, um den Adrenalinspiegel wieder zu senken, was sich natürlich auf die Qualität des Fleisches niederschlug.

Der Körper der attraktiven jungen Frau lag jetzt in Rückenlage nackt auf dem Tisch, jedoch schien der Mann überhaupt kein sexuelles Interesse an ihr zu haben. Routiniert legte er sich eine weiße Schlachterschürze um, zog sich Handschuhe und grüne Gummistiefel an, bevor er das scharfe Skalpell ansetzte. Chirurgisch versiert öffnete er die Arterien im Hals, Ober- und Unterarm sowie im Ober- und Unterschenkel, bevor er den zuckenden

Körper der noch lebenden Frau in die Bauchlage drehte und mit dem Gewicht seines Oberkörpers auf der Schlachtbank fixierte. Nachdem sein Opfer ausgeblutet war, schlitzte er, wie in einer Obduktion, die Brust- und Bauchhöhle auf und entnahm alle Organe, die den Fäulnisprozess beschleunigen würden.

Mit einem wasserfesten Stift markierte er die Leiche auf dem Rücken mit der Ziffer 2.

Er belohnte das gierige Grunzen der Schweine mit den entnommenen Innereien und hängte den ausgeweideten und nun gereinigten Leichnam in den ebenso vorhandenen und noch funktionsfähigen Kühlraum, bevor er sich nach dem Duschen zum Abendessen in das Wohnhaus des Resthofes begab.

Nach zwei bis drei kalten Bierchen holte der Schlachter das inserierte Kleid der Braut von der Ladefläche, befestigte daran einen Zettel mit der Ziffer 2 und hängte es in einen großen Kleiderschrank in der Diele des Bauernhauses.

Kapitel 5
Die Ratlosigkeit der Ermittler

Sämtliche Fahndungsmaßnahmen waren erfolglos und verliefen im Sande. Die OFA konnte zwar auf ein visuelles Täterprofil anhand der bisherigen Beschreibung von der Hochzeitsfeier und des Hermes-Boten in Fuhrberg zurückgreifen, aber alles andere war rein hypothetisch und ließ sich objektiv nicht belegen.

Die Soko Pelikan wurde mit den Celler Kollegen aufgestockt und war nun auf 30 Ermittler angewachsen.

Beide Kommissariatsleiter aus Hannover und Celle, Udo Strahl und Steffen Lange, tauschten sich zweimal täglich mit den Teams und der OFA aus. Ergebnisse und eine konkrete Ermittlungsrichtung konnten sie allerdings noch nicht anbieten.

Aber die Haupthypothesen der OFA gingen in Richtung einer sexuellen Ausrichtung mit vermutlich schon umgesetzter Tötung, wobei den Familien der letzte Strohhalm in dieser Phase nicht genommen werden durfte.

Wie passten allerdings die Brautkleider in den Handlungsablauf eines Täters? Waren es Trophäen? Zog der Täter sie sich bei seinen Handlungen über? Und welche könnten das sein? Könnten wir bei einer solchen Hypothese über die Größe der Brautkleider auch die Größe des Täters ableiten?

Fragen über Fragen, wobei die Antworten facettenreicher nicht sein konnten.

In den Hypothesen nannten die Ermittler den Täter mal den „Hermes-Fahrer“ oder den „Brautentführer“ und entschieden sich dann aber für eine einheitliche Bezeichnung. Angelehnt an den Namen der Soko nannten sie ihn fortan nur noch den Pelikan.

Kapitel 6
Der einsame Messegast

Am letzten Wochenende im Januar fand wie in fast allen Städten auch im Novotel in Hildesheim eine Hochzeitsmesse statt. Das Hotel hatte im großen Saal sämtliche Kooperationspartner für Events und Hochzeiten eingeladen, um sich neuen potenziellen Brautpaaren zu präsentieren. So fanden sich über 70 Aussteller ein, die vielfältige Dienstleistungen zum Thema Hochzeit anboten. Selbst die katholische und evangelische Kirche waren vertreten und bewarben eine christliche Trauzeremonie, wobei alternativ auch freie Trauredner stark frequentiert waren. Eine Handvoll DJs und Fotografen versuchte die Brautpaare mit aufwendig dekorierten Ständen von ihren Leistungen zu überzeugen. Floristen hatte festliche Tische eingedeckt, und Trauringexperten bemühten sich mit exquisitem Hochzeitsschmuck um die Gunst der Bräute. Die Eventmanagerin des Novotels, Heike Dreger, moderierte gerade die Brautmodenschau an, die von dem Akustikduo „Carry Me" aus Hannover musikalisch begleitet wurde.

Viele Messegäste strömten von den Ausstellern zum Laufsteg, um sich die besten Plätze zu sichern. Die Inhaberin des Brautmodengeschäftes „White Wedding" aus Hildesheim stellte die einzelnen Modelle vor und ging ebenso auf die Frisuren und das Make-up ihrer Kooperationspartner ein.

In kürzester Zeit stieg der Frauenanteil unter den Gästen der Hochzeitsmesse exorbitant in die Höhe. Die Damen waren samt Brautjungfern, Trauzeuginnen, Müttern und sogar Schwiegermüttern im Pulk unterwegs. Männer, die ihre Zukünftige begleiteten, bildeten eher die Ausnahme, was auch gerade wegen der Auswahl des Brautkleides nachvollziehbar war.

Einer dieser seltenen Spezies jedoch interessierte sich für die Modenschau, wobei er eher das junge weibliche Publikum beobachtete. Das Alter des männlichen Besuchers ließ sich schlecht einschätzen, wobei er modisch, aber unauffällig gekleidet war und die Baseballcap zu seinem Outfit passte.

Zum Ende der Modenschau wurde die Abmoderation mit einem begeisterten Beifall belohnt, als Heike Dreger die heutige Verlosung und Rabattaktion zum Ausklang des letzten Messetages ankündigte. Jede fünfzigste Kundin erhielt ihr Brautkleid völlig kostenlos, allen anderen gewährte „White Wedding“ einen Messerabatt von 20 Prozent.

Als die angehenden Bräute den Messestand stürmten, um sich die Angebote zu sichern und die Kleider gleich anzuprobieren, positionierte sich der einsame Besucher so, dass er dem Treiben amüsiert zuschauen konnte.

Kapitel 7
Das Schnäppchen

Anna Helwig hatte klare Vorstellungen von ihrem Brautkleid. Es musste cremefarben und im Mermaid-Style sein, was ihre hochgewachsene und schlanke Statur betonte. Anna wurde von ihren beiden Brautjungfern begleitet, die sich lautstark austauschten und jedes Mal kreischten, wenn Anna mit ihrer neuen Auswahl aus der Kabine trat. Bald hatte Anna sich entschieden. Sie wählte ein solches Kleid, das sie wie eine Meerjungfrau wirken ließ. Die schrillen und kichernden Gespräche unter den interessierten Bräuten wurden durch die kostenlosen Piccolos angeheizt, die vom Personal nicht uneigennützig an die Kundinnen verteilt wurden und die Kauflaune enorm steigerten. Ein besonderer Service war die exakte Anpassung durch eine Schneiderin vor Ort, sodass Anna das Kleid nach einer Stunde in einer wertigen Tasche mit dem Logo des Brautgeschäftes direkt mitnehmen konnte. Ihr Budget von 2.000 Euro wurde nicht einmal ausgereizt, da vom eigentlichen Kaufpreis in Höhe von 1.800 Euro sogar noch der zwanzigprozentige Rabatt abgezogen wurde. Ein echter Schnapper, dachte Anna, obwohl sie gerne auch die fünfzigste Kundin gewesen wäre.

Bis zur Fertigstellung der Änderung zogen die drei aufgedrehten Mädels über die anderen Stände und ließen sich weiter inspirieren.

Der Besucher blieb weiter amüsiert an der Gruppe dran, nachdem er aus den offenen Gesprächen erfahren hatte, dass die Brautjungfern zu Fuß nach Hause gingen. Anna wollte kurz zu ihren Eltern fahren, um dort ihr Brautkleid vor ihrem Verlobten zu verstecken und dann noch mit den Mädels um die Häuser zu ziehen.

Stunden hatten die drei auf der Messe verbracht. Sie waren erstaunt, dass es draußen schon dunkel war. Die Brautjungfern verabschiedeten sich vorerst von Anna und gingen zu Fuß in Richtung des Theaters, während die Braut an ihren Seat Leon trat und das Brautkleid vorsichtig in den Kofferraum legte.

Der Unbekannte mit der Baseballcap sah sich prüfend nach allen Seiten um und zog sich farblose Latexhandschuhe über. Er löste den Elektroschocker am Hals von Anna aus, ließ sie bewusstlos in den Kofferraum gleiten und schloss die Heckklappe. Mit Annas Fahrzeugschlüssel startete er den Seat Leon und bewegte ihn sicher und ruhig auf den Kennedydamm. In Drispenstedt fuhr er gezielt ins Gewerbegebiet und parkte den Leon rückwärts direkt an das Heck eines abgestellten hellen Transporters. Als er die beiden Türen des Laderaums öffnete, war der Blick auf den Kofferraum des Seat Leon verdeckt. Unbeobachtet konnte er den leblosen Körper der Braut in die bereits weit geöffnete Metallbox legen. Er verschloss zuerst den Deckel der Box, dann den Kofferraum des Seat und warf die Tasche mit dem neu erworbenen Brautkleid in den Laderaum. Hieraus entnahm der Entführer einen Reservekanister mit Dieselkraftstoff und ergoss den Inhalt vollständig in den vorderen Bereich, wobei er darauf achtete, das Lenkrad, das Armaturenbrett, den Schaltknüppel und sämtliche anderen Areale zu erreichen, mit denen er in Kontakt gekommen war. Schließlich durchtränkte er den kompletten Fahrersitz einschließlich der Kopfstütze mit dem Dieselkraftstoff. Ein Nachweis von DNA-Spuren war so ausgeschlossen. Er musste den Pkw nicht einmal in Brand setzen, was zudem auch viel zu früh die Aufmerksamkeit auf den Wagen der jungen Frau gerichtet hätte.

Nachdem er den Seat verschlossen hatte, fuhr der Entführer ruhig und orientiert aus dem Gewerbegebiet direkt zum nahe gelegenen Müggelsee. Erst hier nahm er sich die Zeit, sein drittes Opfer nochmals mit dem Elektroschocker zu malträtieren und mittels Kabelbinder gefesselt und geknebelt in der Box zurückzulassen. Den Autoschlüssel des Seat sowie das Handy seines Opfers warf der Geiselnehmer im hohen Bogen in den See.

Über die Bundesautobahn 7 lenkte er den Transporter bis zur Abfahrt Schwarmstedt, um Anna auf seinem Bauernhof so lange für seine Zwecke vorzubereiten, bis er den Leichnam und das neue Brautkleid mit der Ziffer 3 markieren konnte.

Nach seiner Zeremonie labten sich sowohl der Entführer als auch seine Haustiere an dem jeweils zugeordneten Abendessen.

Die beiden Brautjungfern glühten weiter zu Hause vor und versuchten Anna telefonisch sowie auch per WhatsApp zu erreichen, jedoch ohne Erfolg, sodass sie alleine weitertranken und zu guter Letzt einschliefen.

Annas Eltern warteten vergeblich auf den eigentlich angekündigten Besuch ihrer Tochter, aber sie wie auch ihr Verlobter Victor gingen sie davon aus, dass sich Anna mit den beiden Brautjungfern einen feuchtfröhlichen Abend gönnte.

So verloren sie wertvolle Zeit, die sie nicht wieder aufholen konnten.

Kapitel 8
Der Druck steigt

Als Anna weder von Victor, den Eltern noch den Freundinnen telefonisch erreicht werden konnte und sie außerdem am Montagmorgen nicht auf ihrer Arbeitsstelle, einer Diakonieeinrichtung in Hildesheim, erschien, erstatteten ihre Eltern Anzeige in der Polizeiinspektion Hildesheim an der Schützenwiese.

Auf der Wache der Polizei war eine Vermisstenserie mit einem Hochzeitshintergrund nicht bekannt und auch nicht von der Soko Pelikan verbreitet worden.

So wurde der Sachverhalt lediglich bei der Polizei als Verdacht eines Vermisstenfalles aufgenommen, da volljährige Menschen in den meisten Fällen plausible Gründe hatten, sich nicht ständig bei ihren Angehörigen zu melden, oder auch mal einen Tag der Arbeit unentschuldigt fernblieben. Eine Vermutung auf eine strafbare Handlung drängte sich hier zunächst auch nicht auf.

Eine Verbindung zur Hochzeitsmesse konnte in der Schilderung der Vermisstenanzeige nicht herausgefunden werden und wurde auch vom Beamten nicht erfragt. Als letzter Kontaktort der Vermissten war zumindest das Novotel in Hildesheim eingetragen.

In ihrer täglichen Morgenrunde samt Auswertung der Sexual-/Tötungs- und Vermisstenfälle wurde in der Zentralstelle Gewalt des LKA auch der Fall Anna Helwig erwähnt. Als bei der Vorstellung des Falles das Novotel in Hildesheim genannt wurde, läuteten bei Thorsten Büthe die Alarmglocken.

Durch seine therapeutische Hochzeitsfotografie, wie der Fallanalytiker seine nebenberufliche Leidenschaft nannte, war ihm bekannt, dass am Wochenende eine Hochzeitsmesse im besagten Hotel stattgefunden hatte.

Sofort griff er zum Telefonhörer und konnte im Hildesheimer Fachkommissariat 1 Kriminaloberkommissar Hans Wiener erreichen. Der angezeigte Vermisstenfall war noch gar nicht an seine Dienststelle weitergeleitet worden, was ohne Kenntnis dieser neuen Umstände auch ganz normal war.

„Hans, bitte zieh dir den Fall, setz deine Chefin in Kenntnis und ruf die verfügbaren Kollegen zusammen, wir sind in dreißig Minuten da und weisen euch in eine vermutliche Entführungsserie ein. Bis gleich."

Kristin Bäumer und Thorsten Büthe machten sich mit Blaulicht auf den Weg nach Hildesheim und ahnten schon, dass auch dieser Fall in die Serie passen dürfte.

Beim Eintreffen des OFA-Teams saß die Hildesheimer Mordkommission samt ihrer Chefin, Beate Junge, im Lageraum der Dienststelle.

„Hallo, Kristin, hallo, Thorsten, jetzt sind wir mal gespannt, warum ihr hier so eine Hektik macht. Elke kommt gleich dazu, sie telefoniert gerade mit den Eltern von Anna Helwig", eröffnete die Kommissariatsleiterin die Einsatzbesprechung.

Thorsten stellte die bisherigen Erkenntnisse aus der Soko Pelikan vor und blickte in eher skeptische Augen, als Hans Wiener, ein älterer erfahrener Ermittler, das Wort ergriff. „Thorsten, nur weil du glaubst, dass im Novotel am Wochenende eine Hochzeitsmesse war, geht ihr davon aus, dass eine junge Frau entführt oder gar getötet wurde? Geht ihr da nicht ein bisschen weit?"

In diesem Moment betrat Kriminalhauptkommissarin Elke Bothe den Einsatzraum, nickte dem OFA-Team zu und legte gleich los: „Ich habe gerade mit dem Ehepaar Helwig gesprochen, den Eltern der Vermissten. Ihre Tochter plante für den Sommer dieses Jahres die Hochzeit mit ihrem Verlobten Victor und war mit ihren beiden Brautjungfern auf der Hochzeitsmesse im Novotel. Sie hatte sich ein Brautkleid ausgesucht und es gleich mitnehmen können. Anna wollte das Kleid kurz bei ihren Eltern deponieren, um den günstigen Schnapper dann mit ihren Freundinnen zu feiern. Die Brautjungfern sind schon zu Fuß nach Hause vorgegangen. Es kam im Anschluss aber weder zu einem geplanten Treffen mit den Freundinnen noch hat Anna ihr Brautkleid bei den Eltern abgegeben. Ihr Verlobter hatte ebenso vergeblich auf ihre Rückkehr gewartet und geglaubt, sie sei mit den Freundinnen versackt.

Nach 18.10 Uhr hatte niemand mehr von ihr gehört. Auf Anrufe ab circa 19.00 Uhr hat Anna nicht mehr reagiert."

Die Ermittlerin atmete tief durch und setzte fort: „Ich habe Anna Helwig und ihren Seat Leon zur Fahndung ausgeschrieben. Zwei Streifen fahren den Bereich des Hotels ab und prüfen, ob ihr Pkw noch dort abgestellt ist. Ich habe die Personalien des Verlobten und der Freundinnen. Die sollten wir umgehend vernehmen. Das ist unser aktueller Stand."

Thorsten Büthe ergriff die Initiative: „Okay, es sieht nun ganz so aus, als hätten wir tatsächlich ein gemeinsames Problem.

In den beiden anderen Fällen spielte ein heller Lieferwagen, ggf. mit einer Hermes-Beschriftung eine Rolle. Nehmt ihn bitte mit in die Fahndung auf. Wir brauchen alle möglichen Verkehrsüberwachungsdaten. Kameras, Blitzer, das volle Programm. Priorisiert bitte erst in Richtung Hannover und Celle.

Wir brauchen sämtliche Handydaten aus dem Bereich des Hotels. Wie alt ist ihr Seat? Haben wir eine Chance auf GPS-Ortung?", warf Thorsten in die Runde.

„Wird veranlasst!", reagierte Elke Bothe rasch.

Kristin Bäumer ergänzte: „Wer kann das Ausstellerverzeichnis der Messe besorgen? Wer war der Veranstalter? Das Hotel selbst? Ist der Bereich videoüberwacht? Was ist mit dem Parkplatz? Handyfotos und -videos von der Messe? Die Modenschauen, Fotos/Videos von den Besuchern? Haben wir Besucherlisten? Wir brauchen die Verkäuferin des Brautkleides und haben nicht viel Zeit."

Thorsten wandte sich an die Leiterin der Mordkommission Hildesheim: „Beate, wir gliedern euch an die Soko Pelikan an und treffen uns heute Nachmittag auch mit den Kollegen aus Celle um 15.00 Uhr in der Polizeidirektion Hannover. Dann können wir die einzelnen Maßnahmen koordinieren und haben auch von euch schon erste Ergebnisse. Wäre das okay?"

Nach kurzem Blick der Hildesheimer Chefin auf Elke Bothe und Hans Wiener ordnete sie an: „Okay, ihr habt erst mal Elke und Hans fest im Boot."

Das Telefon im Einsatzraum klingelte, und Beate Junge nahm ab. „Okay, danke für die Info. Wir schicken den Erkennungsdienst raus. Dann kommt der Pkw zu uns. Danke, gute Arbeit, Jungs."

Der Blick in die Runde ließ es erahnen. „Die Streife hat ihr Auto im Gewerbegebiet in Drispenstedt geparkt aufgefunden. Der Leon ist ordnungsgemäß verschlossen, von Anna keine Spur", teilte die Chefin mit.

Thorsten kündigte an: „Wir schauen uns den Abstellort kurz an und ziehen über die A7 nach Hannover. Wir treffen uns um 15.00 Uhr, bis nachher."

Das OFA-Team begab sich über das Novotel zum Abstellort des Opferfahrzeuges und musste feststellen, dass dieser Ort nicht nur wenige Kilometer vom Hotel entfernt war, sondern auch direkt auf der Strecke zur Autobahn A7 lag. Sie fanden den Seat Leon entgegen der Fahrtrichtung auf einem Parkstreifen vor.

Kristin stieg sofort in den Analysepart ein. „Wer von beiden ist hierher gefahren? Das Opfer unter Drohung des Täters? Der Täter? Konnte er das Opfer dabei auch unter Kontrolle halten oder war es bereits handlungsunfähig? Wo war sie? Auf dem Beifahrersitz, dem Rücksitz oder im Kofferraum? Wer hat den Abstellort bestimmt? Opfer oder Täter? War es Zufall oder geplant? Hat sich das Opfer hier vielleicht verabredet? Wartete hier eine zweite Person? Ein zweites Fahrzeug? Wurde das Opfer hier möglicherweise umgeladen? Unter Umständen haben wir Glück und die Spurensuche hilft uns bei der Fahrerbestimmung."

„Heute Nachmittag wissen wir vielleicht schon mehr", hoffte Thorsten.

Kapitel 9
Das Konzept

Die Mitglieder der Soko Pelikan ließen sich von den Hildesheimer Beamten in den aktuellen Fall einweisen.

Step by step wurden die Hoffnungen geschmälert, über die Spurensuche im Pkw von Anna Helwig Hinweise auf den Täter zu erhalten. Die Experten der Spurensicherung teilten der Soko telefonisch mit, dass der Täter Dieselkraftstoff im Innenraum verschüttet hatte, der jegliche Chancen auf mögliche DNA-Spuren zunichtemachte.

„Vielleicht haben wir zumindest die Chance, dass die Aussteller entsprechende Beobachtungen gemacht haben oder unser Täter auf einer Video- oder Handyaufnahme zu sehen ist", hoffte Thorsten Büthe und hakte weiter nach: „Gibt es schon Erkenntnisse zu den Auswertungen der Videoüberwachung des Novotels?"

Der Beamte am Telefon musste allerdings einschränken, dass sich die Videoüberwachung des Hotels lediglich auf die Lobby und den äußeren Eingangsbereich begrenzte. Die Hochzeitsmesse fand im großen Festsaal mit einem eigenen Eingang statt, der videografisch nicht überwacht wurde. Derzeit war die Auswertung des Parkplatzes aber noch nicht abgeschlossen, sodass sie Hoffnung hatten, zumindest den Seat des Opfers erfasst zu haben.

Karl Münter aus dem hannoverschen Team hatte den Analysepart übernommen und musste der Runde mitteilen, dass auch die aktuelle Fahndung nach dem hellen Transporter bislang erfolglos verlaufen war.

Thorsten fragte in Richtung des Celler Teams: „Astrid, Cord, was habt ihr Neues?"

„Nichts!", antwortete Astrid Wegner knapp. „Wir haben sämtliche Nachbarn abgeklappert und Hermes auf links gedreht. Alles negativ", ergänzte sie frustriert.

Die Ermittler und Fallanalytiker einigten sich konzeptionell darauf, das soziale Umfeld jedes Entführungsopfers bis ins Detail aufzuhellen. Gab es Verbindungen zwischen den Vermissten? Warum wählte der Entführer genau diese Frauen aus? War es Zufall oder gezielt? Nach welchen Kriterien wählte der Pelikan, wie der Entführer jetzt genannt wurde, seine Opfer aus? Und die wichtigste Frage war: Was machte er mit ihnen? Hielt er sie irgendwo gefangen oder hatte er sie bereits getötet?

Der Leiter der Mordkommission Hannover, Udo Strahl, legte die nächsten Schritte fest:

„Mona, Karl, ihr versucht über die Analysestelle diejenigen Fälle, in denen Brautkleider, das Thema Hochzeit und Transporter irgendeine Rolle spielten, zusammenzuführen.

Schickt unser Team ein weiteres Mal zu allen Gästen, nennt die Namen der anderen beiden Opfer, vielleicht gibt es da eine Verbindung.

Elke, Hans, von eurem Team benötigen wir sämtliche Infos zu der Hochzeitsmesse. Sprecht mit allen Ausstellern, sammelt Handyfotos und -videos, checkt noch mal die Aufnahmen des Hotels. Vernehmt die Brautjungfern und die Familie von Anna Helwig und schaut, ob es untereinander Verbindungen gibt.

Astrid und Cord, ihr geht bitte mit Matthias Thiel erneut alles durch: Nachbarn, Freundinnen und Familie. Besorgt euch eine Gästeaufstellung ihrer Hochzeit. Die gleichen wir mit allen Listen weiterer Opfer ab und schauen, ob wir dort Verbindungen finden.

Thorsten, jetzt zu euch, was könnt ihr darüber hinaus abdecken?"

„Okay, wir werden uns um die jeweiligen Opferbilder an sich kümmern. Wie verhalten sie sich bei einer Entführung? Sind sie wehrhaft, machen sie einem Täter Stress? Wir müssen uns auf die nächste Tat vorbereiten. Der Pelikan wird sicherlich wieder zuschlagen. Wo findet er seine Opfer? Können wir mit einer proaktiven Medienkampagne die potenziellen Opfer warnen und die Bevölkerung sensibilisieren? Wir schauen uns an Ort und Stelle des Verschwindens der Frauen um und versuchen die Entführungen zu rekonstruieren, obwohl wir keine objektiven Spuren haben. Mal sehen, wie weit wir kommen. Von euch benötigen wir umgehend jede neue Info, die wir mit verwerten können", schlug der Leiter der OFA vor.

Udo Strahl blickte in die Runde. „Okay, wir treffen uns jeden Morgen um 9 Uhr, um alle auf Stand zu bringen. Jede wesentliche Info schickt ihr per Nimes in die Soko-

Gruppe, damit wir alle schnell reagieren können. Die Liste mit den Handynummern hat jeder. Thorsten und ich sind rund um die Uhr erreichbar. Hat noch wer Fragen?“

„NIMes“ war der WhatsApp-Messenger der Polizei. Hier konnten sämtliche dienstliche Informationen sicher untereinander ausgetauscht werden. Ein Zugriff von unbefugten Personen außerhalb der Polizei war nicht möglich.

Jeder wusste, was er zu tun hatte, wobei die Blicke der Experten nicht gerade optimistisch wirkten.

Kapitel 10
Briefing und konstruktive Vorschläge

Das gesamte OFA-Team mit ihrer Psychologin Carlotta Bayer-Westhold traf sich im Analyseraum zur Bestandsaufnahme, wobei auch die Leiterin der Zentralstelle Gewalt, Kriminaloberrätin Iris Höppner, an der Einweisung interessiert teilnahm.

Kriminalhauptkommissar **Thorsten Büthe**, 57 Jahre, war bereits seit kurz nach der Gründung der OFA vor 19 Jahren dabei und hatte vor vier Jahren die Leitung des OFA-Teams übernommen.

Thorsten war seit über 25 Jahren mit seiner Frau Victoria verheiratet, hatte zwei erwachsene Töchter, mit denen er die Leidenschaft der Hochzeitsfotografie teilte.

Kriminalhauptkommissarin **Kristin Bäumer**, 48 Jahre, war seit sechs Jahren in der OFA und managte einen Haushalt mit ihren drei Jungs.

Die zweite Frau im Team, Kriminalhauptkommissarin **Nina Bachmann**, 38 Jahre, zudem diplomierte Sozialwissenschaftlerin, war als Mutter einer süßen Tochter familiär noch stark eingespannt, aber wieder fester Bestandteil des Teams.

Der nebenberufliche Bandleader, Kriminaloberkommissar **Maik Holzner**, 38 Jahre, war der Profi für Social Media und die Medienbranche.

Das jüngste Teammitglied, Kriminaloberkommissar **Thomas Schulte**, 38 Jahre, hatte lange Jahre im Kriminaldauerdienst und einer Spezialeinheit Erfahrungen gesammelt, bevor er als Dozent für Todesermittlungen und Kriminaltechnik von Thorsten angesprochen wurde und das schwierige Auswahlverfahren für die Stelle bei der OFA gewonnen hatte.

Die Einsatzpsychologin des LKA, **Carlotta Bayer-Westhold**, 48 Jahre, ergänzte das Team mit ihrer Fachkompetenz, sodass die OFA aus unterschiedlichen dienstlichen, fachlichen, empirischen und persönlichen Perspektiven die Beamten der Mord- und Sonderkommissionen sowie Ermittlungsgruppen bei der Bearbeitung schwerster Kapitaldelikte beriet und nach den Tathergangsrekonstruktionen mit dem Team Täterprofile erstellte.

Thorsten eröffnete das Briefing mit der Schilderung der ersten bekannten Tat vor dem Sheraton Hotel Pelikan Hannover. „Dieser feiste Typ geht einfach auf eine Hochzeit, passt die Braut vor der Bar ab, ist in der Lage, die Trauzeugin wegzuschicken, ohne dass sie misstrauisch wird, und führt die Braut dann ohne Gewalt in seinen Transporter mit Hermes-Aufdruck. Er bringt sie im Laderaum irgendwie so unter Kontrolle, dass er oder ein zweiter Fahrer in Ruhe das Pelikan-Gelände verlässt und unerkannt entkommt." Er blickte in die Runde zu der Celler Kollegin Astrid Wegner und bat: „Fährst du bitte mit dem Fall in Fuhrberg fort, Astrid?"

Sie nickte und stellte die zweite Entführung vor. „Dieser Täter hatte vermutlich per Mail den Kontakt zu Inet Thiel aufgenommen, die ihr Brautkleid bei eBay-Kleinanzeigen inseriert hatte. Er fuhr als Hermes-Bote getarnt mit einem hellen Transporter vor das Haus und brachte Frau Thiel vermutlich auch noch sogar dazu, ihr Brautkleid zum Fahrzeug zu bringen. Auch hier verlief die Entführung wieder ohne Schreie oder Kampfgeräusche ab. Eine Nachbarin hatte nur einen Hermes-Boten gesehen, Hinweise auf einen zweiten Täter haben wir hier nicht. Der Transporter fuhr dann wieder ganz ruhig aus dem Wohngebiet heraus."

Nach einem kurzen Blickkontakt zu der Hildesheimer Beamtin schilderte Elke Bothe den Fall auf der Hochzeitsmesse. „Unser Täter hatte sich vermutlich unter die Besucher der Hochzeitsmesse gemischt und eine geeignete Person gesucht. Bislang haben wir keine Hinweise auf eine gezielte Opferauswahl. Er scheint sich sehr ausführlich umgesehen zu haben, um dann ein Opfer auszusuchen, welches sich von seinen Freundinnen trennt und dann allein mit einem neuen Brautkleid zu ihrem Pkw geht. Der Täter muss die Frau schon auf dem Parkplatz unter Kontrolle gebracht haben und mit ihr in ihrem eigenen Seat Leon ins Gewerbegebiet in Drispenstedt gefahren sein. Wir können bislang nicht beurteilen, wie sie kontrolliert und transportiert wurde. Es ist auch noch nicht ausgeschlossen, dass sie ihren Wagen selbst fahren musste. Wir gehen von einer Umlagerung in ein anderes Fahrzeug aus, vielleicht wieder in den hellen Transporter. Genau wissen wir es bis jetzt nicht. Wir haben allerdings auch hier keinerlei Hinweise auf einen Kampf oder Hilfeschreie. Der Entführer hatte sich aber noch die Zeit genommen, Dieselkraftstoff im Innenraum des Opferfahrzeuges auszugießen, und so sämtliche DNA-Spuren zerstört."

Thorsten bedankte sich bei den Kolleginnen und setzte fort. „Das Mobiltelefon des Opfers in Hannover spielte keine Rolle, es lag noch in Harry's New York Bar. Der Abgleich der Telefonate, WhatsApps und E-Mails stellte sich als unauffällig heraus. Das Handy von Inet Thiel aus Fuhrberg verzeichnete um 16.27 Uhr einen unbekannten Anruf. Eine Anrufermittlung ergab nichts, sonst keine Auffälligkeiten. Das Mobiltelefon von Anna Helwig war letztmalig um 18.17 Uhr in der Zelle nördlich des Gewerbegebietes in Drispenstedt eingeloggt. Eine aktuelle Ortung ist bislang nicht gelungen, das Handy wurde auch nicht mehr eingeschaltet."

Nach einem fragenden Blick in die Runde ergänzte der OFA-Leiter: „Die Ermittlungsteams sind draußen und informieren uns umgehend über neue Entwicklungen. Jetzt seid ihr dran. Ideen?"

Kristin galt als der kritische Geist des OFA-Teams und eröffnete die Diskussion. „Wir haben kaum objektive Fakten und sollten uns Gedanken machen, wie wir methodisch vorgehen. Wir müssen sicher sein, ob wir hier von mehreren Tätern oder einem Entführer, dem Pelikan, sprechen. Wir kommen über drei akribische Einzelfallanalysen mit drei unterschiedlichen Teams eigentlich nicht herum." Die Mienen der anderen bestätigten Kristins Feststellung, wobei Thorsten skeptisch einwarf: „Grundsätzlich stimme ich dir zu. Ich vermute nur, dass uns die Zeit nicht ausreicht. Sollten die Bräute noch leben, kann ich nicht abschätzen, wie lange noch. Sind sie bereits getötet worden, wird der nächste Fall nicht lange auf sich warten lassen – und wir hinken hinterher. Das können wir uns nicht leisten. Nina, was meinst du?“

Die Sozialwissenschaftlerin im Team, Nina Bachmann, versuchte einen Kompromiss zu formulieren. „Ich glaube, ihr habt beide recht. Wir können uns nicht den Luxus leisten, mit drei Teams an je einem Fall zu arbeiten. Allerdings müssen wir uns eine möglichst valide Basis schaffen und uns disziplinieren, wenn wir in einem Team alle Fälle analysieren wollen“, schlug sie vor.

„Maik, Thomas, wie seht ihr das?“, versuchte Thorsten die Männerfraktion anzustupsen.

Maik legte vor: „Wir haben ein Riesenpackage vor uns und müssen uns vor allem Gedanken machen, proaktiv eine nächste Tat zu verhindern. Wenn die Schlagzahl so weitergeht, können wir nur noch spontan reagieren und hängen immer hinterher. Wie warnen wir potenzielle Opfer, ohne eine Panik auszulösen? Können wir durch Lockanzeigen, Präsenz auf den nächsten Hochzeitsmessen oder sogar Hochzeiten etwas bewirken? Wie sehen die Fahndungskonzepte aus? Das sind Fragen, die uns parallel beschäftigen müssen. Für ‚step by step‘ läuft uns die Zeit weg. Wir müssen uns aufteilen. Wenn die Medien von den Taten Wind bekommen, ist hier richtig Druck auf dem Kessel. Eine andere Chance haben wir nicht.“

Thomas nickte bestätigend, er hatte dem nichts hinzuzufügen.

Die Psychologin Carlotta Bayer-Westhold brachte sich ein. „Ich würde gern die Fallanalyse samt Rekonstruktion mitmachen und dann die gesamten Opferbilder und die Einschätzungen zur Täter-Opfer-Interaktion übernehmen. Wäre das okay?“

Thorsten bedankte sich in der Runde für die konstruktiven Vorschläge und stellte folgenden Fahrplan auf:

„Kristin, Nina, Carlotta und ich werden die Analyse mit jeweils einem Teil der anderen Ermittlerteams durchführen. Ich hätte gern Mona aus Hannover, Astrid aus Celle und den zweiten Quotenmann Hans aus Hildesheim dabei. Maik und Thomas, ihr beide arbeitet parallel mit Elke, Cord und Karl an den Medien- und Fahndungskonzepten. Das morgendliche Briefing um 9 Uhr behalten wir bei. Gibt es noch Fragen?“

Kapitel 11
Analyse ohne Leiche, Fall 1

Das Analyseteam hatte sich bei der Autovermietung Sixt einen baugleichen Transporter geliehen und fuhr am Abend zum Sheraton Hotel Pelikan Hannover, um das Szenario vor Ort möglichst realitätsnah zu rekonstruieren.

Sie stellten vorerst die etwaigen Anfahrtswege zum Hotel nach und fanden heraus, dass der Täter lediglich zwei Varianten hatte. Er konnte über die Podbielskistraße stadteinwärts nach rechts aus südlicher Richtung direkt auf das Restaurant XII Apostel zufahren, links einschwenken, um die überdachte Hotelvorfahrt zwischen der Lobby und Harry's New York Bar zu passieren und dann kurz vor dem Eingang des XII Apostel-Restaurants links am Fahrbahnrand parken.

Ebenso war eine Zufahrt über die Günther-Wagner-Allee möglich, die man auch über die Podbielskistraße oder die Constantinstraße erreichte und dann von der Westseite auf das Gelände fuhr.

In der Lobby traf sich das OFA-Team mit der Direktionsassistentin Kira Sievert und ging die Überwachungsvideos noch einmal durch. Selbst drei Stunden vor der Entführungszeit passierte kein Lieferwagen den Kamerabereich. Im Schnelldurchlauf checkten sie den gesamten Tag – nichts. Also musste der Transporter entweder schon viel früher dort geparkt worden sein, oder der Fahrer hatte ihn entgegen der eigentlichen Einbahnstraße dort platziert. Auch auf den noch vorhandenen Videoaufnahmen des XII Apostel-Restaurants ist lediglich die bereits bekannte Abfahrt dokumentiert. Leider zeichnete die Kamera erst ab Öffnung des Restaurants um 17.30 Uhr auf.

Der Täter konnte den Transporter also nur vor 17.30 Uhr geparkt haben, indem er rückwärts, entgegen der Einbahnstraße, gefahren war. Das war hoffentlich irgendwem aufgefallen, der den Fahrer auch ohne Verkleidung beschreiben konnte.

Jetzt musste sich das Team eine wesentliche Hypothese erstellen: Wusste der Täter um diese Umstände der Kameraüberwachung und sogar um die zeitlichen Einstellungen? Hatte er das genauso geplant?

Im Büro von Kira Sievert sah sich das Team die Aufnahmen vom Täter an, als er erstmals in den Erfassungsbereich der Kamera kam und den Kontakt zur Braut und der Trauzeugin aufnahm. Dabei wählte er die entgegengesetzte Seite seines geparkten Transporters.

Das Analyseteam ging nach draußen und Thorsten stellte fest: „Der Täter ist bereits verkleidet und muss den passenden Moment abwarten. Von wo hat er den besten Einblick, ohne selbst aufzufallen? Wo würdet ihr euch platzieren?"

Man verteilte sich. Jeder der Analytiker wechselte die Perspektive mit Blick zu Harry's New York Bar. Das Überwachungsvideo hatten sie auf einem iPad und ließen es parallel mitlaufen. Kristin brachte ihre Variante vor. „Er ist genau hier in den Kamerabereich getreten. In direkter Verlängerung seht ihr dort den Abgang zu einer Kellertreppe. Ich fände es ideal. Und schaut mal darunter." Das Team staunte nicht schlecht, als sie am Boden vor einem Kellerzugang fünf Zigarettenkippen der Marke Marlboro fanden.

Sofort machte Hans Wiener mit der dienstlichen Nikonkamera entsprechende Fotos und sicherte die Kippen einzeln in latente Spurensicherungstüten. Wenn die vom Täter waren, hatten sie vermutlich seine DNA, wobei im Moment noch niemand euphorisch war.

Thorsten ergriff die Initiative und teilte die verschiedenen Rollen ein. „Nina, du spielst die Braut, Carlotta die Trauzeugin. Hans, du bist jetzt der Pelikan. Kristin, kannst du mit der Nikon videografieren?" Immer wieder den Blick auf das Video im iPad gerichtet, stellte Thorsten seine Schauspieler auf und gab entsprechende Regieanweisungen. Carlotta schickte er als Trauzeugin zurück in die Bar und ließ die Braut mit dem Pelikan locker plaudernd gezielt aus dem Kamerabereich zum geparkten Transporter schlendern.

„Nina, hattest du ein Problem, ohne Argwohn mitzugehen?", fragte Thorsten die Braut. „Nein, überhaupt nicht, es ist beleuchtet, meine Gäste kann ich durch die Scheibe in der Bar sehen. Es ist mein Abend und die Story des Mannes klingt logisch. Wovor sollte ich Angst haben?", schätzte Nina die Situation der Braut ein.

„Okay, Pelikan, dann öffne mal dein Verlies und bring deine Braut in den Laderaum, und zwar ohne Schreie und Kampfgeschehen“, gab der Drehbuchautor die Szene vor.

Der Pelikan öffnete die beiden Türen, ließ erst die Braut ein, folgte ihr und schloss die Tür von innen. Nur wenige Sekunden dauerte die Szene. Thorsten klopfte, worauf beide wieder herauskamen. „Und, liebe Braut. Wie war's da drin?“, hakte Thorsten nach. Nina wirkte jetzt nicht mehr so locker. „Als sich die Türen hinter mir schlossen, war es echt unheimlich. Nun ist dieser Transporter auch noch leer und drinnen war es stockdunkel. Wohlgefühlt habe ich mich drinnen nicht mehr.“

Hans schilderte seine Wahrnehmung. „Ich glaube, es war kein Problem, auf die Braut einzureden, aber dann musste es wirklich schnell gehen. Und ich selbst habe die Hand vor Augen nicht gesehen. Kontrollieren konnte ich mein Opfer so nicht. Ich vermute mal, unser Pelikan hatte Licht auf der Ladefläche und zudem nichts, was die Braut sofort erschreckt hätte.“

Thorsten war zufrieden. „Okay, jetzt habe ich noch eine Bitte. Geht noch mal rein. Simuliert einen Kampf und du, Nina, schreist wie am Spieß.“ Thorsten nahm die skeptischen Blicke aus der Runde wahr und beruhigte das Team lächelnd: „Das Hotel weiß Bescheid und Hanno habe ich auch in Kenntnis gesetzt, sodass wir wohl nicht gleich vom SEK zu Boden geworfen werden.“

Nachdem Nina und Hans die Türen des Transporters hinter sich geschlossen hatten, ging darin die Post ab. Ninas Schreie waren deutlich zu hören, und der Klein-

Lkw wackelte, als würde er über eine Buckelpiste fahren. Diese eindrucksvolle Szene wurde videografiert und später den Kollegen vorgestellt.

Dann schlug Thorsten gegen die Hecktür, und die beiden Schauspieler traten außer Atem nach draußen. Hans hatte im Laderaum einen Lichtschalter gefunden und erklärte, dass er ohne Lichtquelle weder irgendeine Orientierung noch eine Kontrolle über das Opfer hatte.

Nun ließ Kristin das Video noch einmal durchlaufen. Allein die Bewegung des Vans und die Schreie waren so deutlich wahrnehmbar, dass sich ein solches Szenario am Tatabend eigentlich ausschließen ließ.

Infolgedessen konnte das OFA-Team eine neue Hypothese aufstellen, die einen Täter beschrieb, der unmittelbare und konsequente Kontrolle über das Opfer hatte, sodass keine lauten Schreie und auch keine körperliche Gegenwehr des Opfers wahrscheinlich waren.

Das im Video des XII Apostel-Restaurants sichtbare ruhige Abfahren des Transporters sprach zudem für eine anhaltende Kontrolle des Opfers – auch während der Fahrt. Wohin auch immer.

Eine Frage ließ sich bislang nicht beantworten: Waren Entführer und Fahrer ein und dieselbe Person oder hatten sie es mit mindestens zwei Tätern zu tun. Derzeit konnten sie keine Variante ausschließen. Eines war jedoch jetzt schon sicher: Der oder die Täter wussten genau, was sie taten, und das sogar sehr effizient, was den Analytikern und Ermittlern echte Sorgen bereitete.

Am nächsten Morgen präsentierte das Analyseteam allen Mitgliedern der Soko die Videosequenzen und ihre Einschätzungen. Die gesicherten Zigarettenkippen wurden umgehend ins Kriminaltechnische Institut (KTI) in die Schützenstraße zur DNA-Untersuchung gebracht.

Auch die Ermittlerteams stellten die Ergebnisse ihrer Befragungen vor, wobei nichts dabei war, was sie weiterbrachte.

Maik und Thomas lieferten grundsätzliche Informationen zur geplanten Öffentlichkeitsarbeit ab und hatten sich mit der Staatsanwaltschaft abgestimmt. Sie waren sich einig, mit den nicht gerade befriedigenden Gegebenheiten noch nicht an die Presse zu gehen und erst die beiden nächsten Analysen abzuwarten. Damit war natürlich ein hohes Risiko verbunden, was sie aber einkalkulieren mussten.

Kapitel 12
Analyse ohne Leiche, Fall 2

Im Anschluss fuhr das Analyseteam mit dem Leihtransporter nach Fuhrberg. Sie wählten bewusst den Vormittag, um nicht allzu viel Aufmerksamkeit in dem Wohngebiet zu erregen.

Nach erneuter Rekonstruktion der Handy- und Maildaten von Inet Thiel war es äußerst wahrscheinlich, dass dieser Täter (das Team sprach bewusst nicht vom Pelikan) im Vorfeld wohlweislich den telefonischen Kontakt aufgenommen hatte, da ihr Brautkleid bei eBay-Kleinanzeigen inseriert war. Um 16.27 Uhr war ein Anruf beim Opfer eingegangen. Eine Ermittlung der anonymen Rufnummer, die das Handy der Braut im Display zeigte, war den Experten nicht gelungen. Die Entführungszeit war von einer Zeugin aus der Nachbarschaft mit „gegen 17.00 Uhr" angegeben worden. Aus eigener Erfahrung des OFA-Teams konnte das 16.45 Uhr oder auch 17.15 Uhr gewesen sein. Es ließ sich aber nicht näher eingrenzen.

Das OFA-Team hatte sich bei der Nachbarin angekündigt, um die Rekonstruktion und auch entsprechende Videoaufnahmen aus ihrer geschilderten Perspektive zu fertigen.

Wie am Entführungstag wurde der Hermes-Transporter positioniert. Allerdings war diesmal nicht Thorsten, sondern die Zeugin die Drehbuchautorin, und die Schauspieler agierten nach ihren Angaben. Eigentlich widersprach diese Grundlage einer subjektiven Zeugenaussage der seriösen Methode der Fallanalyse auf primär objektiver Basis, aber was sollten sie machen. Objektiv war hier gar nichts zu erreichen, also ließen sich die Profiler alternativlos darauf ein.

Hans Wiener mimte wieder den Täter, klingelte an der Haustür bei Inet Thiel und Nina trat mit einem Paket unter dem Arm in Hausschuhen heraus. Dann ging sie zu dem Hermes-Boten in den Bereich der geöffneten Hecktüren. Nun war aus dem Haus der Zeugin der Blick auf die Schauspieler versperrt. Sie schilderte, dass sie sich in der Küche anderen Arbeiten gewidmet hatte und nur noch sah, wie das Hermes-Fahrzeug langsam das Wohngebiet verließ. Die Zeugin war davon ausgegangen, dass Inet inzwischen wieder ins Haus zurückgekehrt war. Weitere Angaben konnte man von ihr nicht erlangen.

Thorsten, Kristin und Carlotta verließen das Haus der Nachbarin, um sich mit Nina und Hans am Transporter zu beraten.

Carlotta schätzte die Aussage als authentisch ein. „Die Zeugin wirkte absolut glaubhaft. Es gab kaum Diskrepanzen zu ihren ersten Angaben, und von ihrem Standort aus der Küche konnte sie alles so wahrnehmen. Wie war es aus eurer Sicht, Nina?“, warf sie ihr den Ball zu.

„Unter Berücksichtigung des Anrufes um 16.27 Uhr und der Reaktion der Braut könnte der Täter einen Hermes-Boten angekündigt haben, der nicht nur das Kleid abholt, sondern ihr auch noch den vereinbarten Preis von dem Kunden in bar auszahlt. Wie geil ist das denn? Natürlich freue ich mich über die unkomplizierte Abwicklung und bringe ihm das Kleid sogar noch bis ans Auto. Vielleicht hat er nur gesagt, dass seine Kasse im Wagen ist, und schwups, bin ich samt Kleid im Laderaum. Dann geht's wieder ganz schnell. Türe zu und weg ist er", brachte es Nina auf den Punkt.

„Haben wir Angaben zu eventuell zwei Personen? Einem Fahrer und einer Person auf der Ladefläche?", hakte Carlotta nach.

„Das kann die Zeugin nicht sagen, auszuschließen ist es derzeit nicht", musste Kristin einschränken. „Allerdings haben wir auch hier keine Hinweise auf Schreie oder ein Kampfgeschehen am oder im Transporter", ergänzte sie.

Thorsten machte ein nachdenkliches Gedicht. „Was macht der Täter, wenn der Ehemann mit herauskommt oder er das Kleid übergeben will. Was macht er, wenn beide Eheleute auf der Bildfläche erscheinen oder die Braut von einer Nachbarin begleitet wird oder auch draußen steht. Das kann er alles nicht einkalkulieren. Hier hat es zufällig geklappt. Wie seht ihr das?"

Kristin preschte vor: „Thorsten, wo ist das Problem? Im Zweifel muss er das Kleid bezahlen. Glaubst du, dass dieser Täter panisch flieht, wenn es nicht so läuft? Kommt anstatt der Braut der Herr Thiel raus und übergibt am Laderaum das Brautkleid, muss sich der Täter entscheiden, ob er den Bräutigam entführt oder einfach dieses Kleid zahlt und ohne jede Konsequenzen wegfährt. Für ihn zwar dumm gelaufen, aber auch nichts passiert. Mit diesem Modus

Operandi trägt er kaum ein Risiko", schränkte Kristin ein. Das Team nickte anerkennend. „Können wir also auch hier das Resümee ziehen, dass dieser Täter die Tatabfolge voll im Griff hatte und das Opfer so schnell und effizient ohne Schreie und Kampfgeschehen unter Kontrolle brachte wie im ersten Fall?"

Nina nickte. „Da gehe ich voll mit. Aber noch immer wissen wir nicht, ob wir es mit einem oder mehreren Tätern zu tun haben."

Kapitel 13
Die Observation

Marina Swodicz war die Reporterin für Klatsch und Tratsch der Lokalzeitung Leineblitz und hatte überall ihre Kontakte. Als die Nachbarin von Inet Thiel sie anrief und von einer Entführung durch einen Hermes-Boten sprach, war Marina noch derart skeptisch, dass sie nicht einmal einen Fotografen mitgenommen hatte.

Doch dann erfuhr sie, dass Profiler des LKA ihre Informantin nochmals befragen und die Entführung rekonstruieren wollten. Jetzt war Marina total heiß auf eine Mega-Story. Sie hielt sich während der Anwesenheit der OFA versteckt im Obergeschoss des Reihenhauses auf und lauschte neugierig, was die Spezialisten so von sich gaben. Allerdings musste sie höllisch aufpassen, denn sie hatte vor Jahren, als sie noch Polizeireporterin war, schon einmal einen Bericht über die Arbeit der Profiler veröffentlicht und dazu den Leiter, Thorsten Büthe, interviewt.

Als sich das OFA-Team von ihrer Informationsquelle verabschiedete und die Rekonstruktion vor dem Haus gegenüber fortsetzte, konnte sie sogar ein Handyvideo aus dem Obergeschoss drehen. Auf einer Scala von eins bis zehn hatte Marina Swodicz einen alltäglichen, für sie völlig normalen Adrenalinschub von mindestens acht, der heute aber fast auf 20 ausschlug. Diese Story war der Hammer, wenn da nur ansatzweise was dran war. Und das es so sein konnte, ließ allein die Anwesenheit der OFA vermuten.

Als sich die Profiler mit dem hellen Lieferwagen aus dem Wohngebiet entfernten, klebte sie mit ihrem unauffälligen, aber wendigen Mini förmlich an dem Van und nahm die Verfolgung auf.

Kapitel 14
Analyse ohne Leiche, Fall 3

Das Analyseteam musste Zeit sparen und fuhr von Fuhrberg direkt zum Novotel nach Hildesheim, um die dritte Tat zu rekonstruieren.

Hier hatten sie sich mit der Eventmanagerin Heike Dreger verabredet, die sie in den Tagungsbereich des Hotels einwies, in dem immer die Hochzeitsmesse stattfand. Das Viersternehotel in der Hildesheimer Bahnhofsallee ist in ein historisches Gebäude eingebettet, in dem ehemals die Psychiatrie der Hildesheimer Heil- und Pflegeanstalt untergebracht war. Der moderne Tagungsbereich bietet Kapazitäten bis zu 700 Gästen, wobei bei der Besichtigung der Räumlichkeiten alles wieder fortgeschafft war und sehr kahl aussah. Das OFA-Team versuchte, die relevanten Stände anhand des Ausstellerplans zu rekonstruieren, wobei insbesondere der Stand mit den Hochzeitskleidern und der mutmaßliche Rückweg des Opfers zum Parkplatz den Ausschlag gaben.

Während die Profiler die Wege abgingen und sowohl in die Perspektiven des Opfers und des Entführers sprangen, verfolgte Marina Swodicz die Szenen aus sicherer Fotoentfernung und freute sich über jede Geste der Analytiker, mit denen sie ihre Tatversionen unterstrichen. Die Veranstaltungsleiterin kam auf das Team zu. „Herr Büthe, die

Videoaufnahmen der Parkplatzzufahrt liegen jetzt vor. Wir können gern in mein Büro gehen und sie uns anschauen", bot Heike Dreger an.

Nach den Zeitangaben der Brautjungfern konnte das OFA-Team die Szene des Seats bei der Einfahrt des Hotelparkplatzes schnell finden. Die Fahrerin war zweifelsfrei als Anna Helwig zu identifizieren. Sie saß augenscheinlich allein in ihrem Pkw. Allerdings war nur der Bereich der geöffneten Schranken von der Kamera erfasst. Das Hotel hatte den Gästen der Hochzeitsmesse kostenfreie Parkplätze gewährt, da der Eintritt schon acht Euro kostete. Beim Betrachten der Ausfahrt konnte das Team den Wagen lediglich von hinten sehen. Jemand, der offensichtlich eine Baseballcap trug, saß auf dem Fahrersitz. Weder auf dem Beifahrersitz noch der Rückbank befand sich eine weitere Person. Über diese Kameraeinstellungen war es nicht möglich, den genutzten Parkplatz des Seats nachzuvollziehen.

„Okay, wir haben zumindest die Ein- und Ausfahrt ihres Fahrzeuges. Das ist nicht viel, aber auch mehr als nichts", ermutigte Thorsten sein Team. „Er wird Anna und ihre Brautjungfern in der Halle beobachtet haben und ihr dann allein mit ihrem neuen Brautkleid bis auf den Parkplatz gefolgt sein", begann Thorsten hypothetisch.

Kristin setzte fort: „Wir haben keinerlei Hinweise auf ein Kampfgeschehen, keine Schreie, keine Zeugen. Anne hätte ihr neues Brautkleid in den Kofferraum gelegt haben können. Vielleicht kam hier gleich der Angriff, der eine schnelle Handlungsunfähigkeit des Opfers zur Folge hatte. Klappe zu und weg. Das könnte auch die Aufnahme mit einem Fahrer erklären", schloss Kristin. „Dann ab nach Drispenstedt, Fahrzeugwechsel und weg ist er", setzte die Psychologin weiter fort.

„Klingt logisch. Dann auf ins Gewerbegebiet", wies Thorsten sein Team an.

Die Reporterin war begeistert, als sie dem Transporter nun auch noch nach Drispenstedt folgte.

Der Van wurde entgegen der Fahrbahn auf dem linken Parkstreifen abgestellt, und das Team öffnete beide Hecktüren des Laderaumes. Dann luden sie aus einem imaginären Kofferraum das Opfer in den Transporter und taten so, als warfen sie das Brautkleid ebenso auf die Ladefläche. Eine Laptoptasche funktionierte das OFA-Team zu einem Reservekanister um, tränkte den Innenraum des Seats und stieg in den Transporter. „So, jetzt haben wir die Frau handlungsunfähig im Laderaum, ihr Handy und ihren Autoschlüssel vermutlich am Mann. Und jetzt?", fragte Thorsten in die Runde.

„Er könnte den Seat anzünden, würde aber sofort eine enorme Aufmerksamkeit auf das Auto ziehen. Macht er aber nicht und gewinnt dadurch sogar Zeit. Zumindest das Handy muss der Täter schnellstmöglich loswerden, denn das Risiko einer Ortung ist zu groß. Den Leon benötigt er ebenfalls nicht mehr, auch der Schlüssel ist für ihn irrelevant. Wo konnte er beides schnell und effektiv loswerden?", stellte Nina in den Raum.

„Dieser Bereich, samt Gullys und allen Papierkörben, ist vollständig abgesucht, hier war nichts", klärte Hans auf und ergänzte: „In der Nähe ist gleich der Müggelsee. Könnte er die Sachen dort entsorgt haben?"

Thorsten blickte in fragende Gesichter und stellte dann klar: „Mag sein, das können wir im Moment aber nicht überprüfen. Es gibt auch noch Tausend andere Möglichkeiten. Das stellen wir erst mal zurück. Gibt es noch Fragen?“

Als alle den Kopf schüttelten, steuerte Hans den Transporter auf die Autobahn in Richtung Hannover und fädelte sich in den Feierabendverkehr auf der A 2 ein. Hier fiel der Mini der Reporterin, der ihnen weiter am Hacken klebte, nun überhaupt nicht mehr auf.

Marina war schon gespannt, wie Thorsten Büthe auf ihren Anruf und die Bitte reagieren würde, ein Statement zu den Entführungsfällen abzugeben.

Durch das Interview über die Methoden der OFA hatte Marina Swodicz die Handynummer von Thorsten, der überrascht war, als er auf dem Beifahrersitz des Vans ihren Namen in seinem Display aufleuchten sah. „Hallo, Frau Swodicz, das ist ja eine Überraschung. Was kann ich für Sie tun?“, begrüßte er die Reporterin abwartend.

„Hallo, Herr Büthe, ich dachte, es ist mal wieder Zeit für ein Interview“, trällerte die Reporterin in den Hörer.

„So lange ist das letzte doch gar nicht her“, versuchte sich Thorsten herauszureden.

„Keines über die allgemeine Arbeit der OFA. Ich meine ein aktuelles Interview zu den Entführungsfällen“, forderte Marina Swodicz direkt ein.

Thorsten versuchte sich dumm zu stellen, wusste aber ganz genau, dass er bei ihr damit nicht den Hauch einer Chance hatte. „Welche Entführungsfälle meinen Sie?“ Marina lachte laut und war beleidigt.

„Wir hatten so ein tolles Interview, und ich hatte geglaubt, dass Sie meine Kompetenz realistisch einschätzen würden. Da bin ich jetzt aber enttäuscht." Thorsten wagte einen letzten Versuch, obwohl er eigentlich wusste, dass er schon verloren hatte.

Die Reporterin legte den Finger in die Wunde: „Ich spreche vom Pelikan-Gelände, von Fuhrberg, dem Novotel in Hildesheim und dem Gewerbegebiet in Drispenstedt."

Thorsten stutzte, als Marina noch einen drauf setzte: „Ach, Herr Büthe, auch von einem hellen Transporter als Tatfahrzeug." Als er hinter sich ein wiederholtes Aufblitzen einer Lichthupe sah, wusste er, dass sie gerade ein Riesenproblem im Nacken hatten.

„Hallo, Frau Swodicz, willkommen auf der A2", begrüßte er die Verfolgerin.

„Hallo, Herr Büthe, ich will doch nur fair sein. Ist es nicht besser, Sie sagen mir einiges zu dem Fall, bevor ich mir aus meinen bisherigen Beobachtungen und folgenden Interviews meine eigene Geschichte schreibe?", bot sie einen Deal an.

Thorsten Büthe gab sich geschlagen. „Okay, in einer Stunde in meinem Büro?" Marina hatte gewonnen. „Super, bis gleich", verabschiedete sie sich zufrieden.

Solche Pressegespräche erfolgten eigentlich über die Pressestelle in enger Abstimmung mit der Leitung der Soko oder der Staatsanwaltschaft. Diese Zeit hatte Thorsten an diesem Abend nicht mehr. Er hoffte, dass sich die Reporterin auf ein erstes Sondierungsgespräch einließ und nicht gleich vorpreschen wollte. Marina Swodicz war zwar für die Rubrik Gesellschaft, also eher Klatsch und Tratsch, zuständig, wobei Thorsten sie in den Gesprächen zum Interview über die OFA als äußerst sympathisch und auch verlässlich kennengelernt hatte.

In gewohnt dynamischer Weise betrat Marina Swodicz das LKA. Sie war klein und drahtig, dabei aber durchaus attraktiv, wobei sie genau wusste, wie sie ihre langen blonden Haare, den Dackelblick und die Mimik ihres dezent geschminkten Schmollmunds einsetzen konnte.

Maik Holzner kannte die Klatschreporterin schon aus seiner Zeit als Pressesprecher und beschrieb sie als einen sympathischen Flummi, dessen Sprungenergie allerdings nie nachließ.

Mit genau diesem Elan kam sie auf Thorsten zu und begrüßte ihn freundlich. „Mensch, Herr Büthe, das ist toll, dass Sie es so kurzfristig möglich gemacht haben. Wer hätte das gedacht, dass wir nach dem Interview nun auch noch gemeinsam an spannenden Fällen arbeiten?“, versuchte sie den OFA-Leiter aus der Reserve zu locken.

„Hallo, Frau Swodicz, so ganz freiwillig bin ich ja gerade nicht hier und für eine Kooperation, an welchen Fällen auch immer, hat jeder von uns beiden seine eigene Spielwiese mit anderen Spielkameraden“, konterte Thorsten freundlich.

„Was genau kann ich denn für Sie tun?“, versuchte sich Thorsten langsam anzunähern. Marina Swodicz warf ihr blondes Haar zurück und kam gleich zur Sache. „Ich mache es kurz. Ich habe Sie heute den ganzen Tag über begleitet und weiß über die Fälle in Fuhrberg und Hildesheim im Novotel und Drispenstedt Bescheid“, wobei sie ihre Kamera zückte und zum Beweis einige Fotos der Rekonstruktionsszenen vorzeigte. „Bitte sehen Sie es als eine Art Vertrauensbeweis, dass ich nicht losgehe und morgen früh meine Superstory veröffentliche. Ich würde gern mit Ihnen gemeinsam an einem Strang ziehen, um uns gegenseitig die Bälle zuzuspielen. Dabei bleibe ich auf meiner Spielwiese und werfe nur den Ball zurück, den Sie mal in unsere Richtung schießen. Wäre das ein Deal?“, schlug Marina Swodicz vor.

Thorsten konnte eine solche unmittelbare Kooperation mit einer Pressevertreterin nicht eingehen. Die Information der Medien war in der Polizei klar geregelt und sämtliche Medienvertreter müssen die gleichen Informationen erhalten. Marina Swodicz war zudem Profi genug, das genau zu wissen. Es war Thorsten aber auch klar, dass die Abweisung der Reporterin und eine unreflektierte Berichterstattung nicht nur die Ermittlungen, sondern auch potenzielle weitere Opfer gefährden konnten.

„Frau Swodicz, okay, ich nagele Sie jetzt fest und baue auf unser gegenseitiges Vertrauen. Ich gebe Ihnen die Info zu den uns bislang bekannten Fällen, wenn Sie mir zusagen, bis zu unserer offiziellen Pressekonferenz die Füße stillzuhalten. Ich werde dann auch Ihre Kollegen auf Stand bringen und sie alle bitten, uns mit ihrer Arbeit aktiv zu unterstützen. Wir hingegen sagen Ihnen zu, sämtliche vertretbaren Informationen unmittelbar offenzulegen. Alles andere könnte die Leben der aktuellen oder gar neuer Opfer gefährden. Kann ich mich darauf verlassen?“, forderte der OFA-Leiter ein.

„Dann haben zumindest wir einen Deal, wobei ich Ihnen auch zusagen kann, dass sich nicht alle Kollegen daran halten werden", warnte sie.

„Das ist mir bewusst, aber vielleicht können Sie untereinander einen gewissen Einfluss nehmen, dass die Anzahl derer, die unsere Ermittlungen behindern oder gar gefährden, so gering wie möglich bleibt", bat Thorsten die Reporterin.

Marina Swodicz hielt Thorsten die Hand hin. „Okay, meine Unterstützung haben Sie."

Bevor Thorsten einschlug, musste er die Absprache einschränken. „Sie wissen, dass ich das mit der Behördenleitung und der Staatsanwaltschaft abstimmen muss, wobei ich dabei aber optimistisch bin." Die beiden schüttelten sich einvernehmend die Hände. Anschließend brachte der Profiler die Reporterin auf den Stand, den er ermittlungstaktisch vertreten konnte.

„Wow, das ist ja krass", staunte Marina Swodicz. „Hat es solche Fälle schon mal gegeben?", hakte sie nach.

Thorsten erklärte ehrlich: „Die Analysen laufen noch, aber bislang habe ich so etwas auch noch nicht erlebt."

Nachdem sich die Reporterin verabschiedet hatte, war Thorsten über den Verlauf des Gespräches zwar zufrieden, wusste aber auch, dass es nur eine Frage der Zeit war, wann die erste Info über Bekannte, Kollegen der Opfer oder wen auch immer in die Öffentlichkeit gelangte. Dem mussten sie unbedingt zuvorkommen.

Kapitel 15
Die Entscheidung

Auf Initiative des OFA-Leiters trafen sich die Polizeipräsidenten der betroffenen Behörden, Vertreter der zuständigen Staatsanwaltschaften Hannover, Hildesheim und Celle, die Leiter der entsprechenden Mordkommissionen, die Leiter der beteiligten Pressestellen, Kriminaloberrätin Iris Höppner, als Leiterin der Zentralstelle Gewalt, sowie Thorsten Büthe und seine Vertreterin Kristin Bäumer im großen Lageraum der Polizeidirektion Hannover.

Der OFA-Leiter informierte die anwesenden Entscheidungsträger über das gestrige Gespräch mit der Reporterin des Leineblitzes und seine Befürchtung einer nicht kalkulierbaren Berichterstattung. Er stellte den Vorschlag einer proaktiven Pressekonferenz in den Raum, über den sich eine sehr kontroverse Diskussion entfachte.

Es war in der Polizei stets umstritten, mit den Medien aktiv zu kooperieren, da sich durch die Möglichkeiten der sozialen Medien ungefilterte Informationen überhaupt nicht einschätzen und schon gar nicht kontrollieren ließen.

Nach Anschlägen wie beim Marathonlauf in Boston oder dem Amoklauf in München musste die Polizei allerdings eingestehen, dass eine ehrliche und vertrauensvolle Kommunikation in der Öffentlichkeit nicht nur geboten, sondern auch für eine Gefährdungsminimierung und erfolgreiche Ermittlungen sinnvoll war.

Als Resümee schlug Thorsten der hochkarätigen Runde eine offene Kooperation mit den Medien vor, soweit sie ermittlungstaktisch vertretbar war.

Der für Celle zuständige Polizeipräsident, Thomas Ritter, den Thorsten bereits aus dem LKA kannte, stellte die Frage in die Runde, die allen unter den Nägeln brannte. „Herr Büthe, wie groß sind die Chancen einer schnellen Klärung der Serie, und rechnen Sie mit weiteren Entführungen?"

Nach Blickkontakt zu den Leitern der jeweiligen Mordkommissionen musste der OFA-Leiter zugeben: „Wir sind derzeit davon überzeugt, es hier mit einem Serientäter zu tun zu haben, der über eine enorme Planungs- und Umsetzungskompetenz der uns bekannten Taten verfügt. Ein großes Problem, insbesondere unserer Arbeit, ist das Fehlen von objektiven Spuren eines Tatortes. Wir können noch nicht einmal belegen, was mit den Opfern passiert ist. Sind sie bereits getötet worden? Werden sie irgendwo festgehalten? Werden sie sexuell missbraucht? Es sind jetzt mit dem LKA vier verschiedene Dienststellen involviert. Wie gehen wir zukünftig damit um, wenn er in anderen Zuständigkeitsbereichen oder gar in einem anderen Bundesland agiert? Wir müssen schnell reagieren und können nicht ständig in einer solchen großen Runde zusammenkommen, um über die weiteren Schritte zu diskutieren. Wir verlieren zu viel Zeit und brauchen daher zentrale

Ansprechpartner und Entscheidungsträger, sowohl für die Ermittlungen als auch für die Öffentlichkeitsarbeit. Ich möchte daher die Zusammenführung der Soko im LKA vorschlagen. So können wir bei neuen Fällen einen entsprechenden neuen Unterabschnitt zuordnen und es bleibt dennoch alles in einer Hand."

Der Präsident des LKA, Ole de Jong, bedankte sich für den Vorschlag und regte an, sich in kleinen Arbeitsgruppen unter den jeweiligen Schwerpunkten kurz abzustimmen. Zunächst zogen sich die Präsidenten und Vertreter der Staatsanwaltschaften, die Mokoleiter mit der OFA samt Iris Höppner und die Pressesprecher für wenige Minuten zurück.

Nach der Beratung forderte der LKA-Präsident aus der Runde die Stellungnahmen der Fachleute ein. Als alle Beteiligten dem Vorschlag zustimmten, verkündete Ole de Jong: „Okay, nachdem Sie einverstanden sind, wird die Soko Pelikan organisatorisch dem LKA zugeordnet. Die betroffenen Dienststellen bilden die entsprechenden Unterabschnitte, die Staatsanwaltschaft Hannover übernimmt zentral sämtliche Fälle dieser Serie und gibt die Pressehoheit unter nachrichtlicher Beteiligung und Abstimmung an das LKA ab. Die Leitung der Soko Pelikan übertrage ich der Leiterin der Zentralstelle Gewalt, Kriminaloberrätin Höppner. Wir kommen in dieser großen Runde alle zwei Wochen oder anlassbezogen zusammen, um den aktuellen Ermittlungsstand auszutauschen. Gibt es dazu Fragen?"

Niemand meldete sich.

Kapitel 16
Der Durchbruch

Während der ersten Besprechung der neu strukturierten Soko Pelikan, die erstmals von ihrer neuen Leiterin, Kriminaloberrätin Iris Höppner moderiert wurde, unterbrach ein Anruf von Doktor Gans, dem Leiter der DNA-Abteilung des LKA, die Anspannung der Ermittler. Doktor Gans teilte ihnen mit, dass zwei Personen, die den sichergestellten Zigarettenkippen auf dem Pelikan-Gelände zugeordnet werden konnten, identifiziert worden wären.

Beide Personen waren bereits in der DNA-Analysedatei (DAD) erfasst.

Es handelte sich um die beiden bulgarischen Staatsangehörigen Vanja Radov, 36 Jahre, und Boris Kalandev, 42 Jahre. Beide hatten Vorstrafen im Bereich des Menschen- und Drogenhandels. Sie waren bereits bundesweit aufgetreten und an Gastronomiebetrieben im Steintorviertel, dem hannoverschen Rotlichtbezirk, beteiligt.

Bingo!

Die Sokoleiterin schloss ihre Falleinweisung ab und wies ihre Kollegen an: „Trotz aller Euphorie besorgen wir uns erst einmal Informationen über die beiden Personen, um uns ein umfassendes Bild zu machen. Die Kriminalakten befinden sich hier in Hannover. Mona, besorgst du uns bitte die Unterlagen und stellst uns um 14 Uhr die Personen vor. Karl, sprich bitte mit den Kollegen vom Milieu, die können zur Szene und der geschäftlichen Einbindung sicher noch etwas ergänzen. Von der Analysestelle benötige ich die aktuellen und ehemaligen Wohnsitze, Fahrzeuge, Telefon- und Handynummern. Alles, was ihr bekommen könnt. Ich kümmere mich um die erforderlichen Beschlüsse bei der Staatsanwaltschaft. Die Celler und Hildesheimer Kollegen checken bitte in ihrem Bereich, ob die Bulgaren dort schon eine Rolle spielen. Das Gleiche könnt ihr bitte über euer OFA-Netzwerk veranlassen, Thorsten. Wir sehen uns um 14 Uhr."

Nach so frustrierenden erfolglosen Wochen war es für die Soko enorm wichtig, ein neues Ziel vor Augen zu haben, dem man folgen konnte. Diese Nachricht wirkte wie ein Adrenalinschub. Sämtliche Ermittler gerieten in Hochstimmung, endlich ein riesiges Stück weitergekommen zu sein.

Jedes Soko-Team versuchte aktuell, vollständige Informationen über die beiden Tatverdächtigen zu erhalten, zu strukturieren, um sie dann zu einem möglichen Gesamtbild zu verknüpfen.

Punkt 14 Uhr trafen sich die Ermittler samt des OFA-Teams und des zuständigen Staatsanwalts Doktor Jessen.

Mona Bogner fasste als Erstes die Informationen der Kriminalakten zusammen.

Vanja Radov und Boris Kalandev sind 2013 aus Warna in die Bundesrepublik eingereist. Sie sind Cousins und haben sich schon in der Hafenstadt am Schwarzen

Meer einen Namen in der Szene als Drogenhändler und Zuhälter gemacht. Warna hat etwa 350.000 Einwohner und ist in Bulgarien ein absoluter Touristenort mit entsprechendem Potenzial für Drogen und Prostitution. Beide sollen nach Revierkämpfen in Warna nach Deutschland gekommen sein und haben insbesondere in Hannover und Norddeutschland einschlägige Kontakte gepflegt. Sie sollen in Warna an einer Schießerei im Hafenviertel beteiligt gewesen sein, in der es auch Tote gegeben haben soll. Das ist aber nicht offiziell bestätigt worden. Bei der Rekrutierung von Prostituierten aus dem Ostblock sollen sie äußerst brutal vorgehen und stets bewaffnet sein. Beide haben bereits wegen Drogenhandel in Untersuchungshaft gesessen. Im Prozess sind aber alle Zeugen umgekippt und wollten sich an nichts mehr erinnern.

Ein Beamter des Milieukommissariats konnte noch ergänzen, dass sie ihre erwirtschafteten Drogengelder in der Gastronomie und vermutlich auch Prostitution in Tourismusgebieten investiert und nach aktuellen Erkenntnissen einen Betrieb im Hafen von Kühlungsborn und eine Kneipe auf Spiekeroog eröffnet hatten.

Das OFA-Team musste dabei schmunzeln und Udo Strahl konnte sich seinen Spruch: „Ich weiß schon, wer dort die Ermittlungen führt“, nicht verkneifen.

Nicht nur einer der letzten spektakulären OFA-Fälle des Serienmörders Lukas von Beuten, sondern auch die jahrelange Affinität von Familie Büthe zu Kühlungsborn war zumindest den Hannoveranern durchaus bekannt.

Iris Höppner stellte den ermittlungsleitenden Staatsanwalt Doktor Jessen vor und teilte mit, dass diesbezügliche Beschlüsse zur Telefonüberwachung, Observierung und Durchsuchung passender bekannter und genutzter Räumlichkeiten der Tatverdächtigen beim Gericht beantragt worden waren.

Die Sokoleiterin hatte sich im Vorfeld mit dem Staatsanwalt, den Ermittlungsführern und der OFA so abgestimmt, dass sie die Personen und relevanten Örtlichkeiten erst gründlich beleuchten müssten, um dann gezielt sinnvolle und gut geplante Aktionen durchzuführen. Blinder Aktionismus würde das Leben von den entführten Opfern jetzt nur gefährden.

So bitter die Erkenntnis über die beiden Bulgaren war, desto wahrscheinlicher mutete es jedoch an, dass die bisherigen Opfer zwar der Prostitution zugeführt worden sein konnten, aber sich so die Chance bot, sie noch lebend aufzufinden.

Zur weiteren Vorgehensweise wurde eine Aufteilung des Ermittler- und OFA-Teams vereinbart.

Aufgrund einer erforderlichen Kooperation mit dem LKA Mecklenburg-Vorpommern und der dortigen OFA war Thorstens Team mit Nina Bachmann, Thomas Schulte und den Ermittlern Mona Bogner, Hans Wiener und Astrid Wegner für Kühlungsborn prädestiniert.

Das Inselteam der OFA Kristin Bäumer, Maik Holzner, Carlotta Bayer-Westhold übernahm mit den Ermittlern Elke Bothe, Karl Münter und Cord Brammer den Part auf Spiekeroog.

Kapitel 17
In gewohnter Umgebung

Thorsten hatte seinen Kollegen Freddy Wascher, den OFA-Leiter aus Schwerin, über die Entwicklung informiert und sich mit dem Team aufgrund alter Kontakte im Upstalsboom Hotel in Kühlungsborn angekündigt. Sie hatten Glück. Ende Mai waren noch Zimmer zu Sonderkonditionen frei, einen Monat später wäre es unmöglich gewesen.

Thorsten freute sich auf ein Wiedersehen mit der Hotelcrew, die den OFA-Leiter samt seiner Familie privat und seit letztem Jahr auch noch dienstlich kennengelernt hatte.

Das Team aus Hannover setzte sich in einem Besprechungsraum im Hotel mit den OFA-Kollegen aus Schwerin, dem Leiter des Drogendezernates und des Observationsteams zusammen.

Nach einer Vorstellungsrunde und der Einweisung durch Thorsten Büthe stellte der leitende Drogenfahnder anhand von Lagebildern und Fotos die neue Szenekneipe in Kühlungsborn „The View" vor, welche in Toplage direkt am Hafen lag. Hier flanierten Tausende Besucher das ganze Jahr und nutzten das vielseitige Angebot von Restaurants, Boutiquen und einer gehobenen Gastronomie. „The View" lag im hinteren Bereich des Hafens, in dem man zur Wintersaison die Schiffe an einem Kran aus dem Wasser ans Festland hob. In den Räumlichkeiten hatte sich ein Souvenirshop mit Fischbrötchen versucht, was sich wirtschaftlich aber nur eine Saison halten ließ. Direkt dahinter setzte sich der Sandstrand fort, wobei hier ein Bereich in der Sommersaison als Open-Air-Kino genutzt wurde. Die Vorstellung einer lauen Sommernacht, von einem Aperol Spritz im Strandkorb und einem Joint zum Film – was will man mehr. Das werden sich zumindest die bulgarischen Investoren gedacht haben.

Als Inhaberin und auch als Geschäftsführerin war eine Mandy Stolle eingetragen, die sicherlich nur als unbescholtene Schachfigur eingesetzt war. Die Namen der Bulgaren wurden nicht mit einer Silbe genannt.

Das Team besprach, am heutigen Abend in kleinen unauffälligen Grüppchen in die quirlige Hafenszene Kühlungsborns einzutauchen und sich zu orientieren.

Als Thorsten mit Nina und Thomas zu Fuß vom Upstalsboom in Richtung Hafen ging, stellte er den beiden sein Kühlungsborn wie ein Fremdenführer vor und schwärmte von erlebten Geschichten, wobei er auch die Details vom letzten Fall des Serienmörders Lukas von Beuten nicht ausließ. Nina war im letzten Jahr aufgrund der Elternteilzeit noch nicht mit an der Ostsee gewesen. Ebenso hatte Thomas gefehlt, er war erst letztes Jahr in die OFA gekommen und dann einem anderen Einsatz zugeteilt worden.

Auf der Holztreppe am Vielmeer genossen sie den großartigen Blick auf den Bootshafen und holten sich von Edel & Scharf die wohl beste Currywurst der Welt.

An den Anlegestellen lagen Motor- und Segeljachten und dümpelten im leichten Wellengang.

Plötzlich glaubte Thorsten seinen Augen nicht zu trauen: „Das gibt's doch gar nicht!", und rief: „H-P!", wobei er es in Englisch aussprach. Nina und Thomas wunderten sich, wobei Nina Thorsten anschaute: „Der H-P?"

Thorsten nickte und zeigte auf ein Segelboot mit dem Namen „Sprotte" am Anleger direkt vor ihnen. „Wer nennt denn sein Segelboot Sprotte?", fragte Thomas belustigt.

„Hans-Peter Seifert, unser Seniorprofiler. Genannt H-P. Das Boot liegt normalerweise in Kiel, er teilt es sich mit seinem Sohn, der dort lebt", erklärte Thorsten seinem jungen Kollegen.

Der Segler sah sich suchend um und erkannte Thorsten erst, als dieser auf den Anleger zuging. Nina und Thomas folgten ihm.

„Mensch, was machst du denn hier?", empfing ihn Thorsten mit einer innigen Umarmung.

„Ich habe schon lange nach einem alternativen Liegeplatz gesucht und bin in Kühlungsborn hängen geblieben. Mein Sohn hat nur wenig Zeit für das Boot, sodass ich es jetzt nur noch allein nutze."

Als Nina auf H-P zuging, begrüßten sich beide nicht minder herzlich, mit Thomas tauschte H-P einen kräftigen Handschlag aus.

„Nach einem privaten Besuch sieht das aber nicht gerade aus", hakte H-P nach und lud das Trio ein: „Kommt an Bord."

Vom Bug des Schiffes aus lief ihnen ein Golden Retriever mit freudig wedelndem Schwanz zu und begrüßte die

Besucher. „Das ist Baxxter, mein ständiger Begleiter auf See und dem Festland“, stellte H-P seinen Hund vor.

„Ich hoffe, der echte H. P. Baxxter ist damit einverstanden“, frotzelte Thorsten in Anlehnung an den bekannten Frontmann der Band Scooter. „Sie haben zumindest die gleiche Haarfarbe“, bemerkte H-P und lachte.

Sie kamen nicht drum herum, an Bord der Sprotte ein Bier mit dem Schiffseigner zu trinken und über alte Zeiten zu philosophieren.

H-P war Gründungsmitglied der OFA Niedersachsen und hatte Thorsten ausgebildet. Vor acht Jahren konnte Nina die Stelle von H-P bekommen, als er in den Ruhestand ging. Thomas hatte viele berüchtigte Geschichten über ihn gehört.

Der Seebär sah für seine fast 70 Jahre topfit aus, hatte noch volles, fast weißes Haar und war braun gebrannt. Zudem war er nach wie vor sehr interessiert, wie es mit seiner OFA weiterging. „So, jetzt mal zu euch. Was treibt euch hier nach Kühlungsborn?“, fragte H-P den Besuch neugierig.

Thorsten vertraute seinem damaligen Ausbilder damals wie heute blind und wies ihn nicht ohne Hintergedanken in den Fall ein.

Auch H-P konnte seinen damaligen Azubi noch gut einschätzen und bemerkte Thorstens Blick vom Boot in Richtung der neuen Szenekneipe „The View“.

„Der Blick von hier ist nicht schlecht, oder? Und dazu auch noch so unauffällig“, schmunzelte H-P. „Du erwartest jetzt aber nicht, dass ich euren Job mache. Für ein Observationsteam ist das Boot zu klein. Eine nette Kollegin würde hier allerdings kaum auffallen. Ich könnte ihr an Bord ein paar Aufgaben geben und ihr seid up to date", schlug er mit einem Augenzwinkern vor.

„Wir besprechen das mal mit den Kollegen, wobei die nur eine Frau im Team haben, die circa 185 Zentimeter groß ist und mit etwa 95 Kilogramm sowas von durchtrainiert ist. Da musst du an Bord keine Angst mehr haben", frotzelte Thorsten.

„Unter diesen Voraussetzungen ziehe ich mein Angebot zurück – und jetzt runter von meinem Schiff!", grummelte der Seebär mit einer gespielt bösen Miene und verabschiedete das OFA-Team herzlich.

Die drei flanierten anschließend noch im Hafenbereich entlang der Promenade. Dabei entdeckten sie Mona, Astrid und Hans im „The View" bei einem dunklen Störtebeker und zwei Aperol Spritz.

Unauffällig gingen die Profiler weiter und wurden von den Kollegen des Observationsteams beobachtet, die sich allerdings nicht bemerkbar machten. So sollte es ja auch sein.

In der Hotelbar nahmen sie noch einen Absacker. Am nächsten Morgen wollten sie sich mit den anderen Einsatzkräften über die nun folgenden Maßnahmen abstimmen.

Kapitel 18
Ostfriesische Gelassenheit

Das OFA-Team von Kristin Bäumer mit Maik Holzner, der Psychologin Carlotta Bayer-Westhold und den Ermittlern Elke Bothe, Karl Münter und Cord Brammer hatte sich am Fährhafen mit dem Feuerwehrchef Christian Kieslich verabredet. Kristin und Christian kannten sich bereits. Die OFA hatte vor zwei Jahren auf der Insel zu tun gehabt. Schon die Fähre war derart proppenvoll, dass sich die Beamten wunderten, was auf dieser eigentlich beschaulichen Insel so los war.

Der Feuerwehrchef klärte die Festlandpolizisten auf. „Mensch, Leute, an diesem Wochenende ist auf Spiekeroog das legendäre Schlagballturnier des Internats Hermann-Lietz-Schule. Wir haben hier die nächsten Tage locker 5.000 Touristen auf der Insel. Und jetzt kommt das Problem: Wir haben weder ein Hotel noch eine Pension für euch. Selbst der Campingplatz ist völlig ausgebucht." Kristin ahnte, was kommen musste, sie hatten bei dem letzten OFA-Einsatz die selbe Schwierigkeit gehabt. „Ich kann euch zwei Mannschaftszimmer im Feuerwehrgerätehaus anbieten. Ein bisschen spartanisch, aber besser als in den Dünen schlafen, und mit einigen friesischen Gutenachtgetränken geht das recht gut", schlug Christian vor. Alle waren einverstanden.

Spiekeroog ist eine autofreie Insel, selbst der Inselsheriff, Polizeihauptkommissar Andreas Basler, kann seine Verfolgungsfahrten nur auf seinem E-Bike vornehmen. Lediglich Feuerwehr und Rettungskräfte verfügen hier über entsprechende Fahrzeuge.

So hatte der Feuerwehrchef seinen knallroten VW Amarok am Fähranleger geparkt, um das Soko-Team samt Gepäck zu transportieren. Kristin zog eine Augenbraue hoch und schlug das Angebot zum Teil aus. „Das ist lieb gemeint, Christian, aber wir wollen uns erst mal unauffällig auf der Insel bewegen, da wäre eine Show auf der Ladefläche des knallroten Gefährts ein wenig too much. Wenn du das Gepäck rüberfahren könntest, wären wir dir total dankbar".

Christian reagierte ein wenig eingeschnappt. „War ja nur ein Angebot. Mir sagt hier doch keiner was. Aber wenn ihr nicht auffallen wollt, ist das okay. Dann sehen wir uns in einer halben Stunde mit Andreas im Gerätehaus. Bis gleich."

Die OFA hatte den Inselsheriff, wie ihn die knapp 750 Insulaner gern nannten, vor drei Jahren auf Spiekeroog kennengelernt. Damals war das Profilerteam bei einer Tathergangsrekonstruktion auf der Insel von der äußerst kompetenten Tatortaufnahme des Polizeihauptkommissars Andreas Basler positiv überrascht gewesen. Er hatte vorher in Hannover seine Arbeit beim Verkehrsunfalldienst verrichtet und daher den Tatort aufgenommen wie einen schweren Verkehrsunfall – wirklich gut.

Andreas war der einzige Polizist auf Spiekeroog und konnte auf kein Team zurückgreifen, auch nicht, wenn es mal brenzlig wurde. Dann musste die freiwillige Feuerwehr aushelfen. Den Polizeidienst auf einer Nordseeinsel konnte man mit dem Stress auf dem Festland überhaupt nicht vergleichen. Einerseits hatte der Inselpolizist keine festen Dienstzeiten und war rund um die Uhr ansprechbar, andererseits galt er auch als feste Komponente der Insel, wobei die Einheimischen und auch er sich niemals als Insulaner sehen würden. Dennoch war er ein Teil von ihnen und musste sich den örtlichen Gepflogenheiten und Ritualen auf der Insel langsam anpassen, was ihm und seiner Frau, die das Inselkino betrieb, aber nicht schwerfiel.

Als sich die Festlandpolizisten mit dem Inselsheriff und dem Feuerwehrchef im Besprechungsraum des Gerätehauses trafen, nahm Kristin den Inselpolizisten zur Seite. „Dein Feuerwehrkollege ist ein total netter Kerl, aber was wir hier zu besprechen haben, ist und bleibt Polizeisache. Sagst du es ihm oder soll ich das machen?“

Der Inselsheriff lächelte die Profilerin an. „Das mag bei euch in der großen Stadt klappen, hier nicht. Wenn wir Christian ausschließen, bekommen wir kein Bein an die Erde. Ich habe drei Jahre gebraucht, um mir das Vertrauen auf dieser Insel zu erarbeiten und Christian hat mir nicht nur einmal den Arsch gerettet. Das lasse ich mir nicht kaputtmachen. Wenn einer weiß, was auf der Insel los ist, dann er. Ich lege meine Hand für ihn ins Feuer und, egal was hier in den nächsten Tagen passiert, wir brauchen ihn und ihr schon lange“.

Kristin sah in die zustimmenden Gesichter der Kollegen und nickte. „Du hast vermutlich recht. Hol ihn bitte dazu.“

Kristin begrüßte die kleine Runde, zu der sich einige junge Kollegen der Observationskräfte aus Aurich dazugesetzt hatten.

Nach Einweisung in den aktuellen Ermittlungsstand eröffnete Kristin dem Inselsheriff und Leiter der Feuerwehr, dass vor Kurzem im Inseldorf eine kleine Kneipe „Watt nu“ eröffnet hatte, die von einer jungen Frau aus Norden geleitet wurde. Diese Susi Hansen hatte Kontakte ins Drogenmilieu, aber die echten Inhaber und Investoren sollten Vanja Radov und Boris Kalandev sein. Es wird daher vermutet, dass über das „Watt nu“ Drogen auf der Insel in Verkehr gebracht werden könnten und vielleicht auch die Prostitution gefördert werden soll.

Der Feuerwehrchef lachte laut auf und schlug sich auf die Schenkel. „Prostituierte auf Spiekeroog? Was meint ihr, was Erna mit Hinnerk macht, wenn er im Inseldorf in den Puff geht. Ich kann nicht ausschließen, dass unsere Touristen auch mal einen Joint rauchen, aber Drogendealer auf unserer Insel? Das geht mir zu weit.“ Die Augen der Beteiligten richteten sich auf den Inselsheriff, der sich berufen fühlte, die Meinung seines Vertrauten zu bestätigen. „Wir haben keinerlei Ansatz, so etwas zu vermuten. Wenn die Insulaner das mitkriegen, würden sie die Dealer kopfüber ins Watt stecken. Hier haben wir so was nicht.“

„Willkommen in der heilen Welt, oder wie? Überall um euch rum passieren solche Dinge, nur auf eurer Insel nicht? Wo lebt ihr eigentlich?“, entfuhr es Kristin.

„Wir sitzen hier zusammen, um genau das aufzuklären, und können uns dann Gedanken machen, wie wir und vor allem ihr dann damit umgeht. Wir müssen primär eine Serie von Entführungsfällen aufklären und hoffen, dass die vermissten Frauen noch am Leben sind. Wir haben also nicht viel Zeit und die sollten wir jetzt vernünftig nutzen", ergänzte Maik Holzner.

„Okay", lenkte der Inselsheriff ein, „Christian, kennst du diese Susi Hansen aus Norden? Hattet ihr schon einmal Kontakt? Ist sie vom Fach?", hakte Andreas Basler nach.

Der Feuerwehrchef war ebenso Inhaber eines Restaurants und einer Pension, sodass er die Gastronomieszene auf der Insel sehr gut kannte.

„Diese Susi ist eine junge blonde Puppe Mitte zwanzig. Sie hat im Norden gekellnert, hatte aber sicher noch nie einen eigenen Laden. Woher sollte sie auch die Kohle haben, um hier auf der Insel zu investieren. Mit den Abstandszahlungen an den alten Inhaber und den Renovierungsarbeiten kommt sie mit Sicherheit auf locker 200.000 Euro. Ihr habt ja recht. Das macht selbst mich stutzig", gab der echte Insulaner zu. „Okay, ich werde mal unauffällig Augen und Ohren öffnen", versprach er.

So teilte sich das Ermittlerteam die Arbeit und machte sich auf den Weg in die Kneipenszene des Inseldorfes, wobei das berüchtigte „Old Laramie" in den Dünen am Westend auch nicht fehlen durfte.

Kapitel 19
Im Fokus der Fahnder

Die Beschlüsse für eine Handyüberwachung zur Durchsuchung der Gastronomiebetriebe in Kühlungsborn und auf Spiekeroog sowie zur Observation der beiden Bulgaren lagen vor. Das Problem war nur, dass weder Handynummern der Tatverdächtigen noch deren aktueller Wohnsitz bekannt war. Also hielten die Fahnder im Rotlichtviertel Hannovers Ausschau nach den Bulgaren: Vom Segelschiff des Seniorprofilers aus hatte eine attraktive Polizistin Ende zwanzig „The View“ im Blick, und auf Spiekeroog stand sowohl der Fähranleger als auch das „Watt nu“ im Fokus der Fahnder.

Zwischen dem Festland und Spiekeroog beobachtete die Küstenwache die Einfahrt in den Hafen, falls die Bulgaren über den Seeweg mit einem Boot auf die Insel gelangen wollten.

Ihnen blieb nichts anderes übrig, als zu warten.

Kapitel 20
Der reaktivierte Seniorprofiler

Baxxter wurde viel früher auf die Schritte auf dem Steg aufmerksam als der Skipper H-P und lief aus der Kajüte nach oben. Der Rüde wedelte freundlich mit dem Schwanz und begrüßte die junge, attraktive Frau mit dem Seesack, die gezielt auf die Sprotte zuging. „Hey, wer bist du denn?“, sprach sie den gutmütigen Bordhund an.

„Das ist Baxxter, und wer sind Sie?“ fragte H-P mit tiefer Seebärenstimme noch aus dem Aufgang der Kajüte.

„Ich bin Merle, und wenn Sie Herr Seifert sind, soll ich Sie herzlich von Thorsten Büthe grüßen. Er meinte, Sie bräuchten Unterstützung an Bord“, stellte sich die Beamtin vor.

Der Eigner blieb grummelig. „Erstens brauche ich an Bord meines Schiffes keinerlei Unterstützung, zweitens duzt man sich auf hoher See und drittens würde ich bei dir mal eine Ausnahme zulassen.“ Dann strahlte er. „Ich bin zwar Hans-Peter, aber alle nennen mich H-P. Willkommen an Bord, Merle.“

Die Beamtin legte ihren Seesack ab und verstaute ihre technische Ausrüstung mit Kameras und einem Fernglas in der Kajüte. Ihre 9-mm-Glock und ein Funkgerät mit Ohrstöpsel trug sie verdeckt unter ihrer Segeljacke. In ihrem Outfit wirkte sie so, als hätte sie gerade nach einem

Törn angelegt. H-P zeigte sich von seiner besten Seite, bereitete in der Kombüse ein köstliches Rührei mit Speck zu und öffnete zwei alkoholfreie Alsterwasser. Nach einem ersten Small Talk über den dienstlichen Werdegang und das neue Leben als Pensionär wies Merle ihren ehemaligen Kollegen in die Lage ein.

„Merle, wie alt bist du? Wie bauen wir unsere Legende auf? Reise ich mit meiner Tochter oder meinem Enkelkind? Was ist authentischer?", stellte er die junge Beamtin auf die Probe.

„H-P, das Enkelkind würde dir keiner abnehmen. Ich bin 25 und unser Altersunterschied ist ja nicht groß, sodass ich locker als deine Tochter durchgehen würde, oder wie siehst du das?", hofierte sie den Pensionär.

H-P fühlte sich total gebauchpinselt und freute sich auf die nette und attraktive Begleitung. „Wenn du meinst", reagierte er geschmeichelt.

„Dann lass uns mal die Kneipentour starten, und ich könnte mir vorstellen, dass wir im „The View" versacken, Paps", schlug Merle vor. H-P freute sich auf den Abend und philosophierte innerlich, wie schön das Leben eines Pensionärs sein konnte.

Kapitel 21
Das Partywochenende auf Spiekeroog

Am Abend des Schlagballturniers war Spiekeroog eine einzige Partyinsel. Im kleinen Dorf, an den Stränden, auf dem Campingplatz und vor allem im „Old Laramie" war die Hölle los.

Das Schlauchboot mit dem starken Außenborder, welches sich von der Seeseite Norderneys über Baltrum und Langeoog dem Weststrand am Campingplatz näherte, nahm niemand so richtig wahr. Die Küstenwache hatte die Landseite Spiekeroogs im Visier. Auf der Seeseite konnte eigentlich kein Boot anlegen. Das Schlauchboot jedoch fuhr direkt auf die Sandbank, setzte zwei Männer mit großen Rucksäcken am Strand ab und fuhr ohne Positionslichter wieder in Richtung Westen davon.

Die beiden stiegen auf zwei Mountainbikes am Campingplatz und fuhren über das Palisadendiek und Westend in das Inseldorf. Durch einen Hintereingang gelangten sie ins „Watt nu" und wurden von der Inhaberin Susi begrüßt. „Endlich, die warten alle schon."

Die jungen Observationskräfte des Mobilen Einsatzkommandos fielen als Pärchen im „Watt nu" überhaupt nicht auf. Hier hatte eh jeder ein Smartphone in der Hand, schrieb WhatsApp-Nachrichten oder schoss Handyfotos von der Partystimmung. Beim Einsatzleiter gingen

Nachrichten ein wie: „Die warten hier auf irgendetwas und fragen die Betreiberin ständig, ob schon was da ist.“ Und aktuell: „Hier ist plötzlich eine Riesenhektik an der Theke, und es gehen Tüten mit Gras und wohl auch Crack oder Ecstasy über den Tisch.“

Plötzlich kam die Nachricht „Zielperson erkannt!“ samt Foto von Vanja Radov über den Ticker. Der Einsatzleiter gab seinem Zugriffsteam und den Ermittlern, die alle auf Position waren, das Stichwort „Zugriff!“ Die MEK-Beamten stürmten im Vollschutz samt Schutzwesten und Helmen mit vorgehaltenen Waffen den Hintereingang des „Watt nu“. Die Observationskräfte in der Kneipe schrien „Zielperson ist bewaffnet!“ in das Funkgerät, als schon die ersten Schüsse fielen. In der Kneipe brach die totale Panik aus, und alle Gäste versuchten hinauszurennen. Vanja Radov hatte das Feuer auf das MEK eröffnet, das wegen der Gefährdung der Gäste allerdings nicht zurückfeuerte. Die Ermittler Elke, Karl und Cord näherten sich bewaffnet vom Kneipeneingang dem Thekenbereich, hinter dem sich Vanja verschanzt hatte und weiter auf die Einsatzkräfte auf der anderen Seite schoss. Mehrere Schüsse gab der heißblütige Cord Brammer auf den Thekenaufbau ab, als sich der Bulgare umdrehte, um auch die Ermittler zu attackieren. Er behielt die Ruhe, schoss dem Bulgaren direkt in die Stirn und rief den MEK-Kräften zu: „Feuer einstellen! Täter gestellt!“ Dann sprang Cord über die Theke und sicherte die Waffe des Bulgaren. Erst da bemerkte er eine weitere verletzte Person am Boden, die eine Pistole auf ihn richtete. Cord ließ sich zur Seite fallen, konnte im letzten Moment zwei Schüsse auf den

Oberkörper des Angreifers abgeben und auch dessen Waffe sichern. Erst in diesem Moment kamen die Spezialkräfte hinzu und kontrollierten die Lage endgültig. „Das war verdammt knapp", stellte Cord aufatmend fest. Als die MEK-Kräfte den Thekenbereich komplett ausleuchteten, stellten sie fest, dass Vanja Radov einem Kopfschuss erlegen war und es sich bei dem zweiten Täter um Boris Kalandev handelte, dem zwei Schüsse in den Oberkörper offensichtlich die Brustarterie zerrissen hatten. Wie sich weiter herausstellte, war ein MEK-Beamter durch einen Beinschuss verletzt worden. Wie durch ein Wunder blieben alle Gäste unversehrt, und die Inhaberin Susi konnte festgenommen werden.

Als der Inselsheriff das zerstörte „Watt nu" betrat, frotzelte Karl Münter in seiner trockenen Art: „Das ist jetzt dein Tatort, Andreas."

Elke Bothe nahm ihren jungen Kollegen Cord Brammer in den Arm: „Alles okay, Cord?", der teilnahmslos nickte. „Das hätte aber auch ins Auge gehen können. Du bist beim FK 1 und nicht beim SEK! Wir kommen eigentlich erst, wenn es Tote gegeben hat, und sorgen nicht selbst für unsere Tatorte", gab Elke weiter zu bedenken. „Hätte ich mir auch anders gewünscht", bemerkte Cord kleinlaut.

Karl Münter beugte sich zu den toten Bulgaren herunter und suchte mit Handschuhen nach Ausweispapieren. „Ach du Scheiße!", brach es aus ihm heraus. Aus der Innentasche von Vanja hatte er ein Polaroid-Foto herausgezogen.

Es zeigte Nele in ihrem Brautkleid mit aufgerissenen Augen, einem panischen Blick und einem Haushaltsschwamm im Mund, als Knebel mit einem Kabelbinder fixiert.

Vor ihnen lag der Pelikan oder besser die beiden Pelikane. Nur konnten sie jetzt keinem mehr verraten, wo sich die entführten Bräute aufhielten.

Kristin und Carlotta traten erst jetzt in die Szene ein und erwarteten nun in der Vernehmung von Susi, den Aufenthaltsort der Bräute zu erfahren.

Hoffentlich war es noch nicht zu spät.

Kapitel 22
The View

Die Observationsteams, Ermittler und die Profiler hatten sich in drei Gruppen aufgeteilt und flanierten an der Hafenpromenade hin und her. Thorsten und Nina mussten jedes Mal schmunzeln, wenn sie Merle, H-P und den völlig entspannten Baxxter passierten. Die drei saßen direkt an der Promenade mit Sicht auf den Hafen und einem Seitenblick auf den zu observierenden Thekenbereich. Die Profiler konnten Gesprächsfetzen von H-P mit der Bedienung aufnehmen, als er Merle stolz als seine Tochter vorstellte, die ihn ein paar Tage besuchen würde. Das war dann wohl nicht ein erster Abend im „The View", was perfekt zur Legende passte und überhaupt nicht auffiel.

Ein turtelndes Pärchen saß direkt an der Theke und hatte die Aktionen des Personals unmittelbar vor Augen. Sie stellten fest, dass auffällig viele Sektkühler an das gehobene Publikum ausgehändigt wurden, welches immer was ‚Sprudeliges', mal mit gecrushten oder ganzen Eiswürfeln, orderte. Beim Blick über die Theke bemerkten sie, dass der Barkeeper dann jeweils eine Tüte mit weißer Substanz oder auch kleine Pillen unter das Eis mischte, was sie an die Einsatzleitung meldeten. Thorsten gab die Anweisung: „Erst Zugriff, wenn eine oder beide Zielpersonen ausgemacht werden!"

Thorsten erhielt einen Anruf von Kristin aus Spiekeroog, die ihn über den Einsatz und den tödlichen Schusswaffengebrauch gegen beide Zielpersonen informierte. So mussten die Ermittler nun nicht mehr auf die Bulgaren warten. Auf Thorstens Stichwort „Zugriff!“ stürmten bewaffnete Spezialkräfte in die Kneipe und alle Gäste mussten entsprechende Durchsuchungsmaßnahmen und Personalienfeststellungen über sich ergehen lassen. Auch das Pärchen an der Theke und der Seebär mit seiner Tochter.

Im Küchen- und Thekenbereich wurden mehrere portionierte Einheiten Kokain und weitere Pillen sichergestellt. Der Barkeeper hatte durch das schnelle Eingreifen der Spezialkräfte keine Chance mehr, an die Pumpgun unter dem Tresen zu greifen. So konnte zumindest dieser Einsatz erfolgreich ohne Schussabgabe und Verletzte abgeschlossen werden.

Das Team der Soko Pelikan brach seinen Aufenthalt noch in der Nacht in Kühlungsborn ab und machte sich auf den Weg nach Spiekeroog, um die erste Fähre in der Früh zu erreichen.

Auch das Observationsteam und die nette Beamtin auf der Sprotte mussten ihren Beobachtungsposten verlassen, was H-P und Baxxter außerordentlich schade fanden. Merle sagte zu, sie wieder mal zu besuchen und ein wenig mehr Zeit mitzubringen. Thorsten verabschiedete sich per WhatsApp von seinem Ausbilder und versprach, in den nächsten Monaten ein Seniorentreffen mit den OFA-Oldies im Hafen von Kühlungsborn zu organisieren. H-P antwortete lediglich mit dem „Daumen-hoch“-Emoji.

Kapitel 23
Hektik auf Spiekeroog

Das Team aus Kühlungsborn nahm die erste Fähre um 7.10 Uhr und wurde vom Feuerwehrchef mit dem roten Amarok am Anleger empfangen. Christian begrüßte den OFA-Leiter mit den Worten: „Hallo, Thorsten, das hätte ich auch nicht gedacht, dass wir uns unter diesen Umständen wiedersehen. Steig vorne mit ein, die anderen Kollegen bitte auf die Ladefläche. Macht schnell, ihr seid schon im Fokus der Kameras." Es waren unzählige Fernsehteams auf dem Weg, die allerdings auch erst jetzt mit der ersten Fähre übersetzen konnten. Spiekeroog war nicht nur autofrei, sondern auch die einzige bewohnte ostfriesische Insel ohne eigenen Flugplatz. Wohl aber gab es für Notfälle einen Hubschrauberlandeplatz am Hafen, jedoch hatten die anfragenden Fernsehsender keine Landegenehmigung erhalten. Sie war lediglich nur Rettungs- und Polizeihubschraubern vorbehalten.

Die Einsatzkräfte der Auricher Mordkommission, der Spurensicherung und zwei Rechtsmediziner aus Oldenburg waren mit einem Polizeihubschrauber auf die Insel geflogen worden und hatten bereits ihre Arbeit vor Ort aufgenommen.

Das „Watt nu" war für die Polizei fachlich ein Mordtatort. Hier waren zwei Menschen durch Schüsse aus einer Polizeipistole zu Tode gekommen, was objektiv wie jedes andere Tötungsdelikt behandelt wurde. Es lag in der Entscheidung der Staatsanwaltschaft, ob hier bloß ein Todesermittlungsverfahren oder ebenfalls ein Strafverfahren wegen eines Tötungsdeliktes gegen Cord Brammer eingeleitet werden sollte. Seine Dienstpistole wurde als mutmaßliche Tatwaffe sichergestellt. Entsprechende Vergleichsuntersuchungen der Projektile aus den Körpern der Toten mussten mit Munition und Dienstwaffe gegenübergestellt werden, um zu prüfen, ob die Bulgaren tatsächlich mit der Polizeipistole erschossen worden waren. Nach den Ermittlungen der Mordkommission und der juristischen Bewertung der Staatsanwaltschaft konnte entschieden werden, ob gegen den Kriminalbeamten Anklage erhoben werden würde oder ob er sich auf eine Notwehr- oder Nothilfesituation berufen konnte. War die Schussabgabe auf die Bulgaren unabdingbar gewesen, um eine Lebensgefahr für ihn oder die eingesetzten Kollegen abzuwenden, rechtfertigte das einen Schusswaffeneinsatz, was die ersten Befragungen der Einsatzkräfte auch so ergeben hatten.

Das war allerdings nur die juristische Betrachtung. Cord Brammer hatte eine lebensbedrohliche Extremsituation aushalten und in Sekundenbruchteilen über das Leben seiner Angreifer entscheiden müssen. Eine solche traumatische Erfahrung geht an niemandem spurlos vorbei. Gerade bei Spezialeinheiten werden solche Situationen einstudiert, um schnell reagieren zu können. Der psychische Umgang nach einem solchen Erlebnis lässt sich jedoch nicht trainieren. Jetzt wurden eine Nachsorge dieses Ereignisses und entsprechende Betreuungsmechanismen angeschoben, die mit Cord Brammer abzustimmen waren.

Mit seinem Chef, Steffen Lange, war noch in der Nacht vereinbart worden, dass Cord von seiner Kollegin Astrid Wegner aufs Festland begleitet werden sollte. In Neuharlingersiel würden die Celler Kollegen beide am frühen Morgen abholen.

Auf diese Weise war Cord erst mal aus der Schusslinie und konnte entsprechend betreut werden.

Im Besprechungsraum der Feuerwehr traf Thorstens Team auf die Beamten der Mordkommission Aurich und das zweite Team seiner Kollegin Bäumer, die den Anwesenden den Ablauf des gestrigen Abends schilderten.

Nachdem alle im Bilde waren, reihten sich die beiden Oldenburger Rechtsmediziner Doktor Sandra Asthoff und Doktor Andreas Hallmann in die Runde ein und stellten den Ermittlern und dem OFA-Team das erste Ergebnis der rechtsmedizinischen Leichenschau am Tatort vor.

Vanja Radov war durch einen Schuss in die Stirn und Boris Kalandev durch zwei Einschüsse in den Oberkörper getötet worden, wobei sie bei Letzterem auch noch eine Schusswunde im linken Oberschenkel feststellen konnten.

Die Leichen wurden in die Rechtsmedizin der Medizinischen Hochschule Hannover – Außenstelle Oldenburg – gebracht. Die Obduktion war für 13 Uhr angesetzt worden.

Thorsten richtete seine Aufmerksamkeit auf Kristin und schlug seiner Kollegin vor, an der Sektion teilzunehmen und sie fotografisch zu dokumentieren. Als sich Thorstens und Maiks Blicke trafen, musste der OFA-Leiter über den Dackelblick seines Kollegen schmunzeln und ergänzte: „Maik, du könntest Kristin ja begleiten“, was dieser mit einem Strahlen und dem erhobenen Daumen gut gelaunt kommentierte.

Maik war in seiner wenigen Freizeit Bandleader einer bekannten Rockband in Hannover und hatte die gleiche Affinität auch bei Doktor Sandra Asthoff entdeckt, die mit ihrer Band auch mal im Arztkittel auf der Bühne rockte. So hatten sie zumindest am Rande oder nach der Obduktion noch ein angenehmeres Thema, was insbesondere für einen weiteren fachlichen Austausch untereinander nicht abträglich war.

Auch Doktor Andreas Hallmann kannte das OFA-Team bereits aus der MHH in Hannover, wo er zuvor gearbeitet hatte.

Die Tatortbeamten hatten noch lange im „Watt nu“ zu tun und werteten über die Lage der Hülsen und die Einschüsse in die Theke sowie die Schussverletzungen der Bulgaren die möglichen Schussrichtungen und -entfernungen aus, um den Ablauf exakt rekonstruieren zu können.

Barbetreiberin Susi bestätigte bei ihrer Vernehmung die Vermutung, dass die Bulgaren jugendliche Besucher in der Hochsaison über das „Watt nu“ mit Drogen versorgen wollten. Von Entführungen junger Frauen oder gar Bräuten hatte sie nie etwas gehört. Sie wusste, dass die Bulgaren auch an mehreren Bordellen und Laufhäusern beteiligt gewesen waren, aber dass sie Frauen entführt haben sollten, um sie dann auf den Strich zu schicken, konnte sich Susi überhaupt nicht vorstellen.

In Windeseile hatte sich bei der Pressemeute herumgesprochen, dass die Einsatzzentrale im Feuerwehrgerätehaus untergebracht war, welches infolgedessen komplett belagert wurde.

Die Ermittler hatten keine Chance, dort unbehelligt herauszukommen.

Thorsten versuchte auszubrechen. „Christian, wie viele Ausgänge gibt es hier?“, sprach er den Feuerwehrchef an. Der runzelte die Stirn. „Insgesamt vier. Den Haupteingang, den ich euch im Moment nicht empfehlen würde. Die Tore für die Einsatzfahrzeuge, die machen beim Aufziehen einen Riesenkrach, und zudem werden die Warnlichter aktiviert. Mit dem Hintereingang rechnet die Meute eh. Ich würde euch die Feuertreppe aus dem Obergeschoss empfehlen. Ihr kommt dann an der Seite in den Dünen raus und müsst nur noch einen Bogen schlagen. Das könnte klappen“, empfahl der Insider.

Thorsten hatte einen Plan. „Okay, folgender Vorschlag: Andreas, du als zuständiger Inselsheriff und der Leiter der Mordkommission Aurich gebt am Haupteingang ein Statement zu einem Drogeneinsatz im „Watt nu“, in dem zwei Dealer durch Spezialeinsatzkräfte tödlich verletzt worden sind. Die Lage ist geklärt, niemand auf der Insel muss sich weitere Sorgen machen. Auf keinen Fall darf das mit unserem Fall und den Brautentführungen in Zusammenhang gebracht werden. Auch unsere Anwesenheit muss dabei komplett rausgehalten werden. Während ihr in die Kameras sprecht, machen wir uns über die Nottreppe und die Dünen aus dem Staub. Ist das in Ordnung für euch?“ Die angesprochenen Kollegen nickten und wünschten Thorsten und seinem Team viel Erfolg.

Als zuerst der uniformierte Inselpolizist vor dem Leiter der Mordkommission Aurich nach draußen trat und eine Stellungnahme signalisierte, kamen die Reporter und Kameraleute zusammen, um die ersten Informationen abzufangen. Das OFA-Team nutzte die Phase, um sich unentdeckt über die Nottreppe aus dem Obergeschoss abzusetzen. Sie blickten nach draußen, die Luft war rein.

Unten angekommen, hörte Thorsten verzweifelt eine ihm nicht unbekannte Stimme. „Hallo, Herr Büthe, wie gut, dass ich Sie schon kennengelernt habe. Ich kann immerhin Ihre Gedanken lesen und könnte doch eigentlich bei Ihnen mitarbeiten, oder?“, dabei grinste Marina Swodicz triumphierend, als hätte man ihr gerade den Medienoskar verliehen. Ihr Kameramann hielt diese Szene überflüssigerweise auch noch fest. Jetzt war allerdings weder Zeit für Diskussionen noch Erklärungen vor Ort. „Frau Swodicz! Kamera aus und mitkommen!“, fuhr er sie an. Die Reporterin gab ihrem Kameramann ein kurzes Zeichen, und beide beteiligten sich an der Flucht des OFA-Teams.

Sie schlugen einen Haken, überquerten die Noordertün in Richtung Inseldorf und gingen über den Noorderpad zum Café Teetied, in dem Thorsten die Klatschreporterin bei einem leckeren Friesentee mit Kluntje auf den aktuellen Ermittlungsstand brachte, den er vertreten konnte. Thorsten setzte weiterhin auf die Vertrauenszusage, die sie ihm noch in Hannover gegeben hatte. Marina Swodicz zwinkerte Thorsten an. „Geht klar, wenn Sie mich nicht wieder vergessen, wie hier auf der Insel." Feist, aber sie hat's drauf, dachte Thorsten.

Das Profilerteam setzte mit der nächsten Fähre aufs Festland über, wobei Kristin und Maik direkt nach Oldenburg in die Rechtsmedizin fuhren.

Kapitel 24
Die Obduktion

Zuerst begannen die beiden Rechtsmediziner mit der Obduktion von Vanja Radov. Der tote Bulgare wurde in einem Leichensack auf den Sektionstisch gelegt. Er war vollständig bekleidet.

Der Zustand und jeder Schritt des Sektionsteams wurde akribisch in das Diktiergerät gesprochen, während die anwesenden Spurensicherungsbeamten, aber auch Kristin, jedes Detail fotografierten. Radovs Bekleidung wurde intensiv durchsucht, um Ausweispapiere, Waffen und andere beweisrelevante Gegenstände aufzufinden. Bei Boris Radov konnten sein bulgarischer Ausweis, 2.300 Euro Bargeld und ein iPhone 8 in Verwahrung genommen werden.

Nach dem Entkleiden, einer äußeren Besichtigung des Leichnams und der Eröffnung der Schädelhöhle konnten dort mehrere Fragmente eines Teilmantelgeschosses gesichert werden. Das Projektil war in der Stirn eingedrungen und hatte sich nach der Aufpilzung teilweise zerlegt und dadurch verschiedene lebenswichtige Hirnregionen zerstört. Infolge der pilzförmigen Deformierung der Geschossspitze war die Geschossenergie reduziert worden und das Projektil nicht wieder ausgetreten. Durch die Verwendung von Teilmantelgeschossen in Polizeiwaffen wurde so die Gefahr gemindert, bei Durchschüssen weitere, meist unbeteiligte Personen zu verletzten oder gar zu töten.

Andere Schussverletzungen waren bei Vanja Radov nicht festzustellen.

Der gleiche Ablauf folgte bei der Sektion von Boris Kalandev. Durch die Einschüsse im Bein und im Oberkörper war seine Bekleidung in diesen Arealen stark durchblutet, sodass die aufgefundenen Gegenstände erst gereinigt werden mussten.

Bei ihm fanden die Beamten ein Schlüsselbund mit mehreren Haus- oder Wohnungsschlüsseln sowie einen Autoschlüssel für einen Mercedes und ein Samsung S 10. Auch Boris Kalandev hatte einen bulgarischen Pass, der keinen Hinweis auf einen aktuellen Wohnort erbrachte. Vielleicht kamen sie über den Autoschlüssel oder das Handy weiter. Der Mercedes musste ja irgendwo auf dem Festland geparkt worden sein.

Bei der Beurteilung der Schussverletzung konnten die Obduzenten einen Oberschenkeldurchschuss und zwei Bruststeckschüsse feststellen. Die Projektile in den Oberkörper hatten zuvor zwei Rippen durchschlagen, sich dadurch zerlegt und neben einem Lungenriss auch die Brustaorta und das Herz perforiert.

Mit diesen Erkenntnissen nach vier Stunden im Sektionssaal und einem Abschiedskaffee machten sich Kristin und Maik auf den Weg zurück nach Hannover. Dort waren alle gespannt, wie sie die neue Situation bewerteten und die Soko damit umgehen sollte.

Kapitel 25
Selbstvorwürfe

Astrid und Cord arbeiteten schon mehrere Jahre zusammen und hatten sich auch private Baustellen anvertraut.

Nach seiner gescheiterten Eheschließung hatte Astrid ihm langsam wieder auf die Beine geholfen, wobei zwischen ihnen nie mehr gelaufen war.

Sie saßen auf dem Oberdeck der Fähre nach Neuharlingersiel, und der sonst so selbstbewusste und toughe Cord starrte wortlos auf das Wattenmeer.

„Du hast alles richtig gemacht. Wer weiß, wen die beiden noch verletzt oder gar getötet hätten, wenn du nicht geschossen hättest", versuchte Astrid das Schweigen zu durchbrechen. Keine Reaktion.

Astrid ließ nicht nach. „Dir wird niemand einen Vorwurf machen. Die Ermittlungen werden bestätigen, dass du handeln musstest und gar keine andere Wahl hattest als zu schießen."

„Im Moment bin ich Beschuldigter von zwei Tötungsdelikten. Meine Waffe ist als Tatwaffe sichergestellt, und ich werde bestimmt aus der Soko fliegen, vielleicht auch aus der Mordkommission. Ich kann mir schon die Sprüche der Kollegen vorstellen: Da war unser Rambo mal wieder überengagiert und so weiter", vermutete Cord. „Und das Schlimmste ist, dass wir dadurch nicht einmal erfahren, was mit den entführten Bräuten passiert ist und wo wir sie finden. Wie wollen wir jetzt wissen, ob sie überhaupt noch leben?“, resignierte er.

Astrid versuchte weiter ihren Kollegen aufzubauen. „Cord, wir haben die Entführungstäter gestellt und dadurch weitere Opfer verhindert. Wir müssen jetzt gemeinsam am Ball bleiben und mögliche Orte ermitteln, an denen die Bulgaren die Bräute festgehalten haben. Lass uns auf der Rückfahrt mit Steffen reden. Ich glaube nicht, dass er dich aus der Moko werfen wird. Wir brauchen dich im Team.“ Unterstützend nahm Astrid ihren Kollegen fürsorglich in den Arm, der seinen Blick aber weiter auf das Wattenmeer richtete. „Das ist zwar lieb von dir und das traue ich Steffen auch nicht zu. Nur wird er diese Entscheidung nicht treffen, sondern die hohe Führung, die vermutlich auch ein politisches Zeichen setzen will. Das kennen wir doch“, fürchtete Cord.

Bei der Einfahrt in den Hafen konnte Astrid ihren Chef, den Leiter der Mordkommission Celle, Steffen Lange, schon erkennen. Er lehnte lässig an der Motorhaube des BMW Touring und winkte seinen beiden Mitarbeitern zu, wobei nur Astrid den Gruß erwiderte, Cord starrte ins Leere.

Am Anleger umarmte Steffen Lange erst Cord, dann Astrid wortlos, bevor er beide erleichtert begrüßte: „Was bin ich froh, dass ich euch gesund in die Arme schließen kann. Was haltet ihr erst mal von einem heißen Kaffee, dann könnt ihr mir in Ruhe alles erzählen?“

Astrid schüttelte den Kopf: „Ich glaube, es ist besser, wir fahren gleich los“, und blickte zu Cord, der weiter in sich gekehrt war.

Steffen Lange hielt Cord die Beifahrertür auf und bat Astrid, hinten einzusteigen.

Im Dienstwagen eröffnete der Kommissariatsleiter einfühlsam das Gespräch. „Cord, um eines vorwegzunehmen, ich habe bereits mit den Kollegen vor Ort und unserer Inspektionsleitung und auch dem Polizeipräsidenten gesprochen. Wir müssen sicher erst die Ermittlungen abschließen, aber derzeit macht dir niemand einen Vorwurf, und ich gehe davon aus, dass es keinen Anlass geben wird, das zu ändern. Kannst du mir aus deiner Perspektive einen Ablauf des Einsatzes schildern? Wäre das okay für dich?"

Cord war hin- und hergerissen. „Fragst du mich das jetzt als kollegialer Freund oder wird das eine Beschuldigtenvernehmung als Dienstvorgesetzter?", hinterfragte er, was völlig gerechtfertigt war.

Derartige Gespräche müssten unter Wahrnehmung sämtlicher Rechte und Pflichten eines Beschuldigten und des vernehmenden Kriminalbeamten geführt und auch so protokolliert werden. Genau in diesen Rollen waren Cord und sein Chef aktuell. Die offiziellen Ermittlungen wurden allein aus Objektivitätsgründen nicht durch die Dienststelle des betroffenen Beamten geführt, zumal die Mordkommission Aurich auch noch örtlich auf Spiekeroog zuständig war. So viel zur juristischen Theorie.

„Cord, du weißt, dass mir mein Team sehr am Herzen liegt und ich für jeden meine Hand ins Feuer lege. Ich habe im Moment nicht den Ansatz, von dir etwas anderes zu denken, sodass ich dich bitten möchte, mir einfach zu vertrauen", bat Steffen Lange. Astrid legte Cord eine Hand auf die Schulter und nickte ihm von der Rückbank aufmunternd zu, als er sich zu ihr umdrehte.

Cord bedankte sich für das Vertrauen und schilderte den Einsatz sowie die Schussabgaben aus seiner Sicht. Sein Chef legte ihm eine Hand auf den Unterarm, bedankte sich bei seinem Mitarbeiter für seine Offenheit und sagte: „Cord, du erhältst von mir und dem Team sämtliche Unterstützung, die du brauchst, um das Ereignis zu verarbeiten. Wenn du ein paar Tage oder Wochen eine Auszeit benötigst, nimm sie dir und gib uns ein Signal, wann du bei uns wieder einsteigen willst. Okay?“

Cord war erleichtert und einigte sich mit dem Kommissariatsleiter, zwei Wochen abzuschalten, um dann ins Team zurückkehren zu können.

Steffen Lange klärte alles mit seinen Vorgesetzten, die nach Vorlage der Ermittlungsergebnisse dieser umsichtigen Verfahrensweise bedingungslos zustimmten. Auch die Staatsanwaltschaft in Aurich schloss das Todesermittlungsverfahren ohne jeglichen Vorwurf gegen Cord Brammer ab. Er hatte rechtmäßig von seiner Schusswaffe Gebrauch gemacht, um eine gegenwärtige Lebensgefahr von sich und den eingesetzten Kollegen abzuwenden.

Kapitel 26
Der Medienhype

In den Medien ging der spektakuläre Einsatz auf Spiekeroog herum wie ein Lauffeuer. Im Landeskriminalamt wurde die offizielle Pressekonferenz von dem Pressesprecher des LKA, Michael Eilers, geleitet. Der Leitende Staatsanwalt Doktor Jessen gab das offizielle Statement ab, die Soko-Leiterin Iris Höppner beantwortete die Fragen zum Polizeieinsatz und zum aktuellen Ermittlungsstand der Soko Pelikan.

Bei den kritischen Anmerkungen der Journalisten, ob denn die Soko davon ausginge, dass die entführten Frauen noch am Leben wären und wo sie gefangen gehalten würden, konnte Kriminaloberrätin Höppner nur auf die internen aktuell laufenden Ermittlungen verweisen. Sie bat weiter um Verständnis, dass darüber hinaus keine Informationen in die Öffentlichkeit gelangen durften, um die Opfer nicht noch weiter zu gefährden.

Die OFA hatte sich bewusst nicht an der Pressekonferenz beteiligt und die Fernsehübertragung im Analyseraum verfolgt. Im Anschluss diskutierten die Beamten mit ihrer Psychologin und versuchten, die gegenwärtige Entwicklung fallanalytisch zu bewerten.

Mit Unterstützung des Kommissariates für Milieukriminalität hatten sie sämtliche verfügbaren Informationen über die getöteten Bulgaren zusammengestellt. Das Team war sich einig, dass beide in der norddeutschen Rotlichtszene etabliert waren und im Drogengeschäft und bei der Prostitution mitmischten. Dazu gehörten auch Expansionsabsichten in die Küstenregion der Nord- und Ostsee, wobei sie sich bislang auf osteuropäische Prostituierte fokussiert hatten, die sie mit Jobaussichten in der Gastronomie und der Altenpflege nach Deutschland gelockt hatten. Selbst eine Einreise junger Frauen, die sich aus wirtschaftlichen Gründen mehr oder weniger freiwillig in dieses Milieu begeben hatten, war relativ verbreitet.

Warum sollten sich dann osteuropäische Drogendealer und Zuhälter die Mühe machen, auf eine so skurrile Art junge Frauen aus guten sozialen Verhältnissen zu entführen? Die Profiler gingen auch nicht von einem hohen Dunkelfeld aus, sodass die bekannte Anzahl von vermutlich drei Opfern aus dem Großraum Hannover für eine solche Szene sehr gering erschien.

Die darüber hinaus prägenden Parallelen zum Thema Hochzeit und zu Brautkleidern konnte sich niemand aus dem Team erklären.

Im Milieu war ein solches Phänomen, ein Brautkleid zum Fetisch zu erheben oder gar zu einer eigenen Szene, selbst bundesweit nicht bekannt geworden.

Nachweislich hatten sich die Bulgaren in den letzten Wochen vor dem Polizeieinsatz auf Spiekeroog und in Kühlungsborn sehr intensiv auf die Geschäftsübernahme konzentriert.

Bevor sich die Profiler einen Reim darauf machen konnten, meldete sich ein Techniker aus dem Kriminaltechnischen Institut. Er habe das Handy von Vanja Radov knacken und das Geoprofil auswerten können. Zum Zeitpunkt der Hochzeit im Pelikan-Viertel war das Handy des Bulgaren in einem Funkturm in Kühlungsborn eingeloggt gewesen.

Weiter hatte man den Weg von Spiekeroog zurückverfolgen können. Die Geodaten führten nördlich der Ostfriesischen Inseln zurück nach Norderney und von dort aus nach Norddeich. Hier hatten die Kollegen aus Aurich einen schwarzen Mercedes ML mit bulgarischem Kennzeichen aufgefunden und sichergestellt. Die Untersuchung des Geländewagens lief zur Zeit noch.

Thorsten bedankte sich für die aktuellen Informationen und brachte sein Team auf Stand. „Okay, das sind ja mal Fakten, die passen einfach nicht in das bisherige Bild. Ich glaube, wir haben noch eine Menge Arbeit vor uns.“

Kapitel 27
Umdisponieren

Der Pelikan hatte die Pressekonferenz ebenso live verfolgt und war amüsiert. Da sind die Experten ja auf dem richtigen Weg, schmunzelte er. Er servierte seinen Hausschweinen Trockenfutter, die das Angebot mit einem beleidigenden Grunzen kommentierten. Obwohl der Pelikan sie mit frischen Innereien versaut hatte, schlangen sie es nach erster Verweigerung gierig herunter. Dann betrat er den Raum mit den nackten und gefrorenen Körpern seiner Bräute, die kopfüber an Fleischerhaken hingen und nach je einem Klaps auf den Po hin- und herschwangen. Nach Verlassen des Kühlraumes verharrte er kurz an einer Garderobe, an der neben seiner Schlachterschürze drei nummerierte Brautkleider geschützt in Klarsichthüllen hingen. Das waren noch viel zu wenige, dachte er sich. Nur konnte er nicht so weitermachen wie bisher. Die Soko sollte sich ruhig erst mit den Zuhältern beschäftigen. Er musste umdisponieren, was ihm aber nicht schwerfallen würde.

Dem Pelikan war ein sehr exklusives Brautmodengeschäft in Minden an der Bundesstraße 65 bekannt. Ein großer Vorteil, denn Minden lag schon in Nordrhein-Westfalen, und die Wahrscheinlichkeit, dass die Soko von einem Einbruch in einem anderen Bundesland erfahren und das mit den Entführungen in Verbindung bringen würde, erschien ihm äußerst unwahrscheinlich.

Auf der informativen Homepage hatte sich der Pelikan schon super im Laden orientieren können. Die Kleider waren nach Größen geordnet, sodass er nicht lange suchen musste.

Er stellte sich abends mit seinem Motorrad verdeckt dem Geschäft gegenüber in die Hartungstraße und beobachtete die Beleuchtungssituation. Das Schaufensterlicht wurde Punkt 22 Uhr automatisch abgeschaltet. In den Geschäftsräumen war lediglich eine Art Notbeleuchtung aktiviert. Wie bei älteren Gebäuden auf dem Land durchaus noch üblich, war ein externer Stromkasten draußen am Haus angebracht.

Nach mehrmaligem Ausbaldowern fuhr er nachts gegen 2.30 Uhr mit seinem Transporter an die Lieferantenrampe des Brautmodengeschäftes. Dann schlich er sich an den Stromkasten, öffnete ihn mittels eines großen Schraubendrehers und verursachte einen Kurzschluss. Anschließend vergewisserte er sich, dass nicht nur die Notbeleuchtung von der Störung betroffen war, sondern auch die Lichtschranke der Lieferantentür und drang mit einer Brechstange, einem Kuhfuß, in das Geschäft ein. Gezielt ging er auf die Rollständer der Brautkleider in Größe 36/38 zu und schob zwei komplette Kleiderständer über die Rampe direkt in den weißen Transporter. Er konnte nicht widerstehen, als er an den dunklen Herrenanzügen in Größe 52/54 vorbeikam und gleich zwei davon ergriff. Müsste passen, wägte er ab und hatte zumindest einen der späteren Träger vor Augen. Das wird erst mal reichen, dachte er sich und fuhr gemütlich Richtung Schwarmstedt zurück über die niedersächsische Landesgrenze.

Auf dem Hof drapierte der Pelikan seine Brautkleider akribisch, zog die transparente Schutzfolie darüber und setzte die Nummerierung von vier an weiter fort. Er war zuversichtlich, damit zwanzig geeignete Bräute einkleiden zu können.

Der Pelikan hatte sich für seine Streifzüge noch einen schwarzen VW Passat Variant zugelegt und mit einer polnischen Kennzeichendoublette versehen. Unerkannt durchstreifte er den Bremer und Hamburger Straßenstrich. Daraufhin entschloss er sich, seinen Bedarf zeitnah mit jungen, zierlichen, ausländischen drogenabhängigen Prostituierten zu decken. Die soziale Kontrolle war in dieser Szene nicht allzu sehr ausgeprägt, und wenn er dazu noch die Bundesländer wechselte, dürfte die Häufung, wenn überhaupt, erst spät auffallen.

Ab 0.30 Uhr pendelte der Pelikan in seinem unauffälligen Passat zwischen Holzhafen und Steintor, um eine geeignete Braut zu finden. Er hatte die Szene eine Weile beobachtet und feststellen können, dass die Professionellen untereinander organisiert waren. Entweder notierten sich Beschützer oder Kolleginnen Autokennzeichen oder schossen sogar Handyfotos von den Freiern und deren Autos. Das konnte er gar nicht brauchen.

Sein Beuteschema waren die abgewrackten Drogenprostis, die für den nächsten Schuss alles taten und sich nicht auf die anderen Mädels oder gar die Freier konzentrieren konnten. Für seine Zwecke war ihm der körperliche Zustand seiner Bräute völlig egal. Er musste nur aufpassen, sich nicht mit irgendeiner Krankheit anzustecken.

Plötzlich hatte der Pelikan seine Beute ausgemacht: Eine junge Osteuropäerin mit weißen Stiefeln kam aus der Helenenstraße und bog rechts am Steintor ab. Sie war so zugedröhnt, dass sie sich kaum auf den Beinen halten konnte. Als sie nach rechts in die Grundstraße schwankte, überholte er sie, fuhr an den Fahrbahnrand und sprach sie an: „Blasen für zwanzig? Bist du dabei?" Die Prostituierte lehnte sich durch das offene Beifahrerfenster und lallte: „Dreißig mit Gummi", worauf der Freier nickte und sie aufforderte einzusteigen.

Der Pelikan musste ein wenig aus dem Zentrum fahren, was aber kein Problem war, denn sein Opfer schlief fast ein und war alles andere als argwöhnisch. Er steuerte den Passat sicher und unauffällig in Richtung Hafen, als er im Rückspiegel bemerkte, dass ihm ein alter 3er BMW mit Bremer Kennzeichen folgte. Für eine Zivilstreife war die Karre viel zu aufgemotzt. Er konnte jetzt kein Risiko eingehen und sich auf einen Streit mit irgendwelchen Zuhältern oder Dealern einlassen. Also fuhr er einen Bogen zurück ins Steintorviertel, gab der Drogenprosti 30 Euro und ließ sie unter Protest aussteigen. Als er wieder anfuhr, hielten die Typen bei ihr an und rissen ihr die Kohle aus der Hand. Er war froh, dass sie ihn nicht weiter verfolgten, und entschloss sich, für heute abzubrechen und nach Hause zu fahren. Man musste auch mal verlieren können, was ihm allerdings nicht leichtgefallen war.

Als er seinen Passat über den Osterdeich in Richtung BAB 27 lenkte, fing es gerade an stark zu regnen. Am

Straßenrand bemerkte er in Höhe des Weserstadions eine junge Anhalterin. Es war schon nach 1.10 Uhr, sein Passat schien das einzige Fahrzeug in diesem Bereich zu sein. Weit und breit war keine Menschenseele unterwegs. Der Pelikan bremste ab, fuhr rückwärts und hielt in Höhe der jugendlichen Person an. „Da haben Sie sich aber ein Schietwetter zum Trampen ausgesucht. Wo soll es denn hingehen?“, sprach der Pelikan das Mädchen an.

„Wo müssen Sie denn hin? Ich wohne in Vahr im Deliusweg, das ist direkt beim Golfclub Zur Vahr“, erklärte sie.

„Das passt doch. Ich muss nach Ritterhude und würde eh in Vahr auf die Autobahn fahren. Ich nehme Sie gern mit, bevor Sie komplett pitschnass sind“, bot der Pelikan freundlich an.

Der Anhalterin war zwar nicht wohl dabei, aber sie hatte um diese Zeit und dann noch bei Dauerregen vielleicht keine weitere Chance. Außerdem war der Fahrer sehr sympathisch und musste sowieso in ihre Richtung. Es wird schon kein Serienmörder sein, dachte sie.

„Hallo, ich bin Greta, vielen Dank“, stellte sie sich dem netten Chauffeur vor. Erst jetzt sah der Pelikan, dass sie eine äußerst attraktive junge Frau Anfang zwanzig war, deren schulterlange braune Haare sich durch die Nässe niedlich kräuselten.

„Was macht eine so hübsche, junge Frau um diese Zeit in dieser Gegend? Haben Sie keine Angst, an den Falschen zu geraten?“, fragte der höfliche Fahrer völlig zu Recht.

„Ich war bei Kommilitonen auf einer Party, und es ist etwas ausgeufert. Ich wollte noch den letzten Bus nehmen, hatte aber die Zeit völlig aus den Augen verloren. Vielen

Dank, dass Sie mich mitgenommen haben", klärte sie ihn freimütig auf.

Sie fuhren über die Julius-Brecht-Allee nach links direkt am Bremer Polizeipräsidium und einer McDonald's-Filiale vorbei. An der Ampelkreuzung In der Vahr/Richard-Boljahn-Allee mussten sie während einer Rotphase halten, als der Mann triumphierend nach rechts hinten auf das Polizeigebäude wies: „Schauen Sie mal! Und das direkt vor den Augen der Polizei."

Greta blickte aus dem Beifahrerfenster zurück zum Präsidium und konnte die Aussage des sympathischen Fahrers überhaupt nicht einordnen, als sie an der linken Halsseite nur noch einen extremen Schlag wahrnahm und sofort im Beifahrersitz zusammensackte.

Der Pelikan steuerte den Passat kurz auf die Richard-Boljahn-Allee in Richtung BAB 27, die er aber an der Otto-Suhr-Straße rasch verließ. Dann parkte er kurz am Vahrer See und lagerte die hübsche Greta in den geräumigen Kofferraum des Passats um. Ein weiteres Mal löste seinen Elektroschocker aus, um sicherzugehen, dass sie bewusstlos blieb. Anschließend fesselte er sein neues, spontanes Opfer an Händen und Füßen mit den vorbereiteten Kabelbindern und fixierte wie immer einen Haushaltsschwamm im Mund des Opfers. Das Handy aus der Handtasche der Anhalterin warf er im hohen Bogen in den Vahrer See. Nachdem er das bewusstlose Opfer mit einer Plane abgedeckt hatte, setzte er seine Fahrt über die BAB 27 in Richtung Schwarmstedt fort. Auf der Rückfahrt legte er seine Heavy-Metal-CD ein und war mit seinem spontanen Beutezug äußerst zufrieden.

In dieser Nacht war die Autobahn relativ wenig frequentiert. Der Pelikan fuhr mit 140 Stundenkilometern zügig, aber ohne Hektik und passierte die Raststätte Goldbach Süd, als er im Rückspiegel sah, dass sich eine Streife der Autobahnpolizei Langwedel von der Raststätte in gleicher Geschwindigkeit hinter ihn setzte.

Der Pelikan veränderte seine Geschwindigkeit bewusst nicht und hoffte, dass sie ihn nicht kontrollieren würden. Als ihn die Streife vor der Abfahrt Verden-Nord langsam überholte und beide Autobahnpolizisten prüfend zu ihm herüberschauten, war klar, was kommen musste. Der Beifahrer war über vierzig Jahre alt und machte einen sehr erfahrenen Eindruck. Den Fahrer schätzte der Pelikan auf Mitte zwanzig. Allein seinem Blick war der aktivierte Jagdinstinkt anzusehen. Freundlich blickte der Pelikan zur Streife hinüber. Seine Baseballcap hatte er tief ins Gesicht gezogen. Es nutzte nichts, der silberblaue Mercedes postierte sich vor den Passat, die Beamten aktivierten die Aufforderung „Polizei – Bitte folgen“ und fuhren rechts auf den Fahrstreifen der Ausfahrt Verden-Nord. Notgedrungen bestätigte der Pelikan das Ersuchen mit dem erhobenen Okay-Daumen und folgte dem Streifenwagen, dessen Beifahrer seine Reaktion über den zweiten Rückspiegel beobachtete.

Der Passat hatte immer noch ein polnisches Kennzeichen. Schon bei der Kontrolle zu den Ausweispapieren des Pelikans hätte es Unstimmigkeiten gegeben. Eine Durchsicht des Kofferraumes mit Blick unter die Decke wären obligatorisch, sodass er sich dieser Inspektion unbedingt entziehen musste.

Eine Flucht vor einem hochmotorisierten Mercedes war aussichtslos, zumal die Beamten sofort Verstärkung von der nahe gelegenen Autobahnwache angefordert hätten. Ihm war bewusst, dass es jetzt nur darum ging, einige Minuten Vorsprung zu erhalten, mehr war nicht drin.

Er ließ den Motor des Passats aufheulen und beschleunigte zurück nach links auf die Autobahn. Da ihn der Beifahrer der Streife die ganze Zeit nicht aus den Augen gelassen hatte, war der Pelikan nicht überrascht, dass sich der Mercedes direkt vor ihn setzte, um seinen Wagen zu blockieren. Der Pelikan ging aufs Ganze und rammte die Polizeistreife an der Ecke des linken Hecks, was zur Folge hatte, dass der Mercedes um die eigene Achse schleuderte und in den Grünstreifen der Autobahnabfahrt krachte.

Diese Chance nutzte der Pelikan. Er verließ die Autobahn, gab Gas und schoss mit 120 Stundenkilometern über die Hamburger Straße in Richtung der Verdener Innenstadt. Vor einem Kreisel musste er abbremsen und war beruhigt, dass ihm noch keine Polizeistreife folgte. Er wusste aber auch, dass hier gleich die Hölle los war. Direkt hinter dem Kreisel sah er ein geöffnetes McDonald's-Restaurant mit einem McDrive-Schalter. Er fuhr auf den Parkplatz hinter das Restaurant und stellte den Passat an großen Müllcontainern ab. Dann holte er aus dem Kofferraum zwei Reservekanister mit Benzin und goss den kompletten Inhalt über die Decke mit der gefesselten Anhalterin sowie den Fahrerbereich, zündete den Treibstoff an und sprintete zum McDrive-Schalter.

Als er zurückblickte, stand der Passat im Vollbrand.

Am McDrive-Schalter wurde gerade ein BMW mit vier Personen bedient. Der Pelikan hielt sich verborgen. Ihm blieb nichts anderes übrig, als abzuwarten. Im Restaurant wurde es hektisch, selbst die Bedienung des Außenschalters lief in den Restaurantbereich, von dem aus man den Fahrzeugbrand besser sehen konnte. Plötzlich wurden in Verden die Sirenen für die freiwillige Feuerwehr aktiviert, und es waren die ersten Martinshörner aus Richtung der Autobahn zu hören. Ein Fiat Ducato fuhr auf den Schalter zu, der aktuell nicht besetzt war. Als er hielt, sprang der Pelikan über die Beifahrertür in den Wagen, bedrohte den Mann mit einem Messer und schrie ihn an: „Fahr los oder ich steche dich ab!"

Der ältere Herr war erstarrt und nicht in der Lage zu reagieren. Erst als der Täter ihm das Messer direkt an den Hals hielt, fuhr er los.

Die ersten Polizeifahrzeuge fuhren hektisch auf den Parkplatz. Mit einem Blick auf den Feuerball konnte man erkennen, dass hier nichts mehr zu löschen war. Der Pelikan befahl dem Fahrer, links in Richtung Autobahn abzubiegen, und versuchte ihn zu beruhigen.

„Ich muss hier nur weg und brauche dich als Taxi. Verhalte dich unauffällig, und ich muss dir nichts tun. Was hast du auf der Ladefläche?", fragte der Bewaffnete.

„Ich liefere die Zeitungen für die Zusteller aus", erklärte der Ältere.

„Wird das Fahrzeug per GPS überwacht?", hakte der Täter nach.

„Guck dir die Karre doch mal an, nicht mal das Radio funktioniert", rechtfertigte sich der Kurier.

„Gib mir dein Handy!“, forderte der Pelikan, worauf der Fahrer ihm ein älteres Samsung S4 aushändigte. Der Täter entnahm die SIM-Karte samt Akku und warf das Gerät weit aus dem Beifahrerfenster.

„Jetzt auf die Bahn in Richtung Bremen. Du fährst einfach 140 und dir passiert nichts.“ Auf der Hamburger Straße kamen ihnen unzählige Feuerwehr- und Polizeifahrzeuge mit Blaulicht entgegen. Auf den Fiat Ducato achtete allerdings niemand.

Kapitel 28
Der unerwartete Fund

Die ersten Einsatzkräfte der Feuerwehr meldeten über Funk: „Geparktes Fahrzeug im Vollbrand, keine Insassen festzustellen!"

Nach wenigen Minuten war der Fahrzeugbrand unter Kontrolle. Die ersten Einsatzfahrzeuge der Autobahnpolizei und der Polizei Verden gaben an, dass es sich um den VW Passat handelte, der sich der Kontrolle auf der BAB 27 entzogen hatte.

Vom Fahrer gab es keine Spur.

Durch den Brand war der Fahrzeuginnenraum bis zum Heck völlig zerstört worden. Von den Sitzen konnte man lediglich noch das Drahtgeflecht erkennen. Das Cockpit war zu einem Kunststoffblock verschmolzen. Nur der Frontbereich samt Kennzeichen war relativ unbeschädigt. Beim Öffnen der Motorhaube entdeckten die Beamten, dass die Fahrgestellnummer herausgefräst worden und nun nicht mehr lesbar war. Das Typenschild, auf dem diese Nummer ebenfalls aufgebracht war, fehlte komplett.

Als ein stark beschädigter, aber noch fahrbereiter Polizei-Mercedes auf den Parkplatz fuhr und aus ihm zwei humpelnde Polizisten stiegen, ähnelte diese Situation einer Filmszene aus Cobra 11.

„Da ist euch wohl ein polnischer Autodieb durch die Lappen gegangen", frotzelte ihnen ein Kollege entgegen. Der ältere der beiden angeschlagenen Beamten fluchte nur und kehrte zu seinem beschädigten Dienstwagen zurück. Über Funk gab er eine Beschreibung des Fahrers ab, damit die zur Fahndung eingesetzten Polizeikräfte zumindest eine gewisse Orientierung hatten.

Plötzlich rief einer der Feuerwehrleute: „Kommt ihr mal, ich brauche mehr Licht!" Als sich die Einsatzkräfte um die geöffnete und ausgeleuchtete Heckklappe versammelt hatten, stocherte der Feuerwehrmann mit einem Stab in schwarzen, von der Hitze versengten Stofffetzen herum und fragte in die Runde: „Riecht ihr das auch?" Neben dem typischen Geruch von verbranntem Benzin, Kunststoff und Gummi konnten die Beamten Grillgeruch wahrnehmen, nur war der in dieser Situation alles andere als angenehm. Es roch nach angebranntem Fleisch.

Vorsichtig versuchte der Feuerwehrmann, die verbrannten Stoffreste einer Decke zu entfernen, und legte nach und nach einen verkohlten, offensichtlich zusammengekrümmten Leichnam frei.

Die Dienstschichtleiterin des Polizeikommissariats Verden meldete den Fund sofort an die örtliche Einsatzzentrale, forderte für die Tatortaufnahme das zuständige Fachkommissariat an und rief in die Runde: „So, Leute, das ist jetzt ein Kripo-Tatort. Sperrt bitte alles weiträumig ab. Hier bleibt alles präsent, auch die Kameraden der Feuerwehr. Die Kollegen, die den Passat verfolgt haben und anhalten wollten, lassen sich bitte in ihre Dienststelle fahren, schreiben schon mal ihren Bericht und halten sich auf

Abruf bereit. Der durch die Kollision mit dem Tatfahrzeug beschädigte Dienstwagen wird beschlagnahmt und bleibt jetzt unberührt vor Ort. Alles Weitere wird die Kripo veranlassen."

Kapitel 29
Die Fahrt ins Ungewisse

Auf der Autobahn versuchte der Fahrer seinen Entführer in ein Gespräch zu verwickeln. „Warum tun Sie das? Ich bin Rentner und verdiene mit diesem Scheißjob hier 450 Euro, um überhaupt noch leben zu können, und jetzt kommen Sie mit dieser Nummer. Was soll das, und was haben Sie mit mir vor?", fragte er ängstlich.

Der Pelikan hatte diese Entwicklung überhaupt nicht eingeplant, konnte aber nicht mehr zurück und hatte viel zu viel zu verlieren, wenn er das jetzt verbockte. Eigentlich wollte er sich gar nicht auf ein Gespräch einlassen, denn dieser sympathische ältere Herr tat ihm einfach leid. Für den Pelikan gab es allerdings keine Alternative, also log er: „Sagen Sie mir Ihren Vornamen. Ich bin Maik, und Sie?"

Zögernd antwortete der Fahrer antwortete: „Erwin, ich heiße Erwin."

Der Pelikan versuchte ihn in Sicherheit zu wiegen. „Erwin, ich habe Scheiße gebaut und muss einfach nur weg. Du setzt mich gleich in Bremen ab, das war's. Mehr will ich nicht von dir. Ich wäre dir dankbar, wenn du mir eine Stunde gibst, bevor du die Bullen rufst, wäre das okay für dich?"

Erwin nickte hektisch. „Na klar, kein Problem."

An der Ausfahrt Bremen-Vahr forderte der Pelikan ihn auf, die Autobahn zu verlassen und dann rechts abzubiegen.

Sie fuhren gerade auf die Franz-Schütte-Allee, als der Pelikan dem Fahrer diktierte, rechts auf einen Parkplatz zum Achterdieksee zu fahren. Der Täter kannte sich gut aus und wies Erwin an, den Weg bis zum Beach Bistro durchzufahren. „Erwin, ich muss sichergehen, dass du nicht gleich die Bullen rufst, und sperre dich hier ein. Wenn es hell wird, kannst du dich bemerkbar machen. Okay?“, erklärte der Pelikan und war selbst über seine unsinnige Begründung irritiert. Er hoffte, dass sie ungehindert zum Seeufer gelangen konnten, und atmete auf, als sie eine geöffnete Schranke passierten. Von dort dirigierte er den Fahrer bis zum Seeufer und forderte: „Stopp! Motor und Licht aus!“ Der Pelikan drehte den Zündschlüssel ab und nahm ihn an sich. Erwin zitterte vor Angst und wusste, dass eine Flucht oder gar ein Angriff gegen den jüngeren und kräftigen Täter nicht im Ansatz erfolgversprechend war.

„Du rührst dich nicht vom Fleck, ich schließe das Bistro auf“, kündigte der Täter an. Der Pelikan orientierte sich kurz, trat an die Fahrerseite und forderte den Rentner auf, auszusteigen.

Zuerst hatte Erwin überlegt, die Türen von innen zu verriegeln, aber was dann? Er war schon in jungen Jahren kein mutiger Mann gewesen, er würde den Täter nur verärgern. Darum stieg er widerstandslos aus und wollte sich lieber einsperren lassen.

Der heftige Stromschlag traf ihn völlig unerwartet, sodass er sofort zusammenbrach und am Boden krampfartig zuckte, bis die unkontrollierten Bewegungen seines Körpers endgültig nachließen. Daraufhin schleifte der Pelikan sein Opfer zu einer Art Damm, der durch den Achterdieksee führte. Er ärgerte sich über die Situation, die ihm diese Nacht völlig entglitten war, weil er einen Menschen töten musste, den er nicht eingeplant hatte. Aber er konnte es sich nicht leisten, Erwin am Leben zu lassen.

Irgendetwas war bei ihm anders als bei den entführten Bräuten. Der Pelikan versuchte den Puls des Rentners zu überprüfen, aber da war nichts mehr. Am Handgelenk, an der Halsschlagader, nichts. Jetzt hielt er Erwin Mund und Nase gleichzeitig zu, nichts. Erwin war tot. Der elektrische Schlag war für sein schwaches Herz wohl zu hoch dosiert gewesen.

Als der Pelikan den Rentner ins Wasser gleiten ließ, hoffte er, dass dieser nicht so schnell gefunden werden würde. Zeit, um den Leichnam zu beschweren, hatte der Täter nicht mehr.

Langsam dämmerte es, nun musste er den Transporter des Toten schnellstmöglich loswerden. Dazu fuhr er über die Kurfürstenallee und die Schwachhauser Heerstraße in Richtung Innenstadt. In der Hollerstraße parkte er auf Höhe der Hagenstraße und ging zu Fuß zu einer Tankstelle, wo er einen Reservekanister kaufte und mit fünf Litern Dieselkraftstoff füllte. Er zog sich seine Baseballcap tief ins Gesicht und täuschte beim Barzahlen einen osteuropäischen Akzent vor. Mit dem Transporter fuhr er weiter über den Stern auf einen Parkplatz am Breitenweg. Dort entleerte er den gesamten Inhalt des Reservekanisters auf dem Fahrer- und Beifahrersitz. Mit einem dieselgetränkten Tuch wischte er das Lenkrad, Blinker und Scheibenwischer sowie den Schaltknüppel und die Innenseiten beider Türen akribisch ab, um seine DNA- und Fingerspuren zu vernichten.

Nach dem Verschließen des Fiat Ducato erreichte er wenig später zu Fuß den Bremer Hauptbahnhof. Dort reinigte er sich auf der Toilette von McDonald's und entledigte sich seiner Baseballcap sowie seiner Windjacke. Mit Bedacht warf er beides in eine der Mülltonnen, die durch die Mitarbeiter des Restaurants viel regelmäßiger geleert wurden als die öffentlichen Mülleimer im Bahnhof. Am Automaten zog er sich ein Bahnticket und erreichte morgens gegen 7.30 Uhr Hannover Hauptbahnhof.

Kapitel 30
Die Brandermittlung

Den Parkplatz des McDonald's-Restaurants hatte man ausgeleuchtet wie ein Fußballstadion.

Der verbrannte VW Passat war mit einem rot-weißen Polizei-Flatterband abgesperrt, als die ersten Todesermittler der Kripo Verden samt ihrem Leiter, Kriminalhauptkommissar Dirk Junker, sowie den Beamten der Tatortgruppe eintrafen.

Sie stimmten sich kurz ab, und er ordnete die kriminaltechnische Untersuchung des Tatortes und eine umfassende fotografische Dokumentation mit der Spheron-Kamera an.

„Den Leichnam rührt ihr nicht an. Wenn ihr so weit fertig seid, schleppen wir den Passat mit der Leiche ab. Die Rechtsmediziner können sich dann in Ruhe und ohne Zuschauer in unserer Fahrzeughalle auslassen, bevor es zur Obduktion geht."

Mit Blick auf die Einsatzleiterin stellte Dirk Junker die obligatorische Frage zum Sachstand der eingeleiteten Fahndungsmaßnahmen.

„Bislang nichts. Wir haben einen Ring fünf gebildet und der Hubschrauber ist in der Luft. Eine Rundfunkdurchsage mit der Warnung, keine Anhalter aufzunehmen, ist ebenfalls raus."

Mit ‚Ring fünf' wird eine Ringalarmfahndung beschrieben, in der die Einsatzfahrzeuge in einem Radius von fünf Kilometern taktisch günstige Positionen einnehmen und entsprechende Fahrzeug- und Personenkontrollen durchführen.

Es konnte sein, dass sich der Fahrer immer noch innerhalb dieses Kreises aufhielt, sofern er zu Fuß auf der Flucht war. Hatte er allerdings Zugriff auf ein Fahrzeug oder hatte er sich bereits mitnehmen lassen, war er schon über alle Berge.

Nach Abschluss der Maßnahmen vor Ort wurde der Passat samt unveränderter Leiche in die Fahrzeughalle der Polizeiinspektion Verden transportiert. Hier trafen fast gleichzeitig die Rechtsmediziner Doktor Sandra Asthoff und Doktor Andreas Hallmann aus Oldenburg ein. Die Rechtsmedizin Hannover hatte einen Paralleleinsatz und konnte daher nicht nach Verden kommen.

Unter Begleitung und stetiger Fotodokumentation durch die Tatortbeamten legten die Rechtsmediziner den Leichnam step by step akribisch frei. Nicht nur die Decke, sondern auch geschmolzene Kunststoffe des Fahrzeuges hatten sich mit dem toten Körper verbunden. Die gesamte Körperoberfläche war vollständig verbrannt. Teilweise war die verkohlte Haut aufgerissen, sodass Organe frei lagen. Einzig die Füße in den Lederboots waren noch relativ gut erhalten und wiesen keine Brandzehrungen auf. Oberhalb der Knöchel fanden sich Kunststoffreste wie von einem Kabelbinder. Nach Entfernen der Boots stellten sie rot lackierte Fußnägel fest, wobei das im Moment der einzige Hinweis auf ein weibliches Opfer war. Den Rechtsmedizinern fiel ein Ansatz auf eine Fechterstellung bei der Brandleiche auf. Diese Stellung beschreibt die Grundhaltung eines Fechters und war oft bei Brandleichen vorzufinden, was sich durch die thermische Einwirkung auf die Muskulatur und Verkürzung der Sehnen erklären lässt. Beide Experten waren allerdings verwundert, dass dabei die Handgelenke auffällig dicht zusammenlagen. Falls auch die Hände gefesselt gewesen waren, konnten sich die Kunststoffrückstände eines Kabelbinders in den Brandwunden nachweisen lassen.

Nachdem sie den Leichnam komplett freigelegt hatten, verbrachten sie ihn zur Obduktion in die Rechtsmedizin nach Oldenburg.

Das Fachkommissariat 1 war gerade in seiner ersten Einsatzbesprechung, als Doktor Sandra Asthoff anrief.

„Hallo, Herr Junker, wir sind hier durch, und ich gebe Ihnen kurz einen Überblick über die wichtigsten Erkenntnisse. Bei dem Leichnam handelt es sich um eine Frau, vermutlich jüngeren Alters. Wir konnten Rußpartikel im Respirationstrakt, also in der Luftröhre und den Bronchien, aber auch in der Speiseröhre und im Magen vorfinden. Das sind ganz deutliche Vitalzeichen und heißt, dass die Frau bei lebendigem Leibe verbrannt worden ist“, diagnostizierte Doktor Asthoff und fuhr fort: „Das ist aber noch nicht alles. Oberhalb der Knöchel haben wir angeschmolzene Reste eines Kabelbinders gefunden, was uns veranlasst hat, genauer zu schauen. In der verkohlten Hautschicht der Handgelenke haben wir ebenfalls entsprechende

Kunststoffverschmelzungen feststellen können, wie auch im Kieferbereich. Dazu kommen Rückstände in Speise- und Luftröhre, die wir uns erst nicht erklären konnten. Es sieht aber danach aus, dass unser Opfer nicht nur an Händen und Füßen gefesselt, sondern mit einem Schwamm geknebelt worden ist, der mittels eines weiteren Kabelbinders im Mund fixiert war. Wir müssen davon ausgehen, dass der Täter das Opfer lebend, gefesselt, geknebelt und zugedeckt im Kofferraum seines Fahrzeuges transportiert und nach der Flucht vermutlich mit Benzin übergossen und angesteckt hat."

Sogar die erfahrenen Mordermittler waren geschockt, einige schüttelten die Köpfe.

„Wir haben alles gesichert. Sie können nach der DNA-Bestimmung und der Erhebung des Zahnstatus ermitteln, wer hier gerade auf unserem Tisch lag und vor allem, wer dafür verantwortlich war. Viel Erfolg", schloss Doktor Asthoff ihre Expertise.

Der Kommissariatsleiter ergriff das Wort: „Okay, Leute, diese Dimension hatten wir lange nicht mehr. Wir müssen die Identifikation des Opfers priorisieren. Kümmert euch bitte mit zwei Teams darum. Wo kam der Täter her? Wer wird nördlich von Verden vermisst? Sprecht mit der Vermisstenstelle des LKA, schickt eine bundesweite Erkenntnisanfrage raus. Zwei weitere Teams kümmern sich um den Fahrer und das Fahrzeug. Wo kommt er her, gibt es Aufenthaltsorte in Deutschland? Ist der Pkw schon mal irgendwo aufgefallen? Die Tatortgruppe schickt die Spuren schnellstmöglich zur Begutachtung ins LKA. Ich werde sehen, dass wir uns personell besser aufstellen können, und spreche auch mit den Profilern des LKA, wobei ich glaube, dass die OFA mit dem Brautentführer komplett ausgelastet ist. Falls es keine Fragen mehr gibt, auf geht's."

Kapitel 31
Vermisst

Beim Bremer Polizeipräsidenten klingelte das Mobiltelefon. „Hallo, Knut, wir haben lange nichts mehr voneinander gehört, was kann ich für dich tun?“, freute sich der Präsident über den Anruf von Knut Holberg, einem Freund aus dem Bremer Lions Club, der eine Bremer Reederei leitete.

„Guten Morgen, Helmut, entschuldige, dass ich dich direkt anrufe, aber wir sorgen uns um Greta. Sie war gestern bei einer Kommilitonin auf einer Party und ist bis heute noch nicht zurückgekehrt. In der Uni ist sie nicht erschienen und ihre Freundinnen wissen auch nicht, wo sie ist. Greta hatte heute nach ein Uhr die Party allein verlassen. Telefonisch oder per WhatsApp ist sie nicht zu erreichen. Das ist für sie total untypisch, da muss etwas passiert sein“, sorgte sich der Reeder.

Helmut Pape war ein Macher und niemand, der in einer solchen Situation einen Freund mit hinhaltenden Floskeln abwimmelte. Ihm gingen gerade mehrere Szenarien durch den Kopf, wobei er neben einer harmlosen Liebesnacht auch eine mögliche Entführung der Tochter eines stadtbekannten millionenschweren Reeders nicht ausschließen konnte.

„Kannst du mit einem möglichst aktuellen Foto schnellstmöglich ins Clubhaus kommen? Das ist erst mal neutraler als direkt zu mir ins Präsidium und besser, als würden wir bei dir aufschlagen", schlug der Präsident vor. Der besorgte Reeder verstand sofort und sagte zu: „Gib mir 30 Minuten."

Helmut Pape war in seiner Behörde ein anerkannter Praktiker und wusste, wen er jetzt anrufen musste, um so sensibel und kompetent wie möglich in das vereinbarte Gespräch einzusteigen.

Der Präsident ließ sich von der Leiterin der Verhandlungsgruppe, Sabine Bertram, begleiten, die für solche Einsätze und Gespräche prädestiniert war.

Nachdem sich die Lionsfreunde und Sabine Bertram begrüßt hatten, bemerkte der Bremer Polizeipräsident: „Knut, du kannst offen sprechen. Frau Bertram hat mein vollstes Vertrauen und alles bleibt erst mal unter uns."

Knut Holbergs Besorgnis war ihm anzusehen. „Vielen Dank, dass du es so schnell und persönlich möglich machst, Helmut. Auch Ihnen vielen Dank, Frau Bertram", eröffnete der Reeder das Gespräch, begründete gegenüber den beiden Beamten seine Sorge und schilderte ausführlich die letzte Begegnung mit seiner Tochter.

„Herr Holberg, gab es in der letzten Zeit Andeutungen oder Begegnungen, über die Ihre Tochter mit Ihnen oder Ihrer Frau gesprochen hat? Ich meine dabei auch angenehme, wie ein neuer Freund oder Ähnliches. Vielleicht lässt sich das Fernbleiben Ihrer Tochter harmlos erklären", startete Sabine Bertram mit einer Basisanalyse. Als der Vater von Greta den Kopf schüttelte, fuhr sie fort. „Gab es Ihrerseits Anrufe, Begegnungen, Beobachtungen oder

Äußerungen, die die Annahme einer möglichen Entführung begründen könnten?"

Der Reeder schüttelte weiter den Kopf. „Wissen Sie, Frau Bertram, wir sind eine sicherlich vermögende und bekannte Bremer Familie, leben aber ganz normal seit Jahrzehnten in der Stadt, ohne dass wir jemals bedroht worden sind. Wir haben keinen Chauffeur oder Bodyguard und nutzen sogar oft öffentliche Verkehrsmittel. Es gab bislang keinen Grund, Angst vor irgendwem zu haben", versuchte sich der Millionär fast zu rechtfertigen.

„Was schlagen Sie vor, Frau Bertram?", fragte der Polizeipräsident seine leitende Mitarbeiterin.

„Wir beginnen mit den Basics. Handyortung und Befragung der Gäste von der gestrigen Party. Wir rekonstruieren einen wahrscheinlichen Weg, den Greta um die Zeit gewählt haben dürfte, um nach Hause zu kommen. Wir werden Ihr Haus technisch für Telefonmitschnitte vorbereiten und bereiten parallel eine Ermittlungsgruppe für eine mögliche Entführung mit Lösegeldforderung vor. Die ersten Maßnahmen treffe ich mit meinem Team, davon wird vorerst niemand etwas erfahren", plante die Chefin der Verhandlungsgruppe.

„Sie haben meine volle Unterstützung, Frau Bertram", stimmte der Polizeipräsident zu und richtete sich an den besorgten Reeder: „Bist du damit auch einverstanden, Knut?"

Der nickte mit einem leisen „Danke, vielen Dank".

Sabine Bertram legte nach. „Haben Sie uns ein Foto von Greta mitgebracht? Und ihre Handynummer benötige ich noch für die Fahndung."

Nachdem Knut Holberg der Beamtin beides ausgehändigt hatte, verabschiedeten sie sich untereinander, wobei der Polizeipräsident wünschte: „Ich drücke die Daumen, dass alles ganz harmlose Gründe hat. Ich melde mich, sobald wir etwas erfahren oder ich ein Team zu euch schicke."

Nach allen erforderlichen Beschlüssen zur Handyortung stellte sich heraus, dass das Mobiltelefon von Greta letztmalig um 1.17 Uhr in einem Funkturm nahe der Richard-Boljahn-Allee auf Höhe des Vahrer Sees eingeloggt war. Seitdem verlor sich die Spur des Handys.

Der direkte Weg von der Party zum Deliusweg war das nicht mehr. Sabine Bertram war sehr erfahren und hatte ein mulmiges Gefühl, in dem der Begriff vom harmlosen Fernbleiben keinen Platz mehr fand.

Nach Aufklärung der Möglichkeiten, ob man vom Partyort aus auch mit öffentlichen Verkehrsmitteln in der Nacht noch nach Hause kommen konnte, und der Negativmeldung aus den Bremer Taxizentralen rief die Ermittlerin ihren Präsidenten an. „Herr Pape, wir sollten das Team losschicken und eine Ermittlungsgruppe einrichten."

Kapitel 32
Das Opfer bekommt ein Gesicht

Die Vermisstenmeldung aus Bremen sowie eine Anfrage zur unbekannten Brandleiche gingen fast gleichzeitig in der Vermisstenstelle der Zentralstelle Gewalt beim LKA Niedersachsen ein. Anhand der relativ regionalen Nähe und spätestens nach Abgleich der Boots auf dem aktuellen Foto von Greta Holberg und den noch verhältnismäßig gut erhaltenen Stiefeln der Toten konnten die ersten Parallelen gezogen werden. Die Bremer Ermittlerin Sabine Bertram nahm direkt Kontakt mit dem Leiter der Verdener Mordkommission, Dirk Junker, auf. Sie tauschten die ersten Informationen aus und verabredeten sich in Verden zu einer ersten fachlichen Darstellung.

Als neben dem Leiter der Polizeiinspektion Verden und einer Vertreterin der Staatsanwaltschaft Verden plötzlich (zusätzlich zum Team der Bremer Verhandlungsgruppe) der Polizeipräsident in den Besprechungsraum eintrat, war allen klar, dass die Dimension des Falles wohl doch größere Ausmaße angenommen hatte.

Nachdem Dirk Junker erst einmal alle Beteiligten in die Verdener Verfolgungsfahrt und den anschließenden Leichenfund eingewiesen hatte, stellte Sabine Bertram den Bremer Vermisstenfall Greta Holberg vor.

Aus den bisherigen Erkenntnissen resümierte der Bremer Polizeipräsident: „Meine Damen, meine Herren, wir haben es hier offensichtlich mit einer missglückten Entführung der Reederstochter Greta Holberg zu tun, die nach einer ebenso missglückten Verfolgungsfahrt durch den Entführer brutal getötet worden ist. Wir werden eine Einsatzzentrale auf dem Gelände der Familie Holberg einrichten und können nicht ausschließen, dass der oder die Entführer dennoch entsprechende Forderungen stellen werden. Der Bruder von Greta, Patrick Holberg, hält sich derzeit in einem Internat in England auf und wird aktuell unter Personenschutz gestellt.

Ich erwarte, dass diese Informationen diesen Raum nicht verlassen werden, und stimme mich jetzt mit der Staatsanwaltschaft über die juristischen Zuständigkeiten und Maßnahmen ab. Vielen Dank und allen Anwesenden viel Erfolg."

Der Bremer Polizeipräsident teilte seiner Verhandlungsgruppe mit, dass er selbst der Familie die Nachricht von Gretas Tod überbringen wollte, und bat Sabine Bertram, ihn zu begleiten. Sie sagte sofort zu.

In der ganzen Hektik hatte es Dirk Junker zunächst völlig versäumt, mit Thorsten Büthe zu sprechen. Er unterließ es auch später wegen der Auslastung der OFA und aufgrund aktuellen Entwicklung im Fall Greta, da ihm die Information nicht relevant für Büthe erschien.

An eine Verbindung zur Soko Pelikan dachte in diesem Moment niemand.

Kapitel 33
Die Sackgassen

Die Experten der Kommissariate für Milieu- und Drogenkriminalität sowie die Ermittler der Soko Pelikan samt der OFA versuchten das Leben der toten Bulgaren aufzuhellen, um irgendeinen Ansatz auf die entführten jungen Frauen zu erhalten. Es war sicher, dass die beiden Drogendealer und Zuhälter an der Küstenregion expandieren wollten. Die Ermittlungen brachten zudem Unruhe in die Szene, die dort niemand brauchte. Eigentlich war bei einem derart hohen Fahndungsdruck die Kooperationsbereitschaft einiger Drogenbosse recht hoch, um wieder Ruhe in die Geschäfte zu bekommen. Aber von Brautentführungen im Rotlichtmilieu wollte niemand etwas gewusst haben. Nur musste der Bulgare ja irgendwie an das Foto des ersten Opfers gekommen sein. Die Ermittler traten auf der Stelle.

Die Beamten aus Verden und Bremen kamen trotz intensiver Ermittlungen zur Herkunft des polnischen Passats keinen Millimeter weiter. Sowohl das Haus als auch die Geschäftsräume des Reeders waren konspirativ in eine Einsatzzentrale umgewandelt worden. Sobald sich die Entführer meldeten, wollte man schnellstmöglich reagieren können. Seitens oberster politischer Ebenen in Niedersachsen und Bremen war darüber eine Nachrichtensperre verhängt worden, sodass dieser Fall lediglich in den involvierten Dienststellen bekannt war und nichts, aber auch gar nichts nach außen dringen durfte. Für die Presse hatte man den Brand eines polnischen Pkw mit einer unbekannten Toten möglichst kleingehalten, um in Ruhe agieren zu können. Allerdings meldete sich kein Entführer, es wurde auch keine Lösegeldforderung gestellt und sämtliche Ermittlungsansätze liefen ins Leere.

So hatte auch die OFA des LKA Niedersachsen nicht einmal die Chance, über eventuelle Tatzusammenhänge nachzudenken – bis zu dem Telefonat.

„Hallo, Herr Büthe, hat sich nach den Ermittlungen auf Spiekeroog und in Kühlungsborn noch etwas ergeben?", zwitscherte Marina Swodicz durch ihr Handy.

„Hallo, Frau Swodicz, noch nicht. Wir haben bislang keine Hinweise, dass die beiden toten Bulgaren an den Brautentführungen beteiligt gewesen sein könnten", versuchte Thorsten die Reporterin, vermutlich mal wieder aussichtslos, abzuwimmeln.

„Da habe ich aber etwas anderes gehört. Soll bei dem Einsatz nicht ein Foto von einem der Opfer aufgefunden worden sein?", hakte sie nach.

„Wo haben Sie das denn schon wieder her?", versuchte er Zeit zu gewinnen.

Die Reporterin ließ nicht locker. „Herr Büthe, wir sind doch beide Profis. Ich würde die Frage nicht stellen, wenn ich meiner Quelle nicht trauen würde. Also?", bohrte sie weiter.

„Okay, wir haben ein Foto gefunden, können aber überhaupt nicht einordnen, wie es in die Hände der Dealer gekommen sein kann. Und vor allem benötigen wir Zeit, um genau das ermitteln zu können. Wir bleiben am Ball“, reagierte Thorsten barsch.

„Okay, ich auch. Bis bald“, verabschiedete sich die Reporterin provokativ, aber nicht unfreundlich. Bevor Thorsten sein Handy vom Ohr nahm, klingelte es schon wieder und der OFA-Leiter sah genervt den Namen der Reporterin im Display. „Herr Büthe, eine Frage noch: War die entführte und verbrannte Frau aus Verden eigentlich auch eine Braut? Falls Sie das ebenfalls noch nicht beantworten können, fragen Sie doch mal nach. Tschüss, bis bald.“ Thorsten konnte nicht einmal antworten, da hatte sie schon wieder aufgelegt.

Kapitel 34
Bestandsaufnahme

Iris Höppner hatte am nächsten Morgen zu einer Soko-Besprechung eingeladen, um die Ermittlungsergebnisse der letzten Wochen zusammenzuführen und nach einer aktuellen Bestandsaufnahme eine neue konzeptionelle Ausrichtung der folgenden Schritte abzustimmen. Die Soko-Leiterin begrüßte dabei auch den Kollegen Cord Brammer, der auf eigenen Antrag seine Arbeit in der Soko wieder aufnehmen wollte. Ihm war zu Hause die Decke auf den Kopf gefallen. Iris Höppner stimmte zu und bat Astrid Wegner, sich um Cord zu kümmern und ihr ein Signal zu geben, falls der frühe Wiedereinstieg doch zu Problemen führen würde.

Die Soko-Chefin hatte sich im Vorfeld mit den einzelnen Leitern aus Hannover, Celle, Hildesheim und der OFA abgestimmt und gab folgenden Fahrplan vor:

„Das Hannover-Team erstellt eine Liste an geplanten Hochzeitsmessen auch in der Region samt einem entsprechenden Überwachungs- und Zugriffskonzept.

Das Celle-Team wertet sämtliche Onlineanzeigen aus, in denen Brautkleider angeboten werden. Nehmt Kontakt mit den Inserenten auf, gebt ihnen ein Verhaltensmuster an die Hand und fragt nach entsprechenden Reaktionen von Käufern. Bei verdächtigen Kontakten sollen sie sich umgehend bei unserer Hotline melden.

Das Hildesheim-Team erstellt entsprechende Lockinserate, lasst euch durch das Social-Media-Team unterstützen.

Die Analysestelle hat die Lage bundesweit so gut auf dem Schirm, dass euch sofort die Nackenhaare hochgehen, wenn nur im Ansatz das Thema Hochzeit, Braut oder Brautkleid involviert ist. Beschränkt euch nicht nur auf Niedersachsen und bindet ViCLAS mit ein.

Das OFA-Team kümmert sich um den Täter. Wie dürfte er weiter vorgehen, wie tickt er, wo finden wir ihn und die bereits entführten Opfer?

Gibt es noch Fragen? Dann viel Erfolg“, beendete die Soko-Leiterin die Lagebesprechung.

Thorsten Büthe hatte mit Iris Höppner bereits über den Anruf der Reporterin gesprochen, was sie in der Runde allerdings nicht thematisieren wollten.

Gemeinsam machten sich Thorsten und Kristin auf den Weg nach Verden. Sie hatten telefonisch schon einen Termin mit dem Leiter der Mordkommission, Dirk Junker, vereinbart.

Die beiden Profiler waren nicht überrascht, dass auch die Erste Staatsanwältin, Doktor Anne Borgward, an der Besprechung teilnahm. Mit der engagierten Staatsanwältin hatte die OFA in mehreren Fällen ohnehin Kontakt, sodass sie sich nicht vorstellen mussten. Mit einer kollegialen Umarmung begrüßten Kristin und Thorsten den Kommissariatsleiter, denn sie waren sich seit Langem vertraut.

Thorsten wies die beiden in die Erkenntnisse und Entwicklung der Soko Pelikan ein und berichtete vom gestrigen Telefonat mit der Reporterin. Es kam immer wieder vor, dass vertrauliche Informationen bewusst oder auch unbewusst an die Presse gelangten. Sie konnten durch Polizeibeamte oder eingesetzte Rettungskräfte weitergegeben werden, aber auch anwesende Zeugen, Angehörige der Opfer oder auch Mitarbeiter von Bestattungsunternehmen waren lohnende Quellen der investigativen Journalisten. Die Dimensionen solcher Informationsweitergaben waren nicht zu unterschätzen. Sie konnten nicht nur polizeiliche Ermittlungen behindern, sondern Opfer oder Zeugen gefährden und sogar vor Gericht eine Verurteilung des Täters erschweren oder gar verhindern. Daher waren derartige illegale Informationsweitergaben strafrechtlich relevant und wurden konsequent verfolgt.

Doktor Anne Borgward belehrte die LKA-Beamten sehr ausführlich darüber, dass die Inhalte dieses Gespräches der absoluten Geheimhaltung unterlagen. Alle Ermittlungen des LKA und der Soko, die diesen Fall nur am Rande tangierten, mussten mit der Staatsanwaltschaft Verden abgestimmt und genehmigt werden. Kristin und Thorsten waren darüber erst sehr verwundert, konnten diese formelle Anordnung allerdings nach Schilderung der gesamten Fallerkenntnisse nachvollziehen.

„Wir haben die Vita von Greta Holberg komplett durchleuchtet. Es gibt keinen Hinweis auf eine geplante Hochzeit, sie hatte aktuell nicht einmal einen Freund. Bislang gehe ich nicht von einem Tatzusammenhang aus. Es deutet für uns alles auf eine misslungene Entführung mit geplanter Erpressung des Reeders hin. Für uns steht jetzt im Vordergrund, ob der oder die Täter eine neue Tat planen und dabei speziell die Reederei Holberg im Visier haben oder auch andere solvente Opfer in Gefahr sind. Das ist hier eher die Spielwiese des Bremer LKA und nicht des BKA. Dass wir Verdener noch im Spiel sind, ist ausschließlich der Hartnäckigkeit von Doktor Borgward geschuldet", schloss der Verdener Kommissariatsleiter. „So weit kommt das noch, dass wir uns die Mordermittlungen nehmen lassen. Hier gilt immer noch das Tatortprinzip und das liegt und bleibt nun mal in Verden", stellte die Staatsanwältin klar.

„Gibt es in eurem Fall Verbindungen ins Drogen- oder Rotlichtmilieu? Die beiden erschossenen Bulgaren hängen damit irgendwie zusammen, nur kommen wir in der Szene keinen Schritt weiter. Diese Konstellation ist so irrational wie die zu dem polnischen Entführer und eurer Brandleiche. Vielleicht ist ja genau diese Irrationalität der Fälle untereinander der Schlüssel?", resümierte der OFA-Leiter.

„Wir sollten uns stets laufend über die jeweilige Entwicklung der Fälle auf Stand halten. Wir werden lediglich unsere Soko-Leiterin und das OFA-Team über den Gesprächsinhalt informieren, sonst bleibt es in diesem Kreis", schlug Kristin vor. Doktor Anne Borgward war einverstanden. „Dirk, kannst du uns bitte für euren Vorgang freischalten, dann können wir parallel mitlesen und die Tatortfotos durchgehen. Vielleicht fällt uns ja doch noch etwas auf", bat Thorsten. „Damit habe ich eh gerechnet. Ich weiß ja, der kleine Finger reicht euch nie“, beschwerte sich der Verdener Kollege mit Blick auf die Staatsanwältin, die nickend zustimmte.

Diese neuen Erkenntnisse mussten jetzt in das Gesamtbild eingeordnet und bewertet werden. Vielleicht war alles aber auch nur ein Zufall.

Auf der Rückfahrt philosophierten Kristin und Thorsten über die Verfolgungsfahrt und die konsequente Tötung der jungen Frau.

Am nächsten Morgen brachten sie das OFA-Team, Iris Höppner und die Psychologin Carlotta Bayer-Westhold auf den aktuellen Stand.

Sie entschlossen sich, in dem eingeweihten Team eine vergleichende Fallanalyse zu den Entführungsfällen der Soko Pelikan durchzuführen, ohne die anderen Soko-Mitglieder und vor allem nicht das LKA Bremen oder das BKA vorab zu informieren. Nur den Leiter der Verdener Mordkommission setzte Thorsten in Kenntnis, wobei er sein Stillschweigen zusagte.

Kapitel 35
Die konspirative Fallanalyse

Das OFA-Team machte sich erst tagsüber und schließlich in der Nacht ein Bild von den örtlichen Verhältnissen des Wohngebietes, in dem Greta gefeiert hatte. Nach den bisherigen Resultaten der Bremer Ermittlungsgruppe war Gretas Abschied von der Party von außen kaum kalkulierbar. Die junge Frau hatte sich sogar dermaßen verquatscht, dass sie nachts keine Chance hatte, mit Öffis nach Hause zu kommen.

Sie hätte von einem Partygast nach Hause gefahren worden sein können, wofür es aber keinen Hinweis gab. Die Taxizentralen waren überprüft worden, von ihrem Handy ging nach Verlassen der Party außerdem kein Anruf raus. Über die Daten hatte man festgestellt, dass Greta die Funkzelle des Hauses um 1.03 Uhr verlassen und sich in die nächste Funkzelle am Osterdeich begeben hatte.

Die Login-Daten waren auf 1.11 Uhr datiert. „Okay, das spricht eher für einen Fußmarsch. Wäre sie mit einem Fahrzeug mitgenommen worden, wäre sie schneller gewesen“, begann Nina mit der ersten Hypothese.

„Es sei denn, es hatte einen Grund, dass das Fahrzeug so langsam fuhr oder mehr Zeit brauchte. Reinziehen, fesseln und in den Kofferraum bringen“, schränkte Thomas ein.

„In einem Wohngebiet? Glaube ich nicht. Die Gefahr ist zu groß“, konterte Maik.

„Okay, ich spiele mal den Entführer und weiß von der Party. Ich observiere das Haus und hoffe, dass Greta alleine rauskommt und weder begleitet noch von einem Partygast nach Hause gefahren wird. Dann verlässt sie tatsächlich allein die Party, ich schnappe sie mir, verbringe sie in den Kofferraum und fessele oder knebele sie in einer Wohnsiedlung?“, bot Kristin ihre Version an.

„Fesseln kannst du sie später. Hauptsache, du bekommst sie ohne großes Geschrei in den Kofferraum, und das ist doch wohl kein Problem oder?“, warf Carlotta ein.

„Alles richtig, ich habe nur mal wieder dieses berühmte Zufallsproblem. Ich habe die Tochter eines reichen Reeders im Visier, du suchst mir eine Entführungszeit und einen Entführungsort aus, den das Opfer bestimmt und nicht der Entführer. Schläft sie dort, wird sie begleitet oder nach Hause gefahren, habe ich Pech gehabt. Kommt mir ein Hundehalter entgegen, als ich sie gerade abgreifen will, habe ich Pech gehabt. Kann ich sie nicht so schnell unter Kontrolle bringen, sie schreit oder wehrt sich, habe ich wieder Pech gehabt.

Von Zeugen und Anrufen bei der Polizei spreche ich gar nicht. Bei einer geplanten Entführung der Tochter eines Multimillionärs mit anschließender Lösegelderpressung erwarte ich einen vernünftigen Plan und eher auch einen zweiten Täter. Einer fährt, einer bringt und hält sie unter Kontrolle. Dieser Typ hätte hier einfach nur Glück gehabt“, versuchte Thorsten zu begründen.

„Und genau diese Täter haben wir ja nun mal auch. Das kannst du nicht ausschließen“, warf Kristin ein.

Nina fuhr fort: „Ich würde gern an Thorstens Version anknüpfen. Ich war oft in ähnlichen Situationen und musste sehen, wie ich nachts nach Hause kam. Stellen wir uns vor: Bis zum Osterdeich gab es gar keinen Entführer und die Zeitspanne erklärt sich einfach mit Gretas Fußweg zu einer Hauptstraße, auf der um diese Zeit überhaupt noch Verkehr ist. Die Chance, ein Taxi zu finden oder auch per Anhalter mitgenommen zu werden, ist hier am wahrscheinlichsten.“

Thomas hinterfragte völlig berechtigt: „Ist in den Medien überhaupt ein Zeugenaufruf erfolgt, der nach einer möglichen Anhalterin auf dem Osterdeich gefragt hat?“

Kristin klärte die Runde auf: „Nein, und das ist der medialen Zurückhaltung geschuldet. Ich prognostiziere mal, dass ein solcher Aufruf auch nicht erfolgen wird.“

Maik brachte es auf den Punkt: „Dann haben wir unser Opfer als Anhalterin auf dem Osterdeich und somit eine vermutlich zufällige Begegnung von Täter und Opfer. Oder glaubt jetzt noch jemand an die gezielte Entführung einer Anhalterin? Vielleicht ein Taxi ohne Kenntnis irgendeiner Zentrale oder die ganz lapidare freiwillige Mitnahme einer Anhalterin, die froh war, bei Schietwetter doch noch nach Hause zu kommen. Denn um diese Zeit war die Auswahl nicht gerade groß, weder an potenziellen Opfern noch an solchen Tätern. Nur wusste der spätere Täter nicht, wen er da im Auto hatte.“

Thorsten versuchte die Dynamik wieder ein wenig einzubremsen und schränkte ein: „Okay, wir können beides noch nicht ausschließen, müssen aber diese Anhalterhypothese mitnehmen. Als Nächstes haben wir die letzte Handyortung um 1.27 Uhr am Vahrer See. Auf geht's."

Auf kürzestem Weg, vorbei am Bremer Polizeipräsidium und dann über die Richard-Boljahn-Allee, erreichte der VW Bulli des Fallanalyseteams die Abfahrt zum Vahrer See. „Versuch bitte so nah wie möglich heranzufahren, Thomas", bat Thorsten den Fahrer.

„Hier hätte er Greta unter Kontrolle und in den Kofferraum bringen können. Die Handyortung ist in diesem Bereich abgebrochen. Wissen wir, warum? Ausgeschaltet, runtergefahren, plötzlicher Abbruch?", fragte Carlotta ins Team.

„Das ist uns im Detail nicht bekannt. Wir sollten zudem veranlassen, dass die Funkzelle exakt vermessen wird, um sicherzugehen, dass wir uns hier nicht verrennen. Dennoch sollten wir eine Suche im See nach dem Handy oder auch anderen persönlichen Dingen des Opfers veranlassen", schlug Kristin vor.

„Wenn wir berücksichtigen, dass Greta mit mindestens drei Kabelbindern gefesselt und sogar mit einer Art Schwamm zusätzlich geknebelt worden ist, hatte der Täter im Passat alles dabei, was er für eine solche Tat benötigen würde. Auch wenn Greta ein Zufallsopfer geworden ist, war unser Täter gut vorbereitet und latent tatbereit", schloss Nina.

„Wie wir wissen, setzte der Täter seine Fahrt mit Greta auf der A 27 in Richtung Hannover fort, bevor er sich auf die Verfolgungsfahrt einlassen musste. Wo wollte er mit

Greta hin und vor allem: Was hatte er mit ihr vor?", setzte Maik weiter fort.

„Nach Angaben der Autobahnpolizei-Streife fuhr der Fahrer ruhig und wirkte selbst beim Überholen des Polizeifahrzeugs völlig abgeklärt. Die gezielte Kollision hatte genau den richtigen Punkt getroffen, um den schweren Mercedes außer Kontrolle zu bringen. Er hatte das winzige Zeitfenster für einen Vorsprung genutzt und zwei mitgeführte Reservekanister im Wagen über seinem Opfer ausgegossen und skrupellos in Brand gesteckt. Ganz bewusst war er davon ausgegangen, dass die junge Frau qualvoll lebendig verbrennt. Er hatte keinerlei Spuren hinterlassen und konnte trotz einer Großfahndung entkommen. Wie auch immer", stellte Thorsten dar.

„Sind polnische VW-Passat-Modelle nicht eher Dieselfahrzeuge?", hinterfragte Thomas skeptisch und sah im Laptop nach. „Tatsache! Der Passat war ein Diesel."

„Ist das auch ein Zufall, oder hatte der Täter diese Spurenvernichtung mittels Benzin von vornherein geplant?", warf Carlotta ein.

„Der Typ wird mir langsam unheimlich", ergänzte die Psychologin.

Das Team startete in Verden von der Autobahn an und parkte in etwa der gleichen Position wie der Passat. „Warum wählt er ausgerechnet diesen McDonald's-Parkplatz? Er hätte auf dem Weg von der Autobahn in zig Feldwege abbiegen können", fragte Thomas in die Runde.

„Weil er im Wald ein Riesenproblem gehabt hätte", versuchte Nina zu erklären. „Der Feuerschein hätte die

Einsatzkräfte aufmerksam gemacht und der Bereich wäre abgesperrt worden. Da hätte er nicht mehr wegkommen können. Denken wir an Greta. Sie ist vermutlich dorthin gegangen, wo die Chance am größten war, mitgenommen zu werden. Was Besseres als einen McDrive, der 24 Stunden geöffnet hat, findest du in ganz Verden nicht. Der Typ ist richtig gut", gab sie fast bewundernd zu, schränkte aber auch ein: „Nur hat er uns in der Soko Pelikan nicht weitergebracht – oder sieht einer von euch irgendeinen Ansatz auf einen möglichen Tatzusammenhang?"

„Gibt es hier keine Kamera beim Drive-in-Schalter? Fehlt das Auto eines Pendlers oder gibt es Hinweise auf Vermisstenfälle?", fragte Maik.

„Das geht aus den Akten nicht hervor. Die Fahndungsmaßnahmen waren alle negativ. Selbst ein Hubschrauber war schnell im Einsatz. Ein Ring fünf stand sieben Minuten nach Brandentdeckung. Ach ja, die Kamera war defekt", musste Kristin passen.

„Okay, das war schon mal sehr produktiv, vielen Dank, Leute. Dann bringen wir das alles zu Papier, und ich werde morgen Dirk Junker damit konfrontieren. Er wird sicher nicht begeistert sein. Dann war es halt ein kleiner Exkurs unserer Soko. Auch das ist ein Ergebnis. Fahren wir heim", schloss Thorsten den anstrengenden, aber erfolgreichen Tag ab.

Kapitel 36
Fallvorstellung in Verden

Nach dem Angebot, die Gedanken der OFA zur Brandleiche der Verdener Mordkommission vorzustellen, hatte Dirk Junker auch die Bremer Kollegen samt ihrem Polizeipräsidenten ins Boot geholt. Thorsten sah sich veranlasst, den Kontakt mit der Bremer OFA aufzunehmen und das Team ebenfalls einzuladen.

Nach der Begrüßung durch den Bremer Polizeipräsidenten bedankte sich Thorsten Büthe für die Einladung und stellte das niedersächsische und auch das anwesende Bremer OFA-Team sowie grob die Struktur und den Sachstand der Soko Pelikan vor. Thorsten bat um Verständnis, dass sie sich aufgrund der eigenen akuten Einsatzlage nicht einer zeitaufwendigen strukturierten Fallanalyse widmen konnten. Er regte dennoch an, dass die OFA Niedersachsen nach Betrachtung des bekannten Sachverhaltes eher von einer zufälligen Täter-/Opferbegegnung ausging und schlug vor, diese Tathergangsvariante mit in die Ermittlungskonzeption aufzunehmen.

Der Anspruch der OFA war wie auch hier, nicht sämtlichen Kräfteeinsatz auf genau diese Hypothese zu stützen und alles bisher favorisierte auszublenden, sondern diese Variante miteinzubeziehen und entsprechende Ermittlungsempfehlungen umzusetzen. Man konnte weder den Bremer Polizeipräsidenten noch den Innensenator davon überzeugen, die Einsatzkräfte der auch noch befreundeten Reederfamilie und die entsprechenden Personenschutzmaßnahmen abzuziehen, weil die OFA eines anderen Bundeslandes unterschiedlicher Meinung war und das Risiko einer weiteren Entführung als unbegründet ansah.

Der Polizeipräsident sagte zu, diese Variante im Kreise seiner verantwortlichen Mitarbeiter, mit den Verdener Kollegen zu diskutieren und die Bremer OFA zu integrieren. Der Leiter der Verdener Mordkommission und Thorsten Büthe vereinbarten einen stetigen Austausch untereinander, sodass sich das Profilerteam der Soko Pelikan wieder den eigenen Fällen zuwenden konnte.

Kapitel 37
Das neue Ermittlungskonzept

Team Hannover

Die Hannoveraner mit Mona Bogner und Karl Münter erhielten von Thorsten Büthe tatkräftige Hilfe, da er sein Hochzeitsnetzwerk ideal einbinden konnte und zudem die meisten Locations sowie auch Brautläden persönlich kannte. Obwohl dienstliche und nebenberufliche Tätigkeiten stets zu trennen waren, wurde mit der LKA-Leitung abgestimmt, diese Netzwerke insofern zu nutzen, dass Thorsten Büthe als Hochzeitsfotograf seine Messestände entsprechend, direkt gegenüber den Anbietern für Brautkleider, platzieren konnte. Diese Stände wurden sowohl durch den OFA-Leiter als auch seine beiden Töchter Celina und Emma und mit Einsatz weiterer Nachwuchsfotografen, die im echten Leben als Observationskräfte der Polizei arbeiteten, unterstützt. Im Fokus dieser Personen standen Messebesucher, die gerade nicht mit ihren zukünftigen Bräuten und Brautjungfern oder Müttern unterwegs waren, sondern primär männliche Einzelgänger, die auf der Suche nach geeigneten Opfern Ausschau hielten.

Ein solches Event wurde an einem Samstag als ‚Wedding Day‘ in der eigentlich beschaulichen Stadt am Deister, in

Bad Nenndorf, gefeiert. Der einst ruhige Kurort hatte sich in den letzten Jahren durch einen engagierten neuen Stadtdirektor und eine Neuausrichtung des Kultur- und Tourismusbereiches in eine rundherum innovative Stätte vor den Toren der niedersächsischen Landeshauptstadt gewandelt. Öffentliche Veranstaltungen im Kurpark sowie eine Umbildung des einst verschlafenen und nun zur Eventlocation mutierten Schlösschens hatten Bad Nenndorf über die Region Hannover hinaus bekannt gemacht. Die Ausstellungen und Events in der Wandelhalle hatten plötzlich enormen Zulauf, selbst aus dem Stadtgebiet von Hannover. So feierte Bad Nenndorf den Wedding Day mit verschiedenen Anbietern in der großen Wandelhalle, aber auch eine bereits seit Jahren etablierte Hochzeitsmesse bei Möbel Henning, einem großen, familiengeführten Möbelhaus in Bad Nenndorf. Das Schlösschen warb parallel mit der Möglichkeit, sich dort nicht nur standesamtlich trauen zu lassen, sondern auch gleich seinen Gästeempfang und ebenfalls die gesamte Hochzeitsparty zu feiern. Alles war stilvoll eingedeckt, und die Gäste konnten die dort präsentierten Kanapees sogar kostenlos genießen.

Thorsten hatte seinen Fotografenstand direkt gegenüber dem Brautgeschäft White Dreams aus Stadthagen eingerichtet. Kristin und Mona Bogner unterstützten ihn, wobei sie Karl Münter als älteren Kollegen beim Limousinenservice und den Bandleader Maik bei „Carry Me“, einem wunderbaren Akustikduo, nebenan untergebracht hatten. Die Observationskräfte mischten sich als Brautpaare getarnt unter das Publikum.

Bei Möbel Henning hatten Thorstens Töchter Celina und Emma einen Stand gegenüber einem Brautladen aus Barsinghausen aufgebaut. Nina und Thomas standen ebenfalls zur Verfügung. Auch hier waren Polizisten undercover als turtelnde Brautpaare unterwegs und interessierten sich für die Angebote der Hochzeitsdienstleister.

Jeweils ein Observationsteam hielt sich direkt im Eingangsbereich auf, um verdächtige Personen schon an dieser Stelle aufzunehmen und entsprechende Erkenntnisse an die Messekräfte weiterzuleiten.

Dann geschah es: Ein solcher Funkspruch wurde von den Einsatzkräften von Möbel Henning an die Beobachtungsposten übermittelt.

„Person männlich, circa Mitte dreißig, ein Meter achtzig, blaue Jeans, helles T-Shirt, darüber braune Lederjacke und blaue Basecap von Nike. Person ist allein unterwegs und passiert jetzt den Eingangsbereich."

Team I meldete sofort: „Okay, Kontakt zum Team I steht, wir sind dran, wer kann unterstützen?", wobei sich Team III sofort anbot. Interessant an diesem Gast blieb, dass er sein Handy an einem langen Selfiestick montiert hatte und bei einer Brautmodenschau und an den Ständen Videos drehte.

Die Observationskräfte teilten plötzlich mit: „Zielperson ist in eine Umkleidekabine gegangen und filmt vermutlich die weiblichen Kundinnen, die in den Nachbarkabinen Brautkleider anprobieren. Frage: Zugriff?"

Thorsten Büthe hatte die Funksprüche mitverfolgt und wies an: „Nein, noch kein Zugriff. Bleibt unauffällig an ihm dran. Könnt ihr ein Foto in die Gruppe schicken? Lasst ihn nicht aus den Augen. Wenn Zugriff, dann erst draußen oder im absoluten Notfall."

Die Observationskräfte bestätigten: „Verstanden", und gaben stets aktuelle Statusmeldungen.

„Zielperson verlässt das Möbelhaus und begibt sich auf den Parkplatz", meldeten die konspirativen Verfolger.

„Habt ihr die Möglichkeit, ihn auch mit dem Pkw weiterzuverfolgen?", fragte Thorsten als Einsatzleiter.

„Positiv", bestätigten sie.

„Dann bleibt bitte dran", wies Thorsten an.

Die Zielperson bestieg einen geschlossenen VW Caddy, verließ den Parkplatz des Möbelhauses und bog beim Baumarkt erst nach rechts auf die B 442 und dann sofort nach links in die Buchenallee Richtung Kurpark ab, wo sie ihren Caddy abstellte. Dann schlenderte die männliche Person am Minigolfplatz durch den Kurpark direkt zum Schlösschen und begab sich direkt zur eigentlichen Hochzeitsmesse mit über 80 Ausstellern in die Wandelhalle. Das Observationsteam hatte den Mann beständig unter Kontrolle und der Verfolgte wurde in der Wandelhalle durch Team V abgelöst.

Bei dieser Besatzung handelte es sich um zwei junge Beamtinnen, die als Braut und Brautjungfer unterwegs waren. Sie tauschten sich mit Team VI aus und beschlossen nach Rücksprache mit dem Einsatzleiter, dass sie sich der Zielperson provokativ anbieten würden. Dafür setzten sich die attraktiven und ausgelassen wirkenden Beamtinnen vor ihr „Objekt" und steuerten direkt den Brautmodenstand White Dreams an. Auf diese Weise kamen sie in das Blickfeld des OFA-Teams, welches den Mann nun auch beobachten konnte.

Die jungen Beamtinnen entschieden sich für zwei Brautkleider und suchten eine Kabine zur Anprobe auf. Jetzt hatten sowohl Team VI als auch das OFA-Team vom Stand des Fotografen und des Akustikduos die Zielperson im Visier. Das Gewusel dort war derartig groß, dass es eigentlich niemandem auffiel, dass sich der Einzelgänger mit einem willkürlich gegriffenen Brautkleid in eine Nachbarkabine begeben hatte.

Team VI teilte den beiden Beamtinnen mit: „Er ist jetzt in der Kabine rechts von euch. Passt auf!"

Eine der beiden Beamtinnen zog sich bis auf den Slip und BH aus, wobei sie ihre Dienstwaffe und das Funkgerät in einer Gürteltasche im Vorfeld abgelegt hatte. Ihre Kollegin konnte das Handy, welches unter der rechten Kabinenwand durchgeschoben wurde, wahrnehmen und stellte sich provokant zwischen Handy und ihre fast nackte Kollegin. Sie kreischten und probierten authentisch noch das zweite Modell aus, wobei der Spanner vergeblich versuchte, sich mit seinem Handy freie Bahn zu verschaffen. Nachdem sich die fingierte Braut wieder angekleidet hatte und beide Beamtinnen die Kabine verlassen hatten, folgte ihnen der Typ weiterhin.

Team VI meldete die aktuelle Verfolgungssituation. „Team V, ihr verlasst jetzt bitte beide die Halle, trennt euch theatralisch auf dem Parkplatz und die Braut geht allein zu dem vorbereiteten Pkw. Team VI, ihr bleibt dran und passt lediglich auf, wir folgen euch, bleiben aber vorerst im Hintergrund. Kein Risiko. Sobald er die

Braut angreift, Notzugriff. Habt ihr das?“, forderte Thorsten ein.

„Team V bestätigt. Team VI dito“, erklang es im Funk.

Team V verließ die Wandelhalle, trennte sich mit einer herzlichen Umarmung, und die Braut begab sich zu ihrem Parkplatz am Wald beim Kurgarten. Der Spanner folgte ihr und sah sich sichernd um. Team VI meldete, dass selbst während der Verfolgung die Videokamera seines Handys auf die Braut gerichtet war.

Der Abstand zwischen ihr und ihrem Verfolger verringerte sich. Als die Beamtin auf den präparierten Dienstwagen zuging, wurde ihr immer mulmiger, als sie die Nähe des Täters spürte. Plötzlich kam ihnen aus einem Waldweg ein lachendes Pärchen entgegen, sodass der Mann die Straßenseite wechselte und er seinen Weg in Richtung seines Pkw fortsetzte.

Mist, dachte nicht nur die Braut, sondern auch Team VI, welches sich gerade auf den Notzugriff vorbereitet hatte und die Statusmeldung an die Einsatzleitung durchgab: „Wir benötigen sofort zwei mobile Teams in der Brunnenallee! Wer kann anfahren?“, rief Thorsten in den Äther.

„Sprinter II und III sind auf Stand-by, wir ziehen hoch“, meldeten zwei mobile Observationsteams.

„Team VI an alle: Zielperson besteigt hellen Pkw VW Caddy ohne Aufschrift mit hannoverschem Kennzeichen H-MO ... Die Ziffern können wir nicht erkennen. Wenn wir näher rangehen, fliegen wir auf. Pkw bewegt sich aktuell in Richtung B 442“, brachte Team VI die Einsatzkräfte auf Stand.

„Für die mobilen Teams: Hängt euch unauffällig ran. Vielleicht führt er uns zu dem Ort, wo die anderen Opfer festgehalten werden. Ich brauche umgehend das vollständige Kennzeichen für die Halterfeststellung“, wies der Einsatzleiter an.

„Okay, sind auf Sichtweite. Es lautet: H-MO 8878“, gaben die Observationskräfte bekannt. Über die Einsatzzentrale konnte als Halter der 33-jährige Rolf-Dieter Birnbaum identifiziert werden, was Thorsten unmittelbar an die Verfolger weitergab. „Er wohnt in Hope, Am Schacht 23a. Das ist ein Kaff zwischen Lindwedel und Schwarmstedt. Wir versuchen, eine SEK-Einheit schon an das Grundstück zu ziehen. Lasst ihn nicht ins Haus, Zugriff möglichst, sobald er vor dem Objekt anhält. Wir dürfen die Opfer nicht weiter gefährden. Ist das verstanden?“, ordnete Thorsten an.

„Das ist so verstanden“, bejahten die Verfolgungs- und Zugriffskräfte.

Der Caddy fuhr ruhig über die Landesstraßen durch beschauliche Orte in der Wedemark, sodass sie kein Problem hatten, dranzubleiben.

Sie steuerten auf ein abgelegenes Haus aus zu, welches von außen einen stark renovierungsbedürftigen Eindruck hinterließ. Die Observationskräfte versuchten sich mit dem SEK abzustimmen.

„Die Zielperson biegt in die Grundstückseinfahrt. Steht die äußere Absperrung? Wir brauchen euch hier!“, fragten sie nicht ohne eine erhebliche Anspannung in der Stimme nach.

„Sorry, wir sind noch auf der Anfahrt und benötigen noch circa drei Minuten", musste das SEK die Verfolger vertrösten.

„Mist!", fluchte der Leiter des Observationsteams und wies das zweite Team an: „Sprinter III. Sobald er stoppt, nehmen wir ihn in die Zange und führen den Notzugriff durch, er darf nicht ins Haus gelangen. Habt ihr das verstanden?" Sprinter III bestätigte und beschleunigte den Audi S6, um aufzuschließen.

„Was ist das denn?", fluchte der Beifahrer von Sprinter II.

Vor dem Caddy öffnete sich ein von außen baufällig erscheinendes Garagentor plötzlich elektrisch wie in einem James-Bond-Film und schloss sich genauso wieder, nachdem der VW Caddy in der Garage verschwunden war. „Scheiße! Sprinter III, Abbruch! Abbruch und unauffällig abdrehen. Zielperson ist bereits im Gebäude", wies er das zweite Verfolgungsfahrzeug an und fuhr am Grundstück vorbei.

„Einsatzleitung von Sprinter II. Zielperson ist samt Fahrzeug im Gebäude verschwunden. Notzugriff war nicht möglich", meldete das Observationsteam an Thorsten Büthe.

„Verstanden. Hat er euch bemerkt?", hakte er nach.

„Können wir nicht beurteilen, aber auf den Landstraßen war auch nicht viel los. Sein Fahrverhalten hat der Fahrer allerdings nicht verändert", meldete Sprinter II.

„Okay, die SEK-Kräfte übernehmen vorerst die äußere Absperrung. Der SEK-Leiter, die Observations- und nachgeführten Kräfte treffen sich mit uns in Lindwedel am Sportplatz", wies der OFA-Leiter an.

Er hatte parallel Iris Höppner und die Staatsanwältin, Doktor Anne Borgward, in Kenntnis gesetzt, die ebenfalls auf der Anfahrt waren.

Nina Bachmann und Thomas Schulte hatten sich zwischenzeitlich mit dem Fahrzeughalter beschäftigt, der bereits als bekannter Wäschedieb, Voyeur und Exhibitionist im Großraum Hannover in Erscheinung getreten war. Eine Überprüfung der Anschrift ergab, dass auch Elfriede Birnbaum, 83 Jahre alt, seit 1957 dort wohnte. Es handelte sich vermutlich um die Mutter der Zielperson.

Weiterhin konnten sie in Erfahrung bringen, dass der ehemalige Bauernhof aus mehreren Nebengebäuden und Stallungen sowie dem Wohnhaus bestand.

Die Absperrkräfte meldeten, dass sie über Ferngläser zwei Personen – eine männliche und ältere weibliche Person – im Erdgeschoss, vermutlich einer Küche, ausmachen konnten.

Nach einer gemeinsamen Einsatzbesprechung mit der Sokoleiterin Iris Höppner und der Staatsanwältin wurde die Lage erörtert und auf telefonische Anordnung des zuständigen Gerichtes bestimmt, in das Haus einzudringen, um mögliche Geiseln aus einer konkreten Gefahr zu retten und einen möglichen Tatverdacht gegen Rolf-Dieter Birnbaum zu überprüfen.

Das SEK teilte mit, dass beide Personen weiter am Küchentisch saßen. Hinweise auf andere Personenbewegungen im Haus hatten sich nicht ergeben.

Die SEK-Beamten schlichen sich sichernd an das Haus, als sich in dem Stallanbau hinter dem Küchentrakt lautstark mehrere Gänse bemerkbar machten. Die ältere Dame und der Mann erhoben sich vom Küchentisch.

Elfriede Birnbaum öffnete eine Terrassentür und begab sich mit einer Schale mit Essensresten in Richtung der Stallungen. Ein SEK-Beamter ergriff sie plötzlich von hinten, hielt ihr den Mund zu und zerrte die betagte Dame aus dem Gefahrenbereich. Als dabei die Schale mit dem Gänsefutter schallend auf den Steinboden der Terrasse polterte, rief der Sohn: „Mutti, ist alles okay?“

Gleichzeitig stürmten schwer bewaffnete und maskierte SEK-Beamte in die Küche und schrien Herrn Birnbaum an: „Polizei! Hände hinter den Kopf und runter auf die Knie!“, wobei er allerdings nicht den Ansatz einer Chance hatte, sich selbst in diese Position zu bringen.

Herr Birnbaum wusste nicht, wie ihm geschah, und sah sich plötzlich gefesselt und durch kräftige SEK-Beamte bäuchlings auf dem Küchenboden fixiert. Völlig perplex wurde auch er nach draußen gezerrt und in einen Polizeibulli gebracht, in dem auch seine Mutter gründlich durchsucht wurde.

Weitere Spezialkräfte durchkämmten mit Pumpguns und Maschinenpistolen im Anschlag systematisch das Wohnhaus samt aller Nebengebäude. Gleichzeitig fuhren mehrere Rettungswagen und ein Notarztfahrzeug auf das Gelände.

Als die Durchsuchungskräfte nach mehreren Minuten meldeten: „Wohnhaus und Nebengebäude sind sicher. Keine weiteren Personen angetroffen“, betraten die Sokoleiterin mit der Staatsanwältin sowie das OFA-Team die Räumlichkeiten. Der Zustand im Innern des Wohngebäudes war mit den äußeren Umständen nicht zu vergleichen. Alles wirkte gepflegt und war relativ konservativ, aber sauber und geschmackvoll eingerichtet.

Ein SEK-Beamter begleitete die Mitglieder der Soko und machte sie auf einen Kleiderschrank im Zimmer von Rolf-Dieter Birnbaum aufmerksam, durch den man komplett in einen nächsten fensterlosen Raum gelangte. Hier fand sich verhältnismäßig moderne Computertechnik mit mehreren Monitoren sowie eine große beleuchtete Glasvitrine, in der geordnet eine Vielzahl offensichtlich benutzter Damenslips und BHs präsentiert wurde.

Auf einem Schreibtisch war ein Handy mittels Kabel mit einem Computer verbunden. Auf dem Monitor erschien die Meldung ‚Download abgeschlossen, Datenträger entfernen'.

Nach Aktivieren der Returntaste auf dem Computer öffnete sich ein Fotoordner mit diversen Aufnahmen, unter anderem auch diejenigen, die von der fingierten Braut in der Kabine des Brautmodenstandes unter der Kabinenwand aufgenommen wurden.

Die beiden Personen wurden getrennt in die Räumlichkeiten des LKA Niedersachsen gebracht, wo eine umfängliche Vernehmung durchgeführt wurde. Parallel wurde das Wohnobjekt mit seinen Nebengebäuden akribisch nach den entführten Frauen und entsprechenden Hinweisen auf Tatzusammenhänge durchsucht. Der VW Caddy wurde in die Fahrzeughalle des Kriminaltechnischen Institutes des LKA geschleppt und – in der Hoffnung, Spuren oder DNA-Material von den Entführungsopfern zu finden – komplett auf links gedreht.

Sämtliche Durchsuchungen und kriminaltechnische Untersuchungen verliefen negativ. Es konnten weder im Haus und im Pkw Spuren von einem der Entführungsopfer noch irgendein Ansatz auf eine Verbindung zu Hochzeiten oder Hochzeitskleidern gefunden werden. Die Auswertung der Computer, Datenträger, Fotokameras und Handys ergab konkrete Hinweise auf mehrjährigen Voyeurismus und Diebstahl von gebrauchter Damenwäsche, was sowohl durch die Vernehmung der Mutter als auch das komplette Eingeständnis des Spanners bestätigt wurde.

Sie hatten den Falschen und standen mal wieder ganz am Anfang.

Team Celle

Astrid Wegner und Cord Brammer waren seit vier Jahren ein eingespieltes Team. Auf die Frage der Sokoleiterin an Astrid Wegner, wie sich Cord nach dem Schusswaffengebrauch wieder eingearbeitet hatte, konnte seine Kollegin nur Positives berichten. „Es ist, als ob nie etwas gewesen wäre. Eigentlich ist er wieder ganz der Alte, nur ein bisschen nachdenklicher und zurückhaltender. Den Heißsporn hat er abgelegt“, beschrieb Astrid ihrer Chefin den neuen Cord. Auf dem Flur wandte sich Iris Höppner unbeschwert an ihren Mitarbeiter. „Ich habe gerade mit Astrid gesprochen und sie gefragt, ob du wieder auf die Menschheit losgelassen werden kannst. Über ihre Antwort habe ich mich gefreut. Willkommen zurück", dabei nahm Iris Höppner Cord kollegial in den Arm. „Wenn du irgendetwas brauchst, bin ich für dich da", versprach die Chefin.

„Dann lockt den Pelikan mal aus seinem Nest", motivierte sie ihr Celler Team.

Gemeinsam mit dem Social-Media-Team werteten sie Inserate für Brautmoden aus. Gezielt kontaktierten sie Inserenten, die Brautkleider im Netz anboten, und fragten nach deren Erfahrungen mit Interessenten. Des Weiteren berieten die Beamten die meist weiblichen Anbieterinnen, wie sie sich verhalten sollten, wenn sie einfach nur ein mulmiges Gefühl nach einem Anbahnungsgespräch spürten oder der Anrufer und Abholer ein Mann war.

Die Soko hatte rund um die Uhr eine Beratungs- und Notruf-Hotline eingerichtet, aber es blieb relativ ruhig, denn in der Regel suchte die angehende Braut selbst ihr Kleid aus und überließ das nicht ihrem Bräutigam.

Cord spürte das Misstrauen der Anbieterinnen hautnah. Bei jedem zweiten Anruf, den er tätigte und auf den er Bezug auf das Inserat des Brautkleides nahm, wurde sofort wieder aufgelegt. Die höflicheren Inserentinnen boten an, gern mit der künftigen Braut einen Termin zu vereinbaren, jedoch nicht mit dem Bräutigam.

Das polizeiliche Präventionskonzept schien aufzugehen. Jetzt benötigten sie nur noch den richtigen Hinweis zur richtigen Zeit.

Team Hildesheim

Elke Bothe und Hans Wiener saßen mit dem Social-Media-Team zusammen und verfassten Lockinserate zu Brautkleidern.

Thorsten hatte Kontakt zu seinen ehemaligen Hochzeitspaaren aufgenommen und sie gebeten, ob er die Fotos mit den Einzelporträts der Bräute für diese Inserate nutzen durfte. Natürlich wurden die Gesichter mit Photoshop so bearbeitet, dass sie nicht im Ansatz zu erkennen waren. Die meisten Bräute hatten unter diesen Voraussetzungen einer absolut anonymen Veröffentlichung zugestimmt. Auf diese Weise hatten sie authentisches Fotomaterial in wechselnden Locations.

Dem Hildesheimer-Team standen mehrere Handynummern zur Verfügung. Sie hatten sogar eine möblierte Wohnung angemietet, in der man die interessierten männlichen Käufer einladen und dann auch polizeilich überprüfen konnte.

Also hieß es abzuwarten und sich auf den einzig Richtigen zu konzentrieren, um dann zuzuschlagen. Das konnte doch nicht so schwer sein.

Die Analysestelle der Zentralstelle Gewalt des LKA

Die Analysestelle der Zentralstelle Gewalt wertete die Kriminalitätslage Niedersachsens, beginnend in der Region Hannover, akribisch aus. Sämtliche Vermisstenfälle, primär junger Frauen, und alle polizeilichen Sachverhalte, die nur im Ansatz etwas mit dem Thema ‚Hochzeit' oder ‚Brautbekleidung' zu tun hatten, waren relevant.

Bundesweit wurden die für solche Fälle zuständigen Zentralstellen der Landeskriminalämter über die aktuellen Erkenntnisse der Soko Pelikan informiert und um entsprechende Analysen in ihren Bundesländern gebeten. Die OFA-Analytiker recherchierten dazu parallel in der Datenbank ViCLAS, in der besondere Tötungs- und sexuelle Gewaltdelikte sowie Vermisstenfälle mit der Wahrscheinlichkeit auf eine Straftat bundesweit abgebildet waren. Das Netz wurde ausgeworfen, jetzt mussten sich nur der richtige Fisch oder die richtigen Fische darin verfangen.

Die OFA

Das OFA-Team aktualisierte die bisher gesicherten Erkenntnisse und versuchte daraus brauchbare Tathypothesen aufzustellen. Neben der Bewertung der möglichen Tatmotivation, dem möglichen Aufenthaltsort des Pelikans und seinem nächsten Aktionsraum war natürlich die drängendste Frage, wo und in welchem Gesundheitszustand würden die bisherigen Opfer zu finden sein.

Bei der gegenwärtigen Bestandsaufnahme musste die OFA allerdings feststellen, dass sie ohne eine objektive Datenbasis kaum Ansätze hatten, um zu einem dieser Punkte eine fachlich valide Aussage zu treffen.

Kapitel 38
Dynamische Entwicklung

Während der Besprechung meldete sich Dirk Junker aus Verden und teilte der OFA mit, dass die Bremer Polizei die Leiche eines älteren Herrn aus dem Achterdieksee in Bremen geborgen hatten.

Thorsten Büthe war verwundert und hinterfragte die Information fast zynisch. „Was willst du mir damit sagen, Dirk? Hatte der Rentner ein Brautkleid an oder warum ist das für uns interessant?"

„Der Tote hatte zwar kein Brautkleid an, war aber Kurierfahrer und wurde seit der Tatnacht des Fahrzeugbrandes vermisst. Sein letztes Handysignal war im Funkturm nahe von McDonald's eingeloggt. Dämmert's?", rechtfertigte sich der Verdener Moko-Leiter fast genervt.

„Sorry, Dirk, war nicht so gemeint. Spannend für euren Fall, aber wo siehst du den Zusammenhang zu uns?", blieb Thorsten interessiert, aber weiter zurückhaltend.

„Wir haben seinen Lieferwagen auf einem Parkplatz nahe am Bremer Hauptbahnhof gefunden. Der Tote wird ihn wohl nicht mehr gefahren haben. Im Fahrgastraum war großflächig Dieselkraftstoff verschüttet, und genau das ist der Grund meines Anrufes."

Plötzlich wurde Thorsten hellhörig. „Ihr vermutet also, dass euer Täter in dem Transporter mit dem Kurierfahrer vom Tatort geflüchtet ist, ihn getötet und in den See geworfen hat? Dann ist er mit dem Lieferwagen bis zum Abstellort gefahren, hat seine Spuren mit dem Dieselkraftstoff überdeckt und dann mit der Bahn Bremen verlassen. Ist das eure Theorie?", wollte sich Thorsten versichern und hakte nach: „Habt ihr schon eine Todesursache?", blieb Thorsten jetzt am Ball.

„Das ist ja gerade ungewöhnlich. Er starb an Herzversagen", stellte Dirk Junker fest.

„Keinen Hinweis auf einen gewaltsamen Tod? Keine Abwehrverletzungen? Nichts?", fragte Thorsten verwundert.

„Nichts!", bestätigte der Verdener Moko-Leiter.

„Okay, wo ist der Transporter jetzt?"

„Der ist in der KTU-Halle bei den Bremer Kollegen und wird gerade auf links gedreht. Ein Team fährt momentan die mutmaßliche Fahrtstrecke ab und checkt Videokameras und Blitzer", erklärte Dirk Junker.

„Wäre das für euch okay, Dirk, wenn wir uns mit einklinken und uns in Bremen treffen?", bat der OFA-Leiter.

„Das habe ich eh erwartet und kann es sowieso nicht verhindern", bemerkte Dirk Junker ironisch.

„Sollen wir dich in Verden einsammeln? Wir würden auch gern noch mal die Strecke von McDonald's zum Achterdieksee und von da aus zum Abstellort des Transporters abfahren. Dann schauen wir uns den Leichenablageort an und würden uns mit dem Obduzenten der Bremer Rechtsmedizin treffen. Kannst du das anschieben?", bat Thorsten.

„Gern, dann bis nachher", verabschiedete sich der Verdener Kollege.

„Ach, Dirk, eines noch. Danke! Die mögliche Verbindung zu unserem Täter hätten die wenigsten verknüpft", lobte Thorsten seinen Kollegen.

Thorsten briefte sein Team und setzte Iris Höppner über die neue Spur und spontane Einsatzfahrt nach Bremen in Kenntnis.

Das komplette OFA-Team hatte sich für Tatortbesichtigungen in der Soko Pelikan einen VW T6 reserviert, mit dem sie den Verdener Moko-Leiter abholten und die mutmaßlichen Streckenvariationen des Kurierfahrers abfuhren. Die Verdener Ermittler konnten über den Arbeitgeber des Kuriers die Zeitspanne der Aufnahme von den auszuliefernden Zeitungen und den nun bekannten Handydaten nachvollziehen. Dieser Strecke folgten sie zu dem betroffenen McDrive, den der Fahrer unmittelbar passieren musste. Die bekannten Zeitfenster bestätigten diesen Streckenverlauf, wobei auch Kollegen der Kurierfirmen erklärten, dass sich Erwin regelmäßig bei McDrive einen frischen Kaffee geholt hatte.

Als sie den McDrive an der Hamburger Straße in Richtung Autobahn passierten, fielen ihnen auf der Ausfallstraße unzählige geparkte VW Busse der Bereitschaftspolizei (BePo) sowie eine Vielzahl von Einsatzkräften auf einem bewaldeten Grünstreifen auf. „Ach ja, wir haben schon mal die BePo für die Absuche des Opferhandys angefordert. In diesem Bereich verlor sich das Signal. Vielleicht hat es der Täter vom Beifahrersitz aus dem Fenster geworfen. Die ziehen das bis zur Autobahn durch", erklärte Dirk Junker, wobei ihm Kristin und Thorsten anerkennend zunickten.

Der Verdener Ermittler navigierte das OFA-Team von der Autobahn zum Achterdieksee. Hier waren die Profiler über die Abgelegenheit und die fast versteckte Zuwegung erstaunt. Sie zogen in Erwägung, dass der Täter diesen Bereich gut gekannt haben musste und diesen Weg gezielt ausgewählt hatte.

„Wer, glaubt ihr, ist gefahren? Täter oder Opfer?", warf Kristin in die Runde.

„Die Zeit und das Risiko, vor der Autobahn anzuhalten, wäre für den Täter aufgrund der Sofortfahndung zu eng und zu groß gewesen. Ich gehe davon aus, er hat den Fahrer bedroht und musste erst mal weg", schlug Maik vor.

„Da gehe ich mit, zumal der Täter den Fahrer auch hätte gleich beim Fahrerwechsel töten können. Er wird nicht gefahren sein und gleichzeitig den Beifahrer eingeschüchtert haben", bestätigte Thomas diese These.

„Okay, gehen wir mal davon aus, der Täter bedroht den Fahrer und dirigiert ihn von der Autobahn nachts über diese Wege zu einem abgelegenen See. Was denkt dann der entführte Fahrer wohl?", warf Nina Bachmann ein.

„Er wird Todesangst haben und dürfte damit rechnen, hier und jetzt getötet zu werden. Es sei denn, der Täter bringt eine für den Fahrer nachvollziehbare Begründung, warum er nachts an diesen Ort will. Das Entführungsopfer ist eh schon traumatisiert. Der Täter hat vermutlich inzwischen dessen Handy aus dem Fenster geworfen. Warum sollte der Fahrer glauben, dass alles gut ausgehen würde? Ich habe keine Fantasie, was das für eine logische Erklärung sein kann", brachte Carlotta ihre psychologische Betrachtung ein. „Haben wir Erkenntnisse zu kardiologischen Vorerkrankungen des Fahrers, Dirk?", hakte sie nach.

„Das kann ich euch nicht sagen, klären wir aber ab. Der Jüngste war er nicht mehr und nachts als Rentner durch die Gegend zu fahren und sich mit Kaffee von McDonald's wachzuhalten, ist nicht gerade gesundheitsfördernd", stellte Dirk Junker fest.

„Puh, wollt ihr darauf hinaus, dass der Täter gar nicht töten musste?", stellte Thorsten Büthe in den Raum.

„Das Sektionsgutachten sagt das so in etwa aus", bemerkte Kristin.

„Okay, spinnen wir mal weiter", führte Nina fort. „Der Fahrer stirbt an Herzversagen, unser Täter wirft ihn in den See, fährt zurück auf die Autobahn in Richtung Bremen. Dort besorgt er sich vermutlich an einer Tankstelle einen Reservekanister mit Dieselkraftstoff und stellt den Transporter auf einem Parkplatz in der Nähe des Bahnhofs ab. Er verschüttet das Benzin im Innenraum des Fahrzeugs, verschließt es und verschwindet", vermutete sie.

„Dann ab zum Bahnhof und weg aus Bremen", ergänzte Thomas.

„Er könnte auch mit der Straßenbahn oder dem Bus sonst wohin gefahren sein. Wir wissen es nicht", schränkte Nina ein.

„Dirk, wie sieht's bei euch aus? Habt ihr Videoaufnahmen aus dem Bereich sichern können? Gibt es Zeugen?", machte sich Thorsten Büthe Gedanken.

„Leider nein. Die Überwachungsvideos am Bahnhof werden spätestens nach 72 Stunden gelöscht und die der Tankstellen meist nach 24 Stunden direkt überschrieben. Sieht nicht gut aus", resignierte der Verdener Beamte.

Das Team fuhr über den Abstellort am Hauptbahnhof zur KTU-Halle im Bremer Polizeipräsidium. Der weiße Transporter war verschlossen und mit einem rot-weißen Polizeiflatterband abgesperrt. An allen Seiten des Fahrzeuges standen Warnschilder mit der Aufschrift ‚Achtung Spurensicherung – nicht an das Fahrzeug herantreten!'

Die Tatortbeamten hatten die erste Untersuchung des Innenraumes abgeschlossen und im Fahrgastraum ein Gerät zur Cyanacrylat-Bedampfung installiert. So konnten latente daktyloskopische Fingerspuren sichtbar gemacht werden. Diese Dämpfe waren aber derart gesundheitsschädlich, dass den LKA-Beamten kein Blick in den Fahrgastraum gewährt werden konnte.

„Hier können wir nichts mehr ausrichten. Ich habe uns bei Professor Brinkhaus angekündigt, wir können direkt weiterfahren", schlug Dirk Junker vor. Der LKA-Bulli setzte sich in Richtung des Klinikums Bremen Mitte in Bewegung, parkte in der Sankt-Jürgen-Straße und wurde im Eingangsbereich direkt vom Leiter des Rechtsmedizinischen Instituts erwartet.

„Da bin ich aber mal gespannt, warum sich das LKA Niedersachsen für einen Leichnam in Bremen interessiert, der einem Herztod erlegen ist. Hoffentlich wird das nicht zur Mode", begrüßte Professor Brinkhaus das OFA-Team zynisch.

„Hallo, Herr Professor, bei uns gibt es halt keine Leichen, die nach einem Herztod noch schwimmen gehen. Für diese Exoten müssen wir schon zu Ihnen nach Bremen kommen", nahm Thorsten den Tonfall lachend auf. „Schön, dass wir uns mal wiedersehen", begrüßte der OFA-Leiter den Institutschef. Beide kannten sich aus einem Fachforum, welches Professor Brinkhaus leitete und in dem Thorsten schon Vorträge über skurrile Fälle gehalten hatte.

Sie setzten sich in großer Runde im Besprechungsraum zusammen, und der Professor wies das Profilerteam und Dirk Junker anhand von Fotos in die Erkenntnisse der Obduktion ein.

„Wie Sie sehen, war der Leichnam durch die Liegezeit, im Wasser bedingt, bereits stark fäulnisverändert. Wir konnten keinerlei Hinweise auf eine Fremdeinwirkung erkennen.**(siehe rechts)* Weder im Schädelbereich noch an den Extremitäten ließen sich Zeichen von stumpfer oder scharfer Gewalt feststellen. Keine Hautdefekte, keine Unterblutungen. Ebenso konnten wir eine Gewalt gegen den Hals negativ abgrenzen. Kehlkopf und Zungenbein waren intakt, keine Strangulationsmarke, keine Petechien. Als Todesursache haben wir ein Herzversagen, eine Art plötzlicher Herztod, diagnostiziert. Das Organ hatte auch schon entsprechende Vorschädigungen", versuchte sich Professor Brinkhaus verständlich auszudrücken. „Ach ja, was wir ausschließen können, ist der Umstand, dass unser Verstorbener ertrunken ist. Eine Fremdeinwirkung ist daher allein aus rechtsmedizinscher Betrachtung nicht nachzuweisen, da müssen Sie sich jetzt weiter bemühen", resümierte der Rechtsmediziner abschließend.

Nach ein paar freundlichen Abschiedsfloskeln philosophierten die Profiler und Dirk Junker, wie die heutigen Erkenntnisse zu bewerten waren.

„Wenn diese Entführung von Greta auch auf das Konto des Pelikan geht, haben wir ein noch viel größeres Problem. Wir müssen unseren Fokus geografisch bedeutend weiter ausdehnen und können uns bei der Opferauswahl nicht mehr nur auf Bräute und Brautkleider fixieren", fürchtete Thorsten.

Das Handy des OFA-Leiters vibrierte in der Hosentasche, und als er auf das Display sah, schrie er plötzlich auf: „Oh nein, nicht schon wieder!" Thorsten blickte genervt aus dem Heckfenster des Bullis und wurde von der Lichthupe eines Minis begrüßt.

**Gerade bei Wasserleichen, die Tage oder länger im Wasser liegen, ist die Haut derartig aufgedunsen und fäulnisverändert, dass solche Zeichen einfach nicht mehr zu diagnostizieren sind.*

Kapitel 39
Die neue Perspektive

Thorsten hatte die aufdringliche Journalistin noch einmal auf die nächsten Tage zu einem Gespräch vertrösten können. Über Kriminaloberrätin Iris Höppner hatte er eine Soko-Besprechung einberufen, um alle auf den aktuellen Stand zu bringen. Dazu hatten sie die Bremer und Verdener Kollegen eingeladen. Die OFA der Hansestadt ließ sich entschuldigen, sie hatte ein akutes Delikt in der Bearbeitung.

Nach Einweisung der Soko-Mitglieder in die derzeitige Entwicklung des Falles wurden sowohl der geografische Aktionsradius des Täters als auch die Kriterien zum Opferbild erweitert. Die Entführung und Tötung von Greta Holberg ließ die Hypothese zu, dass sich der Pelikan anscheinend nicht nur auf Bräute fixierte, sondern seine Opferauswahl und sein Jagdrevier variierte. Bei der Selektion von verschwundenen Frauen zwischen 17 und 35 Jahren fielen in den letzten beiden Wochen drei Vermisstenfälle aus dem Bereich des Straßenstrichs in Bremen und Hamburg auf. In diesem Milieu war es verwunderlich, dass überhaupt jemand eine Anzeige erstattete. Ein Zuhälter oder Dealer würde kaum mit der Polizei kooperieren, sodass die Dunkelziffer in dieser Szene recht hoch sein dürfte. Die Analysestelle der Zentralstelle Gewalt trug zudem die Ergebnisse von Begleitstraftaten vor, die mit Brautkleidung in irgendeiner Form zu tun hatten. Neben Ladendiebstählen und Streitigkeiten in Brautmodengeschäften gingen die Analytiker speziell auf einen Einbruch in einen solchen Laden bei Minden in Nordrhein-Westfalen ein. Hier waren die Täter nachts professionell unter technischer Manipulation der Alarmanlage eingedrungen und hatten fast zwanzig Brautkleider in vorrangig schlanken Größen sowie zwei Herrenanzüge in der Konfektionsgröße 52/54 entwendet. Einem Hundehalter war in dem Kontext ein heller Lieferwagen an der Gebäuderückseite des Brautgeschäftes aufgefallen, dem er in diesem Moment keine Beachtung geschenkt hatte.

Die Soko-Leiterin setzte sich mit ihren Führungskräften zusammen und stimmte die weiteren Ermittlungsschritte mit ihnen ab. Das Celler-Team, Astrid Wegner und Cord Brammer, kümmerte sich mit den Bremer Kollegen um die vermissten Prostituierten. Die Hildesheimer, Elke Bothe und Hans Wiener, überprüften Vermisstenfälle in Hamburg, und die Hannoveraner, Mona Bogner und Karl Münter, machten sich auf den Weg nach Minden, um aus den dortigen Erkenntnissen noch Nektar zu ziehen.

Sämtliche Ermittlungen zum Pelikan und den entführten Frauen verliefen im Sande. Die Soko-Leitung stand im Kreuzfeuer der Medien, zumal der Reeder Knut Holberg einen enormen Druck ausübte und in den letzten Wochen fast in jeder Talkshow Stammgast war. Er hatte sogar Rechtsanwälte eingeschaltet, die natürlich Einsicht in die Ermittlungsakten nahmen und über Privatermittler eigene Recherchen und Befragungen durchführten, welche die Arbeit der Soko erheblich behinderten.

Die OFA musste alle neuen Erkenntnisse nun in die bisherige Fallanalyse einbringen und daran überprüfen, ob die Aussagen zum Täter und seiner Motivation noch Bestand hatten. Hierbei war dringend die medienstrategische Einschätzung zu treffen, wie die Soko nun mit der Presse umgehen sollte. Nicht nur die hannoversche Boulevardreporterin war total angefixt, sondern auch die Bremer konnten Informationen über die entführte und verbrannte Reederstochter nicht länger zurückhalten.

Es blieb ihnen nichts anderes übrig, als die Öffentlichkeit über die Entwicklung der Entführungen und den Tod von Greta Holberg aufzuklären.

Kapitel 40
Die Bremer Kooperation

Die Führungskräfte der Soko Pelikan hatten sich mit den Bremer Kollegen der Mordkommission, des LKA und der federführenden Staatsanwaltschaft Hannover im Polizeipräsidium In der Vahr verabredet, um gemeinsam die Ausrichtung der Öffentlichkeitsarbeit abzustimmen. An der Besprechung nahmen ebenso die jeweiligen Pressestellen der Behörden und der Staatsanwaltschaft teil. Die Soko-Leiterin, Iris Höppner, stellte die Entwicklung und den aktuellen Ermittlungsstand dar. Hierbei begründete sie explizit, warum sie derzeit ausschloss, dass Greta Holberg gezielt das Opfer einer Entführung geworden, sondern eher als Zufallsopfer des Pelikans anzusehen und einfach zur falschen Zeit am falschen Ort gewesen war. Es hätte jede andere gleichermaßen treffen können. Ein Abteilungsleiter des LKA Bremen meldete sich zu Wort. „Für uns ist das sicher nachvollziehbar. Herr Holberg glaubt nicht an Zufälle und macht einen Riesenwirbel. Er hat super Kontakte in den Senat und Topanwälte engagiert, die gerade die gesamten Ermittlungsakten durchforsten." Der OFA-Leiter rief nur kurz in die Runde: „Und?" Die Anwesenden sahen erst verwundert auf Thorsten Büthe, dann auf den Abteilungsleiter des LKA Bremen. „Und was?", reagierte er schroff, „was sollten sie finden? In diesen Akten ist doch alles genauso formuliert, wie Frau Höppner es gesagt hat, oder?", stellte Thorsten fest. „Ich habe einen Vorschlag: Was halten Sie davon, wenn wir uns in kleiner Runde mit Herrn Holberg und seinem Anwalt zusammensetzen und ein aufklärendes, konstruktives Gespräch führen. Wir stellen ihm die Umstände der Tat und die unserer Serie so transparent vor, wie wir es vertreten können. Er wird zweifelsfrei erkennen, dass sowohl die Bremer als auch die niedersächsische Polizei alles tut, um den Mord an seiner Tochter und an vermutlich weiteren Opfern aufzuklären. Damit kann er sich dann in den Senat und jede Talkshow setzen. Und jetzt frage ich noch mal in die Runde: Wo ist das Problem?" Stille. Thorsten setzte fort. „Wir haben unser Pulver verschossen und müssten für neue Ansätze auf das nächste Opfer warten. Nichts ist schlimmer als wissentlich falsch oder gar nicht informierte Medien, die dann ihre eigenen Storys schreiben. Wir haben im Moment nichts mehr zu verlieren und sollten die Hosen runterlassen. Mein Kollege Maik Holzner ist unser Medienprofi und möchte Ihnen gern Anregungen zur strategischen Ausrichtung vorstellen." Mit Blick auf den Staatsanwalt fragte der OFA-Leiter: „Sind Sie einverstanden?" Während er nickte, startete Maik Holzner eine PowerPoint-Präsentation mit Vorschlägen einer proaktiven Öffentlichkeitsarbeit.

„Meine Damen, meine Herren, wie Herr Büthe angedeutet hat, haben wir auf Basis unserer Fallanalyse und einer ersten Tätereinschätzung folgende Vorschläge zur medienstrategischen Ausrichtung:

- Wir laden zu einer Pressekonferenz und stellen die bisherige Dimension des Hellfeldes* der Soko Pelikan vor.
- Dann sollten wir transparent begründen, dass Greta Holberg, wie weitere junge Frauen in Bremen und Hannover, Opfer des Pelikans geworden sein dürften. Es ist eh nicht mehr geheim zu halten.
- Wir bitten das soziale Umfeld der entführten Frauen, die Medienvertreter und die Öffentlichkeit um aktive Mithilfe und bieten ihnen sogar die Möglichkeit an, mit der Polizei über ein zertifiziertes und anonymisiertes Computerprogramm zu kommunizieren.
- Letztendlich sollten wir Herrn Holberg gewinnen, im Sinne der Sache, ebenso in der Öffentlichkeit unseren Weg zu begleiten und nicht kontraproduktiv vorzugehen.

Wir müssen uns mit den Vertretern der Pressestellen zur Detailabstimmung zusammensetzen und das Konzept schnellstmöglich umsetzen, bevor wir die Kooperationsbereitschaft der Medien verlieren. Vielen Dank."

Die Expertenrunde klopfte anerkennend auf die Tische, und der Leitende Staatsanwalt, Doktor Jessen, bedankte sich bei Maik Holzner. „Meine Damen, meine Herren, gibt es weitere Vorschläge aus der Runde?" Das war nicht der Fall. „Okay, dann sollten die beteiligten Gesprächspartner sitzen bleiben und in die Terminplanung einsteigen, bevor wir mehr Zeit verlieren", ordnete Doktor Jessen an. „Frau

Das Hellfeld sind die der Polizei bekannten Fälle.

Höppner, wann sehen wir uns wieder in dieser großen Runde?", sprach er die Soko-Leiterin an. „Wir treffen uns in zwei Wochen in der gleichen Besetzung, wobei wir Sie zwischendurch per Mail auf Stand halten. Sollten sich wesentliche Ermittlungsschritte ergeben, werde ich außerplanmäßig auf Sie zukommen. Vielen Dank", schloss die Kriminaloberrätin die Besprechung.

Kapitel 41
Das Pressemeeting

Auf politischer Ebene war entschieden worden, zu einer großen Pressekonferenz ins Bremer Polizeipräsidium einzuladen, um gerade der Familie von Greta Holberg gerecht zu werden. Die Dimension dieses Falles wurde allein durch die Besetzung der Vertreter von Polizei und Staatsanwaltschaft sowie der Anwesenheit des Bremer Innensenators mehr als deutlich. Lediglich durch den Staatsanwalt Doktor Jessen und die Leiterin der Einheit, Kriminaloberrätin Iris Höppner, war die federführende Soko Pelikan vertreten. Das Medieninteresse war derart groß, dass sämtliche Printmedien und Fernsehsender anwesend waren und eine Liveübertragung durch den NDR, bei n-tv und Phoenix geschaltet war. Thorsten Büthe und der Medienprofi der OFA, Maik Holzner, hatten sich in der vorletzten Reihe inmitten der Journalisten platziert und hofften, nicht erkannt zu werden. Ein leichtes Tippen auf Büthes Schulter zerstörte diese Illusion allerdings schnell. Die Boulevardreporterin, Marina Swodicz, hatte sich direkt hinter die Profiler gesetzt und sie mit einem schrillen „Guten Morgen, die Herren!“ begrüßt. Sie konnte sich ihren Spruch über die illustre Besetzung der Experten nicht verkneifen.

Der Pressesprecher des Polizeipräsidiums eröffnete die Konferenz mit einer Vorstellungsrunde und dem geplanten Ablauf. Dann stieg schon der Innensenator mit einem politischen Statement ein, die Polizei mit allen Mitteln zu unterstützen, um den schrecklichen Mord an der Tochter des Reeders Holberg aufzuklären. Der Polizeipräsident erläuterte die bislang bekannten Umstände der Entführung über die Verfolgungsfahrt auf der Autobahn bis hin zur Inbrandsetzung des Pkw. Er setzte seine Ausführungen mit der Flucht und der Geiselnahme des Zeitungskuriers, dessen Tötung und dem Abstellen des Kurierfahrzeuges am Bremer Hauptbahnhof fort. Leider stellte er, entgegen der eigentlichen Abstimmung, die nach seiner Meinung ungeklärte Motivlage des Täters dar, und infolgedessen sah er sich außerstande, eine gezielte Entführung der Reederstochter auszuschließen. Als erst Doktor Jessen und dann die Leiterin der Soko Pelikan den Part übernahmen, fiel es ihnen durch die irritierende Einleitung schwer, den Bogen zu den Entführungsfällen der Sonderkommission zu schlagen. Selbst die vermissten Prostituierten waren durch die Vorredner bislang nicht genannt worden. Die Hannoveraner hielten sich jedoch an die Absprachen, äußerten sich zu den Bremer Fällen nicht und verwiesen lediglich auf eine konstruktive Kooperation mit den Kollegen des Stadtstaates.

Anschließend gab der Pressesprecher die Fragerunde für die Journalisten frei. In Nullkommanichts flogen die Hände der Medienvertreter förmlich in die Höhe, und der

Moderator gab sich alle Mühe, sie nacheinander abzuarbeiten.

„Herr Polizeipräsident, wie meine Kollegen und ich Sie verstanden haben, gehen Sie weiterhin von einer gezielten Entführung der Greta Holberg aus. Sie wurde getötet, als der Täter nach der Verfolgung durch die Polizei seine Tat abbrechen und flüchten musste. Ist das richtig?", legte ein Journalist sofort den Finger in die Wunde. „Das können wir derzeit noch nicht ausschließen und wir werden auch weiter in diese Richtung ermitteln", versuchte sich der Polizeipräsident zu rechtfertigen. Doch der Reporter ließ nicht locker: „Ziel einer Entführung ist ja üblicherweise eine darauf folgende Erpressung. Haben der oder die Entführer mit Familie Holberg Kontakt aufgenommen? Sind Forderungen gestellt oder Drohungen verfasst worden?" Der Präsident wollte gerade Luft holen, als der Innensenator einschritt. „Meine Damen, meine Herren, bitte haben Sie Verständnis dafür, dass wir Ihnen darüber aus ermittlungstaktischen Gründen keine Antwort geben können."

Marina Swodicz rief, ohne aufgefordert worden zu sein, in die Runde: „Herr Senator, ich vermute, dass Sie die Frage, ob auch Sie von einer aktuellen Gefährdung der Familie Holberg ausgehen, ebenso nicht beantworten werden." Der Senator bestätigte das ohne weiteren Kommentar. Die hannoversche Journalistin setzte nach. „Ich und vermutlich auch meine Kollegen wundern sich nur, dass die Pressekonferenz gemeinsam mit der Soko Pelikan aus Niedersachsen stattfindet. Worin sehen Sie denn hier die Zusammenhänge zu dem Entführungsfall Holberg?"

Nach einer flüsternden Abstimmung mit dem Pressesprecher verwies dieser an Doktor Jessen von der Staatsanwaltschaft Hannover.

„Ich möchte kurz auf Ihre Frage eingehen, warum wir heute gemeinsam vor Ihnen sitzen. Die Staatsanwaltschaft Hannover hat die Ermittlungen von mehreren Entführungsfällen junger Frauen in Niedersachsen zentral übernommen. Durch Recherchen zu anderen Vermisstenfällen sind zwei verschwundene Prostituierte aus dem Steintorviertel in den Fokus der Soko Pelikan geraten, sodass sich zwischen den Behörden eine Ermittlungskooperation ergeben hat. Aus Sicht der Sonderkommission ist es ebenso nicht ausgeschlossen, dass unser Täter in der Tatnacht eine Anhalterin aufgenommen hatte, wobei es sich zufällig um Greta Holberg gehandelt hat. Ob der Täter wusste, wie seine Anhalterin hieß und ob er mit dem Namen dann überhaupt etwas anfangen konnte, vermögen wir nicht zu beurteilen. Wir sind also noch in einer Überprüfungsphase, in der wir mehrere Ermittlungshypothesen verfolgen müssen", klärte Doktor Jessen auf.

„Von wie vielen vermissten Frauen gehen Sie denn mittlerweile aus?", fragte ein älterer Reporter.

Doktor Jessen blickte auf die Soko-Leiterin, die das Wort ergriff. „Wir sind uns bei drei Taten im Raum Hannover recht sicher und überprüfen derzeit weitere fünf Fälle in Bremen und Hamburg. Die verschwundenen Frauen aus dem Umland von Hannover konnten durch einen Hochzeitskontext zusammengeführt werden. Das heißt, sie hatten vor Kurzem geheiratet und ihr Brautkleid inseriert. Ein Opfer wollte heiraten und hatte gerade das Brautkleid auf einer Hochzeitsmesse gekauft. Derartige Verbindungen zu den anderen Vermisstenfällen ließen sich bislang nicht finden, was einen Vergleich auf einen Tatzusammenhang so schwierig macht", musste die Kriminaloberrätin einschränken.

Marina Swodicz boxte Thorsten auf den Oberarm und stellte die fast provokante Frage: „Sie haben die Profiler des LKA Niedersachsen eingesetzt. Gibt es schon ein Täterprofil und falls ja, wie sieht es denn aus?"

Die Soko hatte sich auf die Pressekonferenz akribisch vorbereitet und insbesondere dieses Thema einkalkuliert.

„Ihre erste Frage kann ich klar bestätigen. Die OFA Niedersachsen ist von Anfang an in die Fälle involviert gewesen. Ein seriöses Täterprofil lässt sich nicht aus dem Hut zaubern. Es bedarf einer objektiven Spurenlage eines Tatortes, eines Opfers, welches befragt werden oder eines Leichnams, an dem die OFA Verletzungsmuster interpretieren kann. Auch wenn wir hoffnungsvoll bleiben, dass die vermissten Frauen noch leben, hat die OFA wenig Fakten, an denen sie sich orientieren kann. Darum haben wir gemeinsam mit den Ermittlern und der OFA sowie der LKA-Psychologin einen Fragenkatalog entworfen und bitten nun Sie, uns zu helfen, diese Fragen in Ihren Medien zu platzieren. Wir bieten zudem potenziellen Hinweisgebern an, sich per Mail anonym mit der Soko Pelikan in Verbindung zu setzen. Hat uns jemand etwas mitzuteilen und möchte seine Identität nicht preisgeben, können wir online kommunizieren. Wir haben keine Möglichkeit, die Personalien dieses Hinweisgebers zu ermitteln.

Zudem hat der Staatsanwalt in Hannover eine Belohnung von 10.000 Euro ausgelobt, die aus privater Hand um dieselbe Summe erhöht wurde. Wir haben Ihnen dazu ein Handout vorbereitet, aus dem Sie alle Informationen und die Fragen der Soko Pelikan entnehmen können. Vielen Dank dafür!", schloss die Leiterin der Ermittlungsgruppe ihr Kooperationsangebot.

Nach Ende der Pressekonferenz führten die Vertreter der TV-Medien einige Interviews mit der politischen Ebene und der Soko-Leitung. Iris Höppner offenbarte sich gegenüber den Journalisten als eine zugängliche und auf gegenseitige Kooperation geprägte Ansprechpartnerin.

Der OFA-Leiter und sein Medienprofi Maik Holzner verließen den Raum unauffällig durch eine Seitentür. Der Versuch von Marina Swodicz, diesmal ein Interview zu erhaschen, schlug wieder mal fehl. Doch wer sie kannte, ahnte, dass sie stets am Ball blieb und nicht auf Zufälle wartete.

Die Liveübertragung wurde nicht nur von der Soko Pelikan im OFA-Analyseraum, der Familie Holberg und vermutlich sämtlichen Angehörigen der Entführungsopfer verfolgt. Auch der Pelikan genoss seine Hauptrolle in diesem mittlerweile politisch hochsensiblen Mediendrama und beabsichtigte nicht, von seiner Rolle auch nur einen Millimeter weit abzuweichen.

Kapitel 42
Das neue Konzept

Iris Höppner hatte die Soko-Mitglieder zu einer Nachbereitung und konzeptionellen Besprechung eingeladen. Die Ermittlungsteams stellten kurz einen Zwischenstand vor.

Elke Bothe und Hans Wiener aus Hildesheim waren in den Vermisstenfällen aus Hamburg im Detail nicht weitergekommen. In diesem Milieu kamen und gingen die Prostituierten. Es ließ sich nicht unterscheiden, ob sie ihren Aktionsradius irgendwo anders in Deutschland oder ins europäische Ausland verlagert hatten oder einfach so verschwunden waren. Hinweise auf echte Entführungen, die in dieses Raster passten, waren ihnen aktuell nicht bekannt. Die Hannoveraner, Mona Bogner und Karl Münter, hatten sich mit den Kollegen aus Minden ausgetauscht und den Tatort des Einbruchs in das Brautmodengeschäft inspiziert. Diese Aktion war bundesweit schon außergewöhnlich, jedoch gab es bis auf einen Hundehalter, der einen hellen Lieferwagen gesehen hatte, keine detaillierten Hinweise auf einen konkreten Tatzusammenhang mit der Entführungsserie. Das Celler-Team, Astrid Wegner und Cord Brammer, hatte sich in der Hansestadt mit den zuständigen Kollegen um die Fälle der vermissten Prostituierten gekümmert. Auch hier konnte lediglich ermittelt werden, dass sie nicht mehr im Bereich Bremen agierten.

Ob sie letztendlich Opfer einer Entführung oder eines Verbrechens geworden waren oder sich aus irgendeinem andern Grund aus Bremen entfernt hatten, konnte abschließend nicht in Erfahrung gebracht werden. In Nachbereitung auf die Pressekonferenz bat Cord Brammer darum, sich mit seiner Kollegin weiter um die Entführung von Greta Holberg kümmern zu dürfen. Er konnte es objektiv nicht begründen, hatte allerdings ein Bauchgefühl, dass sie dort irgendetwas übersehen hatten.

„Seid ihr sicher, dass Greta ein Zufallsopfer war? Von den Kollegen haben wir erfahren, dass der 17-jährige Bruder von Greta wieder zurück in Bremen ist. Wie reagieren wir, wenn er das nächste Opfer ist? Da ist mir noch viel zu viel offen."

Iris Höppner sah zu Thorsten Büthe, der das Engagement seines jungen Kollegen schätzte, aber nicht ganz nachvollziehen konnte. „Was meinst du, Astrid?", fragte er die erfahrene Kollegin von Cord.

„Wir haben noch ein paar Ansätze bei einer der Prostituierten und müssen eh nach Bremen. Gebt uns zwei bis drei Tage, dann klären wir das mit Patrick Holberg ab", unterstützte Astrid Wegner ihren dynamischen Kollegen. Iris Höppner und Thorsten Büthe waren einverstanden.

Das OFA-Team bewertete die eingegangenen Hinweise aus der Medienoffensive sowie die Kommunikation des anonymen Onlineportals und hatte insgesamt gut zu tun.

Kapitel 43
Eine hanseatische Geschichte

Astrid Wegner und Cord Brammer hatten in Bremen Kontakt mit den Kollegen der Vermisstenstelle und der Mordkommission aufgenommen, um sich nach den neuesten Ermittlungsergebnissen zu den verschwundenen Prostituierten zu erkundigen. Leider gab es dazu keine weiteren Erkenntnisse. In dem Gespräch erwähnten die Ermittler aus Niedersachsen den Bruder von Greta Holberg und erfragten Ansprechpartner in der Bremer Polizei.

„Das ist eigentlich topsecret“, erklärte einer der Bremer Mordermittler. Nach dem ungläubigen Blick der Soko Pelikan ergänzte der Bremer, dass Patrick Holberg seit frühester Jugend immer wieder Kontakt mit der Polizei hatte. Diebstähle, Drogen, Alkohol, Fahren ohne Fahrerlaubnis; er hatte alles mitgenommen. Im letzten Jahr hatte sein Vater die Reißleine gezogen und ihn in einem Internat in England untergebracht, um ihn aus seinem kriminellen Umfeld zu entziehen. „Zur Beerdigung von Greta ist er erst mal zurückgekehrt und bleibt wohl ein paar Wochen in Bremen“, brachte er Astrid und Cord auf Stand.

„Wir haben gehört, dass Patrick unter Personenschutz gestellt wurde. Ist das durch die Polizei oder seinen Vater veranlasst worden?“, fragte Astrid interessiert.

Der Bremer Kollege lachte. „Von uns, nie im Leben. Der Reeder hat eigene Bodyguards beauftragt, die auf ihn aufpassen sollen, damit er sich nicht gleich wieder in seine Szene begibt. Vielleicht hat er dabei auch ein bisschen Angst wegen Greta, aber ich glaube, das ist zweitrangig."

Cord blieb am Ball. „Habt ihr ihn schon zu Gretas Tod vernommen?"

Der Mordermittler zog die Augenbrauen hoch. „Davon verspricht sich die Führung und die Staatsanwaltschaft nichts. Herr Holberg wünscht zudem nicht, dass sein Sohn in die Sache reingezogen wird. Das ist mit unserem Präsidenten so abgestimmt worden. Er hielt sich nachweislich zum Tatzeitpunkt in England auf, sodass wir auch keinen Bedarf sehen, dagegen anzukämpfen."

Astrid musste schmunzeln. „Wir würden das Früchtchen gerne kennenlernen und möchten mit ihm sprechen. Müssen wir das mit euch abstimmen? Sonst fahren wir direkt zu ihm und klopfen einfach mal an", kündigte die Beamtin der Soko Pelikan an.

„Am besten ist es wirklich, ihr lasst uns da ganz raus. Ein Anruf vom Alten an unseren Präsidenten und die Nummer ist durch. Wenn das LKA Niedersachsen bei Holbergs klingelt, wird es schon schwieriger. Versucht es, ich bin gespannt", riet der Bremer Beamte.

Astrid und Cord machten sich auf den Weg in den Stadtteil Vahr und ließen sich in den Deliusweg am Golfplatz Zur Vahr navigieren. Sie passierten eine Villengegend mit riesigen Grundstücken und altem Baumbestand. Dann hielten sie vor einem Areal, das von außen kaum einsehbar war. Von der Straße aus ließ nur das Dach einer sanierten Gründerzeitvilla erahnen, was sich für ein Paradies hinter den Mauern verbarg. Das Team aus Hannover parkte seinen Mercedes C-Klasse am Straßenrand.

„Sollten wir das mit Iris noch kurz abstimmen, bevor wir hier eine Riesenwelle lostreten?“, war sich Astrid kurz unschlüssig.

„Quatsch, wir haben doch grünes Licht bekommen und den Kontakt angekündigt“, rechtfertigte Cord die Maßnahme.

„Da waren uns das sensible Thema und das schwarze Schaf der Familie aber noch nicht bekannt. Ganz ehrlich, ich kann Knut Holberg völlig verstehen“, schränkte Astrid ein.

„Hey, wir wollen nur mit ihm sprechen und ihn nicht festnehmen“, frotzelte Cord und stieg aus dem Dienstwagen. Trotz der Zweifel folgte die Oberkommissarin ihrem dynamischen Kollegen, denn er hatte ja recht. Sie standen vor einem großen doppelflügeligen Tor und einer Klingel mit Kameraüberwachung. Am Klingelschild war kein Name angebracht. Anscheinend wusste man, wer hier wohnt. Astrid drückte fast zaghaft den kupferfarbenen Knopf, als sie die LED-Beleuchtung der Kamera aktivierte und von einer freundlichen Frauenstimme „Ja bitte?“ begrüßt wurde. Beide setzten ihre Ermittlermiene auf und hielten ihre Dienstausweise in die Kamera. „Guten Tag. Kriminaloberkommissarin Wegner und Kriminalkommissar Brammer vom LKA Niedersachsen. Wir würden gern mit Patrick Holberg sprechen. Es ist wichtig.“

Stille. Erst nach mehreren Sekunden meldete sich jetzt eine tiefe männliche Stimme. „Mein Sohn ist in England, sie können ihn leider nicht mehr antreffen. Auf Wiedersehen." Das musste der Reeder persönlich sein.

„Herr Holberg, verzeihen Sie die Störung. Es tut uns sehr leid, Sie gerade in dieser belastenden Situation belästigen zu müssen, aber wir glauben, dass uns Patrick helfen kann, den Mörder Ihrer Tochter zu überführen. Wir wissen außerdem, dass er in Bremen ist", versuchte Astrid, den Reeder zu überzeugen. „Mein Sohn ist schon wieder abgereist. Sie kommen leider zu spät", rechtfertigte er seine abweisende Art.

„Schade, würden Sie uns dann bitte die postalische Anschrift des Internates geben. Wir werden die förmliche Vorladung direkt über die englische Polizei an die Leitung dieser Einrichtung schicken", bluffte Cord frech, wobei Astrid schon die Augen verdrehte, dann aber verwundert feststellte, dass sich das elektrische Doppeltor öffnete und Herr Holberg das Ermittlerteam hereinbat. „Bitte treten Sie ein und folgen Sie dem Weg bis zum Eingang des Hauses. Ich erwarte sie dort."

Der Gang vom Eingangsportal durch den Park bis zu der hellen Villa betrug locker 300 Meter. „Soll ich nicht lieber den Wagen holen? Das ist ja fast ein Kilometer Fußweg", übertrieb Cord. Astrid musste über seine forsche Art schmunzeln. Im Eingangsbereich kam ihnen Knut Holberg entgegen. Er besaß eine stattliche Figur, war vom Alter her kaum einschätzbar, wobei die beiden Ermittler recherchiert hatten, dass er 78 Jahre alt war, jedoch deutlich agiler und jünger wirkte. Er verfügte über volles, fast weißes Haar und war ein Hanseat durch und durch. Er begrüßte die Beamten höflich, aber distanziert und ließ sich die Dienstausweise zeigen, die er gründlich prüfte. Astrid übernahm die Wortführung, bevor Cord wieder über das Ziel hinausschoss. Beide kondolierten höflich und erklärten dem Reeder, warum sich die Soko Pelikan für seinen Sohn interessierte. Für die Kommissare überraschend, bat der Hanseat sie in das Kaminzimmer des Hauses und ließ ihnen von seiner Hausdame Tee und Gebäck bringen.

„Bevor Sie mit Patrick sprechen, möchte ich Ihnen gegenüber aufrichtig sein und muss Ihnen einige Dinge erklären", eröffnete der Reeder sympathisch das inzwischen angenehme Gespräch. Knut Holberg legte die gesamte Familiengeschichte offen, indem er berichtete, dass er seine gesamte Zeit und Energie in die Reederei seines Vaters gesteckt hatte. Für Familie und seine Frau war wenig Zeit geblieben. So hatten sich damals beide gefreut, als ihr erstes gemeinsames Kind Greta geboren wurde und dadurch die Familie zusammengewachsen war. Herr Holberg hatte sich bewusst mehr Zeit für seine Frau und Greta genommen, wobei er die Reederei zwar weitergeführt, aber seinen Schwerpunkt nunmehr auf seine Familie gelegt hatte. Nach einer schweren und überstandenen Krankheit seiner Frau konnten sie kein zweites Kind bekommen und hatten Patrick im Alter von zwei Jahren erst als Pflegekind übernommen und drei Jahre später adoptiert. Patrick hatte in Greta stets eine Konkurrenz gesehen, was er sie spüren ließ. Greta hingegen liebte ihren kleinen Bruder bedingungslos und hatte ihn erst recht ins Herz geschlossen. Sie hätten wohl viele Fehler begangen und ihrem Adoptivsohn alles ermöglicht, was er sich wünschte. Sich Dinge aus eigener Kraft zu erarbeiten, hatte er nie gelernt. Schon mit 14 Jahren hatte Patrick Kontakt in die Drogenszene gehabt und kokettierte mit seinem reichen Vater, sodass er ein gern gesehener und solventer Kunde wurde. Es folgten Diebstähle von Bargeld und Wertgegenständen aus dem gemeinsamen Haushalt. Es blieb der Familie nichts erspart. Mit 15 Jahren war Patrick heroinabhängig und brauchte täglich seine Rationen. Holbergs wollten sich nicht vorwerfen lassen, dass ihr eigener Sohn Menschen überfiel, um seine Drogensucht zu finanzieren, und unterstützten ihn weiter mit hohen Geldbeträgen. Greta versuchte stets, ihren kleinen Bruder durch Schwesternliebe aus dem Dreck zu ziehen. Aber Patrick hatte sie nur ausgenutzt und für seine Zwecke missbraucht. Während eines Termins beim Wirtschaftssenator hatte ihr Sohn in ihrem Haus eine Riesenparty veranstaltet, sodass sie im Anschluss komplett renovieren mussten. Fast amüsiert erwähnte der Reeder weiter, dass die drogenabhängigen Gäste selbst einen 800 Euro teuren Whiskey mit Cola gemischt und seinen erlesenen Weinkeller fast leer gesoffen hatten. Im Drogenrausch hatte Patrick dann seinen roten Jaguar E-Type, Baujahr 1969, samt Fahrzeugbrief für 5.000 Euro an einen Dealer verkauft. Bevor er ihn juristisch zurückfordern konnte, war das Einzelstück an der Schlachte in der Weser versenkt worden. Patrick hatte ab sofort Hausverbot und musste sich künftig im Gästehaus einrichten. Herr Holberg hätte ihn am liebsten rausgeschmissen, was er auf Flehen seiner Frau dann aber doch unterlassen hatte. Seiner einzigen Bedingung, Patrick fernab von Bremen einer Entziehungskur zu unterziehen, um ihn anschließend in ein Internat in England zu schicken, hatten dann letztendlich alle Familienmitglieder zugestimmt. Gerade erst hatte sich die Familie wieder regeneriert, da wurden sie über den schrecklichen Tod von Greta informiert. Holbergs Frau befand sich seitdem in einer psychiatrischen Klinik am Bodensee zur Behandlung, und Knut Holberg versuchte händeringend, nicht noch weiteren Schaden an die restliche Familie heranzulassen.

„Wir müssen Patrick wieder auf den richtigen Weg führen, er ist jetzt der einzige Nachkomme. Denn er wird meine Nachfolge und das Familienerbe antreten. Das waren die Worte meiner Frau, und ich hätte kotzen können. Entschuldigung, aber manchmal muss ich einfach deutliche Worte wählen. So, jetzt sind Sie im Bilde und können Patrick und vielleicht auch seine Antworten auf Ihre Fragen einordnen", schloss der Reeder den intimen Familienvortrag.

Astrid war betroffen und gleichzeitig angenehm überrascht von der Offenheit des eigentlich stolzen Hanseaten. „Vielen Dank für Ihr Vertrauen uns gegenüber, Herr Holberg. Das hatten wir nicht erwartet", gab sie authentisch zu.

„Darf ich ehrlich sein? Ich auch nicht. Mir hat Ihre unverfrorene und eigentlich freche und mir gegenüber auch unfreundliche Art gefallen. Das bin ich nicht gewohnt. Herr Holberg hier, Herr Holberg da. In Bremen sagt mir niemand, was ich nicht hören will. Das war mal wieder erfrischend, junger Mann", sagte er und schlug Cord kräftig auf die Schulter.

„Herr Holberg, ich wäre Ihnen dankbar, wenn wir weiter so offen miteinander umgehen könnten. Haben Sie irgendeinen Grund zu der Annahme, dass Greta bewusst als Ihre Tochter entführt worden ist? Hat jemand im Vorfeld Kontakt zu Ihnen aufgenommen? Gab oder gibt es in diesem Kontext Forderungen in Ihre Richtung?“, platzte es aus Astrid heraus.

„Die Antwort ist einfach nur: Nein! Es gab weder Drohungen noch Kontakte vor oder nach dem Tod von Greta“, antwortete Knut Holberg knapp und ehrlich.

„Wir haben erfahren, dass Sie Ihren Sohn schützen lassen. Falls das richtig ist, vor wem? Wovor haben Sie denn dann Angst?“, versuchte Astrid in Erfahrung zu bringen.

„Wir haben gerade Aufrichtigkeit vereinbart. Kann ich mich auch auf Ihre Diskretion verlassen?“, mit dieser Frage streckte er den beiden Ermittlern seine Hanseatenhand entgegen.

„Soweit wir das rechtlich vertreten können, ja“, bestätigte Astrid für das Team.

„Okay, ich habe Angst vor ihm und um ihn. Ich bin nicht naiv. Er hängt weder an meiner Frau noch an mir. Wenn er die Chance hat, uns zu verkaufen, wird er es tun. So habe ich noch eine gewisse Kontrolle, was natürlich keine Gewähr ist“, gab er beklommen zu und schaute erwartungsvoll auf die Beamten. „Und nun nehme ich Sie beim Wort und vertraue auf Ihre Offenheit. Glauben Sie, dass Patrick etwas mit Gretas Tod zu tun hat? Warum, glauben Sie, kann er zur Aufklärung etwas beitragen und was soll das bitte schön sein?“, forderte der Reeder deutlich.

Beide Kommissare stellten plötzlich fest, dass sie schlecht vorbereitet waren. Das hier war kein üblicher Small Talk, es ging an die Substanz. Astrid versuchte auszuweichen. „Herr Holberg, bei aller Offenheit sollten wir erst mal mit Patrick sprechen und schauen, was er dazu zu sagen hat. Wäre das ein Weg?“

Herr Holberg wurde distanzierter und schlug vor: „Okay, versuchen Sie es. Denken Sie daran: Er mag keine Bullen. Sie können das Gästehaus gar nicht übersehen. Gehen Sie über die Terrasse am Pool vorbei. Sie werden von den Sicherheitsleuten schon angesprochen. Viel Erfolg.“

Der Hanseat drehte sich um und zog sich über die breite Treppe in die erste Etage der Villa zurück.

Astrid und Cord traten aus dem großzügigen Poolbereich der Gründerzeitvilla auf das Gästehaus zu, welches allein die Dimension eines normalen Einfamilienhauses hatte. Zwei gestählte, tätowierte Bodyguards kamen den Ermittlern entgegen und fragten, ob sie helfen könnten. Nach einer kurzen Vorstellung blieb einer der beiden bei den Beamten, während der andere im Haus verschwand und von dort deutlich zu hören war.

„Patrick, zwei Bullen für dich. Soll ich sie reinlassen?“ Eine piepsige Stimme antwortete feist: „Ich habe keine Bullen bestellt. Wenn man sie braucht, ist keiner da. Will man keinen sehen, gehen sie einem auf die Nüsse. Schick sie weg, Alter.“ Der Bodyguard wusste aber mit Patrick umzugehen. „Mach dir keinen Stress. Die Bullette ist eine ganz süße. Ich würde zumindest kurz ‚Hallo‘ sagen“, riet er. Augenzwinkernd kam er zurück. „Patrick ist begeistert und freut sich auf euch.“

Dann schritt das Früchtchen aus seinem Palast. Astrid und Cord mussten sich das Lachen verkneifen. Patrick sah aus wie ein schlechter Gangsterrapper mit einer goldenen Baseball-Cap, einem Football-Blouson und einer megaweiten Jeans, für die es in der Szene bestimmt einen Fachbegriff gab. Am lächerlichsten waren die dicke Goldkette bis zum Bauchnabel und die quer um die Brust gehängte Gürteltasche von Louis Vuitton. Der Gang ähnelte dem von Arnold Schwarzenegger aus den ersten Terminator-Filmen. Nur war der Gangsterrapper maximal 165 Zentimeter groß, 50 Kilogramm schwer und hatte Oberarme wie Trommelstöcke, was das picklige Teenagergesicht noch untermalte.

Die Ermittler hatten sofort den gleichen Gedanken. Dieser Typ sollte der Nachfolger des hanseatischen Reeders Knut Holberg sein? Grotesk. Egal, sie ließen sich nichts anmerken und sprachen ihn gleich richtig an. Diesmal übernahm Cord die Gesprächsführung. „Hey, Patrick. Das ist Astrid Wegner und ich bin Cord Brammer. Wir sind vom Landeskriminalamt Niedersachsen und sind wegen des Mordes an Greta bei dir, weil wir glauben, dass du uns helfen kannst."

Patrick wurde unsicher. „Mein Vater hat mir versichert, dass ich nicht mehr mit euch Bullen sprechen muss, was also soll das?", schnauzte er das junge Ermittlerteam an. Cord blieb genauso cool. „Das wollte uns dein Vater auch sagen. Doch wir sind nicht irgendwelche Bullen, sondern die vom LKA Niedersachsen und uns ist völlig scheißegal, was dein Vater für eine Nummer in Bremen ist oder welche beschissene Gangsterrappernummer du vor uns abziehen willst. Entweder quatschst du hier mit uns oder wir nehmen dich mit nach Hannover, stellen deine Klamotten sicher, ziehen dir einen grünen Polizeitrainingsanzug an und quatschen dann. Zu Ausbildungszwecken laden wir dann noch 30 Polizeischülerinnen ein, die den coolsten Rapper aus Bremen im grünen Trainingsanzug sehen wollen. Irgendeiner dreht bestimmt ein Video, was sich dann parallel deine Kumpels im Internat reinziehen können. Du bist dran. Hier oder in Hannover?"

Patrick wurde noch kleiner und knickte ein. „Na, dann kommt rein."

Als seine Bodyguards in die gleiche Richtung gingen, fuhr Astrid sie an: „Allein wegen der Bullette bleibt ihr draußen, oder glaubt ihr, wir bringen den Kleinen um?"

Patrick nickte und bestätigte: „Ist schon okay."

Sie spielten die knallharten Ermittler und klärten Patrick auf, dass sie den Mord an seiner Halbschwester aufklären würden und dabei seine Hilfe bräuchten. Sie ließen ihn die Geschichte aus der eigenen Perspektive erzählen, die sich mit der seines Pflegevaters deutlich ähnelte, nur waren bei ihm stets die anderen schuld an seiner Misere. Auch die Schilderungen seiner Hausparty und des Verkauf des Jaguar E-Type waren viel blumiger als die seines Adoptivvaters. Im Kontrast zu seinem Outfit wirkten die Tränen, die Patrick vergoss, insbesondere während er über Greta sprach, authentischer. Er hatte seine große Schwester geliebt und zu ihr aufgeschaut. Ihr Tod hatte ihn total aus der Bahn geworfen, zumal es nun niemanden mehr in der Familie gab, der zu ihm hielt. Seine Adoptivmutter war zwar fürsorglich, aber wenn es hart auf hart ging, hielt sie immer zu dem präsenten Patriarchen. Es kam heraus, dass sich der Bekanntenkreis von Greta und Patrick völlig unterschiedlich gestaltete und es auch keine Überschneidungen gab. Patrick war zur Tatzeit im Internat in England gewesen und hatte dort auch mit keinem Menschen über Greta oder auch seine Familie in Bremen gesprochen. Auf die Frage von Astrid, ob es im Internat jemand gab, der die finanzielle Situation seines Adoptivvaters ausnutzen wollte, lachte er laut auf.

„Im Vergleich zu den Eltern meiner Mitschüler im Internat bin ich ein Sozialhilfeempfänger. Da sind Kinder von hohen Politikern, Wirtschaftsbossen und Scheichs. Als wir uns vorstellten und ich erwähnte, dass mein Vater ein angesehener Reeder in Bremen ist, hat ein Junge aus den Vereinigten Arabischen Emiraten gefragt, wo sich denn diese Stadt befände. Er ging bei dem Reichtum seines Vaters davon aus, dass ihm Bremen gehörte. In diesen Kreisen spielen die paar Millionen meiner Familie wirklich keine Rolle.“

Vermutlich waren sowohl die Ermittler und der Befragte als auch Knut Holberg überrascht, dass sie mit Patrick über zwei Stunden ein nicht unangenehmes Gespräch führen konnten, nachdem sie seine Fassade geknackt hatten. Es gelang ihnen sogar, einen gegenseitigen Handykontakt auszutauschen, falls sich weitere Fragen ergeben sollten. Zur Aufklärung des Mordes an Greta konnte ihr Halbbruder allerdings nicht wesentlich beitragen. Sie verabschiedeten sich szenetypisch mit der Ghettofaust und fuhren mit sehr viel neuen Eindrücken nach Hannover zurück.

„Und, Cord, bist du jetzt schlauer geworden, oder glaubst du immer noch an eine beabsichtigte Entführung?“, war Astrid interessiert.

„Mir ist so einiges klarer geworden, auch das vertrauensvolle Gespräch mit Patrick fand ich total interessant. Allerdings glaube ich, dass er mehr weiß und werde ihn auf alle Fälle im Blick behalten."

Kapitel 44
Das Attentat

Der Pelikan hatte die Pressekonferenz ebenfalls interessiert verfolgt und war erstaunt, wie uneinig und auch unvorbereitet sich die einzelnen Darsteller präsentiert hatten. Erst jetzt war ihm die politische Dimension bewusst geworden, die er sich in der Nacht am Weserstadion ins Auto geholt hatte. Aber egal, er behielt sein Ziel im Auge und nichts konnte ihn davon abbringen. Eine Idee ließ ihn jedoch nicht los, um den politischen und polizeilichen Apparat bloßzustellen.

Offensichtlich schienen die Soko und die Bremer Polizeiführung verschiedener Ansicht zu sein, ob die Entführung der Reederstochter nun den anderen Vermisstenfällen zuzuordnen war oder nicht. Als einzige mögliche Verbindung sorgte der Dieselkraftstoff im Fahrzeuginnenraum, den die Soko mit dem Seat in Drispenstedt zusammenführte. Weder an der Brandleiche noch an dem toten Kurierfahrer waren Anzeichen seines Elektroschockers gefunden worden. Der Passat mit dem polnischen Kennzeichen war nicht mehr zu ermitteln. Bis auf ein paar verschwundene Prostituierte, die sonst wo sein konnten, hatten sie nichts. Schmunzelnd beschloss er, ein wenig Action in die Soko und die Bremer Polizei zu bringen, bevor er zum großen Finale schritt.

Er stattete seinen hellen Transporter mit den Magnettafeln des Hermes-Versandes aus und fuhr nach Bremen zum Anwesen der Familie Holberg in den Deliusweg, wo er schräg gegenüber der Zufahrt zu dem Villengrundstück parkte und in einem gegenüberliegenden Hauseingang vortäuschte, ein Paket zustellen zu wollen. Als niemand öffnete, machte er sich eine fiktive Notiz in sein mitgeführtes iPad im Offline-Betrieb. Im Schutz seines Transporters platzierte er in der Hecke eine Wildkamera, die den Zufahrtsbereich zum Grundstück des Reeders abdeckte. Dann fuhr er langsam zurück und prüfte aus dem Innenstadtbereich die Verbindung und Qualität der Aufnahmen. Der Pelikan wertete eine Woche lang die Zu- und Abfahrten an dem Grundstück aus und konnte gewisse Routinen feststellen. Knut Holberg ließ sich von seinem Fahrer morgens Punkt acht Uhr abholen, wobei die Rückkehrzeit variabel blieb. Vermutlich erledigte die Haushälterin zwischenzeitlich Einkäufe und passierte mehrfach die Auffahrt mit ihrem VW Golf. Zweimal die Woche fuhr eine Gartenbaufirma auf das Grundstück und war wohl für die Pflege des Parks zuständig. Ein schwarzer Mercedes CLS mit abgedunkelten Scheiben im hinteren Bereich war das einzige Fahrzeug, welches regelmäßig nach 22.00 Uhr das Grundstück verließ und am frühen Morgen zurückkehrte. Am Steuer und auf dem Beifahrersitz saßen zwei tätowierte Bodybuilder, und im abgedunkelten Fondbereich war auch noch eine Person mit einer goldenen Baseball-Cap schemenhaft sichtbar. Das musste Patrick Holberg sein, der 17-jährige Sohn des Reeders.

In der zweiten Woche stellte sich der Pelikan mal mit dem Lieferwagen, mal mit einem Motorrad spätabends in den Deliusweg und folgte dem Mercedes CLS in die Bremer Innenstadt. Hier besuchte Patrick im schrägen Outfit Szeneclubs und Kneipen an der Schlachte. Seine Bodyguards wichen ihm nicht von der Seite, was ihn allerdings sichtlich nervte.

Der Verfolger konnte einen regelmäßigen Rhythmus ausmachen, wobei sowohl die Abfahrtszeiten in die Szene als auch die Fahrtrouten stets identisch waren, was nicht gerade für die Professionalität der Bodyguards sprach. Sie schienen die Gefahr einer Bedrohung ihrer Schutzperson, wie auch wohl Patrick selbst, nicht so ernst zu nehmen. Diese Unbefangenheit nutzte der Pelikan aus und platzierte sich an der Straßenecke Marcusallee zur Horner Heerstraße. Die Ampel war primär so geschaltet, dass die Hauptverkehrsstraße grüne Welle hatte und der Verkehr aus der Marcusallee erst die Kontaktschleife überfahren musste, um freie Fahrt zu bekommen. Der Pelikan hatte bei seinen Observationen feststellen können, dass die Wahrscheinlichkeit, hier bei Rot halten zu müssen, bei etwa 80 Prozent lag, und das war eine gut kalkulierbare Quote. Der Attentäter wartete bereits vor 22.00 Uhr an der Ampelkreuzung geduldig auf den schwarzen Mercedes CLS. Er war dunkel gekleidet und hatte die Kapuze seines Hoodies tief ins Gesicht gezogen. Seine 9-mm-Pistole hielt er in der Bauchtasche schussbereit in der Hand. Als die dunkle Limousine langsam auf die rote Ampel zufuhr und anhielt, ging er als Fußgänger vor den Pkw. Hier trat er schnell direkt an die Fahrerseite heran und gab, für die Insassen völlig unerwartet, erst mehrere Schüsse auf Kopf und Oberkörper des Fahrers und dann des Beifahrers ab. Der Täter riss die Autotür auf, zog den sterbenden Fahrer aus dem Wagen und ließ ihn blutüberströmt auf den Asphalt knallen. Der Pelikan warf sich auf den Fahrersitz, setzte seine Waffe an die Stirn des anderen Bodyguards und drückte zur Sicherheit noch einmal ab. Patrick schrie auf dem Rücksitz wie ein kleines Kind und ließ sich von der Ansage des Mörders: „Halt die Schnauze!", derart beeindrucken, dass er nicht einmal über einen Fluchtversuch oder gar eine Gegenwehr nachdachte. Mit der zweiten Leiche neben sich raste die schwere und schnelle Limousine zurück in die Marcusallee bis zum Rhododendron-Park. In einem Waldweg bremste der Pelikan den Mercedes ab und öffnete die hintere Tür. Patrick lag zitternd zusammengekauert auf der Rückbank, als ihn der starke Schlag mit dem Elektroschocker an den Hals in die Bewusstlosigkeit versetzte. Der Pelikan konnte den zarten 17-Jährigen leicht auf die Ladefläche seines Transporters werfen und fuhr sofort die Marcusallee unter der A 27 hindurch und über Bremen-Ost und die Auffahrt Vahr auf die Autobahn in Richtung Schwarmstedt. Auf einem Autobahnparkplatz nahm sich der Attentäter nun die Zeit, Patrick in der bewährten Art zu fixieren und in der Ladebox abzulegen. Die Entführung hatte samt Fahrzeugwechsel nicht einmal fünf Minuten gedauert und war aus Sicht des Attentäters ideal gelaufen.

Kapitel 45
Bremen im Chaos

In der Einsatzzentrale der Bremer Polizei wurden erst mehrere Schussgeräusche im Bereich der Horner Heerstraße und dann eine blutüberströmte, schwer verletzte Person Ecke Marcusallee gemeldet. Als gleichzeitig ein Notarzt und die erste Polizeistreife eintrafen, überschlugen sich die Nachrichten. „Schwer verletzte Person mit mehreren Schusswunden; Glassplitter und Reifenspuren sprechen für flüchtiges Fahrzeug. Wir benötigen hier weitere Kräfte und Fahndungsunterstützung aus der Luft!“, verlangte die erste Streife. Der Schwerverletzte wurde umgehend in dem eingetroffenen Rettungswagen notärztlich versorgt.

Weitere Streifenwagen rückten an, die den Kreuzungsbereich mit rot-weißem Flatterband absperrten und den Kriminaldauerdienst anforderten. Unter den ersten Schaulustigen machten sich auch Anwohner bemerkbar, die etwas gesehen haben wollten. Die anwesenden Streifenbeamten nahmen erste Beobachtungen auf, stellten die Personalien der Zeugen fest und baten sie, sich hier für die Vernehmung durch die Kriminalpolizei zur Verfügung zu halten. Die Einsatzzentrale fragte nach: „Der Hubschrauber startet. Haben Sie Fahndungsergänzungen für die Einsatzkräfte?“ Die Polizisten stimmten die mitunter abweichenden Wahrnehmungen der verschiedenen Zeugen ab und mussten feststellen, dass die Angaben zwischen einem dunklen SUV, einem Sportwagen und einer schweren Limousine variierten. Selbst die angebotenen Fluchtrichtungen führten mal stadteinwärts, mal stadtauswärts und ins Wohngebiet. So informierten sie die Einsatzzentrale, dass vorerst keine weiteren Hinweise zum Tatablauf und Fluchtfahrzeug vorlagen. Als sich die ersten beiden Fahrzeuge des Kriminaldauerdienstes einfanden und die Kripo-Beamten die Einsatzleitung übernahmen, öffnete sich die Tür des Rettungswagens und der Notarzt schüttelte den Kopf. „Der Patient hat drei Kopf- und vier Oberkörpereinschüsse. Wobei die in einer Schutzweste stecken und nicht eingedrungen sind. Bei den schweren Kopfverletzungen war aber nichts mehr zu machen“, entschuldigte sich der Arzt fast.

„Hat er noch etwas sagen können und hatte der Tote irgendetwas dabei? Handy, Ausweis oder Ähnliches?“, erfragte der Kripobeamte.

„Leider nein. Wir haben zumindest nichts gefunden. Ach ja, was für Sie interessant sein dürfte. Er trägt ein Gürtelholster ohne Waffe“, gab der Notarzt an.

Der VW Crafter des Erkennungsdienstes traf ein und leuchtete den Tatort taghell aus. Die Tatortbeamten hüllten sich in weiße Overalls, trugen Mund- und Fußschutz sowie Latexhandschuhe. Sie diktierten erst den Befund ein, ohne etwas verändert zu haben, und fertigten ein Video der Einsatzstelle. Es folgte eine detaillierte Beschreibung der objektiven Spurenlage, der Blutspuren, Glassplitter und der Lage von den aufgefundenen zwölf 9-mm-Patronenhülsen, wobei dann jede Spur mit einer Zahlentafel gekennzeichnet wurde. Mittlerweile aufgetauchte Reporter und TV-Teams drehten die ersten Shortnews, die sofort auf Sendung gingen. Als die Beamten der Bremer Mordbereitschaft dazukamen, wurden sie vom KDD (Kriminaldauerdienst) und den Tatortbeamten in den Fall eingewiesen. Der Einsatzleiter des KDD übernahm das Wort. „Die erste Nachricht erfolgte lediglich über Schussgeräusche, dann ist eine verletzte Person gemeldet worden. Wir haben vor Ort mehrere Zeugen, die etwas gesehen haben wollen, das ist allerdings mal wieder so facettenreich, da müsst ihr mal schauen, wie ihr was einordnet. Das Opfer ist männlich, circa 30 Jahre und vom Typ Türsteher. Er hatte weder Papiere noch ein Handy bei sich. Er ist direkt im Rettungswagen verstorben und hat laut Notarzt drei Kopfschüsse und vier Treffer im Oberkörper. Interessant ist, dass unser Opfer eine ballistische, also schusssichere Weste und ein Gürtelholster ohne Waffe trug. Das Problem ist, dass wir insgesamt zwölf 9-mm-Hülsen gefunden haben und nicht davon ausgehen, dass der Schütze noch fünfmal in die Luft geschossen hat. Außerdem finden sich hier Glassplitter, mutmaßlich von einer Autoscheibe, sowie mögliche Blut- und Gewebeteile. Ob von unserem oder einem weiteren Opfer, wird sich herausstellen. Die Reifenspuren sprechen für einen schnellen Aufbruch, meiner Einschätzung aber eher zurück in die Marcusallee. Die Fahndung nach einem Fahrzeug ist, soweit ich weiß, bislang negativ. Das war es von mir. Habt ihr noch Fragen?“ Der Bericht war umfassend.

Die Beamten der Mordbereitschaft hatten die verschiedenen Zeugen vernommen, was aber auch keinen neuen

Erkenntnisgewinn erbracht hatte. Fakt war, dass niemand die Tat beobachtet hatte und verwertbare Hinweise auf einen Täter oder das Fluchtfahrzeug geben konnte. Die Obduktion wurde für den frühen Morgen anberaumt. Alles andere hing von der Identifizierung des Leichnams und dessen Umfeld ab.

Kapitel 46
Das neue Zuhause

Als der Pelikan den Lieferwagen in der Scheune geparkt hatte, wurde er voller Vorfreude grunzend von seinen Haustieren begrüßt. Anstatt in den Schlachtraum brachte er den jungen Reederssohn in einen Keller des Hauptgebäudes, der bereits mit Mineralwasser und einigen Lebensmitteln bestückt war.

Der Entführer löste die Kabelbinder. Arme und Beine seines jungen Opfers versah er mit Metallmanschetten an Hand- wie Fußgelenken. An ihnen befestigte er jeweils eine lange Kette, die in der Wand verankert war. So hatte Patrick noch einen kleinen Bewegungsradius und kam relativ gut an die Campingtoilette in einer der Kellerecken heran. Das Zimmer war fensterlos und mit einer schweren Feuerschutztür versehen.

Während seiner Kindheit hatte sein Opa hier immer die Munition für seine Jagdwaffen selbst gestopft. Er hatte damals sogar eine entsprechende Erlaubnis gehabt, sofern dieser Ort gewisse Sicherheitsstandards erfüllte. Das tat er zweifelsfrei. Patricks Entführer ließ eine kleine Deckenleuchte brennen und verließ die Räumlichkeiten, bevor der Jugendliche wieder zu sich kam.

Kapitel 47
Die Hintergründe

Als Knut Holberg am nächsten Morgen aufstand, drehte er wie immer seine Runde durch den Park und sah bei seinem Pflegesohn vorbei. Um diese Zeit schlief dieser in der Regel noch, also erkundigte sich der Reeder normalerweise bei einem seiner Begleiter, ob alles in Ordnung war. Doch jetzt parkte weder der Mercedes der Bodyguards auf dem Grundstück noch befand sich irgendjemand im Gästehaus. Er hatte die Personenschützer selbst eingestellt und versuchte sie per Handy zu erreichen. Bei beiden war lediglich die Mailbox geschaltet, auf welcher er mit der Bitte um sofortigen Rückruf eine Nachricht hinterließ. Auch zu Patrick konnte er keine Verbindung bekommen. Hier lief nicht einmal die Mailbox. Er hatte seinen Pflegesohn einfach nicht unter Kontrolle.

Ein Jogger nutzte den nahe gelegenen Rhododendron-Park für seine morgendliche Runde. In einem Seitenweg stand plötzlich ein dunkler Mercedes mit Bremer Kennzeichen vor ihm, der ihm den Weg versperrte. Die Fahrertür stand weit offen, sodass der Jogger nicht einmal ausweichen konnte. Das Fenster war zersplittert. Beim Herantreten an den Pkw fielen ihm sofort die massiven Blutspuren auf den hellen Ledersitzen auf. Erst dann entdeckte er den blutüberströmten Beifahrer, wobei er deutlich sah, dass man ihm nicht mehr helfen konnte. Nach dem Notruf folgte das Riesenaufgebot an Kriminalpolizei, Spurensicherung und Rechtsmedizin. Über das Kennzeichen und die Halterfeststellung konnte Kevin Münch, der Tote auf dem Asphalt, identifiziert werden. Auch der getötete Beifahrer trug eine ballistische Weste und ein leeres Gürtelholster. Im Mercedes waren allerdings weder Waffen noch Ausweise oder Geldbörsen gefunden worden. Entsprechende Überprüfungen von Kevin Münch ergaben, dass er kein unbeschriebenes Blatt war, sich in der Bremer Türsteherszene tummelte und Geschäftsführer einer kleinen Firma für Objekt- und Personenschutz war. Sein Beifahrer und Mitarbeiter, Stefan Müller, konnte anhand von Fotos aus dem Umfeld der Sicherheitsfirma identifiziert werden. Beide waren Anfang dreißig, absolut fit und trainiert. Ein Beamter konnte sich den Spruch nicht verkneifen: „Sind die eine Milieustreife gefahren, oder was wollten die hier?“

Die Beamten der Mordkommission waren gerade eingetroffen und reagierten prompt, als sie die Personalien der Opfer erfahren hatten. „So, Leute, weg vom Fahrzeug. Großräumige Absperrung, und ich will in hundert Metern Entfernung keinen Pressefritzen sehen!“, ordnete der Leiter der Bremer Mordkommission, der Erste Kriminalhauptkommissar Erich Wittich, an. Er rief sein Team sowie den Leiter der Tatortgruppe zu sich und klärte sie in einem ruhigen, aber spannungsgeladenen Ton auf, um wen es sich bei den Opfern handelte. „Hört zu. Das sind die Aufpasser des Holberg-Sohnes. Wir können davon ausgehen, dass der Junge entweder auch entführt oder schon getötet worden ist. Wir fahren jetzt den großen Bahnhof und können uns hier nicht den kleinsten Fehler leisten. Das ist eine politische Atombombe. Weder die Presse noch die anderen Kollegen dürfen vorerst etwas erfahren. Ist das angekommen?“ Die Runde nickte ehrfürchtig. „Der Einzige, der hier am Tatort telefoniert, bin ich, oder ich bitte jemanden von euch zu telefonieren. So lange will ich hier kein Handy sehen. Ich werde jetzt den Polizeipräsidenten und das LKA informieren. Dann sehen wir weiter“, endete er.

Erich Wittich ließ sich direkt mit dem Büro des Polizeipräsidenten verbinden und erklärte ihm die Situation vor Ort. Der Präsident, Helmut Pape, versprach, sofort zum Tatort zu kommen, und bestand darauf, dass er dem Reeder diese Nachricht als Freund der Familie Holberg persönlich überbringen wollte. Die Beratergruppe des LKA sowie der zuständige Abteilungsleiter erschienen ebenfalls, um sich politisch sensibel abzustimmen. Gleichzeitig wurde der Innensenator in Kenntnis gesetzt. Er bat darum, stets auf dem aktuellem Stand gehalten zu werden.

Mittendrin klingelte das Handy des Polizeipräsidenten, der unter Dauerstress stand, seinem Display keine Beachtung schenkte und ins Telefon brüllte: „Was ist denn!“ Die unsichere Stimme am anderen Ende ließ ihn erschauern. „Hallo, Helmut, ich bin es, Knut. Tut mir leid, dass mein Anruf ungelegen kommt, aber ich habe ein Problem. Patrick ist verschwunden“, bat er flehend um Hilfe.

„Bist du zu Hause, Knut? Ich bin sofort bei dir. Gehe nicht ans Telefon und öffne niemandem die Tür, nur mir. Bis gleich“, forderte der Polizeipräsident und kündigte seinen Besuch an.

In der Regionalredaktion der BILD drehte sich heute alles nur um die gestrige Schießerei. Aktuell kam rein, dass eine weitere Leiche in einem Mercedes im Rhododendron-Park gefunden worden war. Sämtliche Lokalreporter befanden sich auf dem Weg in das edle Wohnviertel, als das Telefon des Chefredakteurs klingelte. „Hören Sie bitte gut zu. Ich gebe Ihnen eine ergänzende Info zu der Schießerei von gestern Abend. Raten Sie mal, warum beide Opfer bewaffnet waren und Schutzwesten trugen? Sie waren die Bodyguards von Patrick Holberg." Dann legte der Anrufer auf. Der Chefredakteur witterte eine Topstory, informierte sofort sein Team vor Ort und schickte sie direkt zu Knut Holberg.

Als sich der Polizeipräsident vor das Tor seines Freundes Knut chauffieren ließ, musste er sich völlig verärgert den Weg durch eine Gasse von Reportern und Kameraleuten bahnen. „Herr Polizeipräsident! Ist es richtig, dass die Opfer für den Schutz von Patrick Holberg zuständig waren? Ist der Junge jetzt ebenfalls entführt worden? Gibt es einen Tatzusammenhang zu dem Mord an Greta Holberg?" Sie hielten ihm Mikrofone an die Seitenscheibe, aus der er nur rief: „Kein Kommentar, lassen Sie mich bitte durch." Nachdem der Dienstwagen des Präsidenten das Zufahrtstor passiert hatte, vergewisserte er sich, dass die Reporter das Grundstück nicht stürmten.

Knut Holberg öffnete völlig irritiert. „Was ist denn da draußen los? Was wollen die alle hier?", fragte er seinen Freund. „Können wir uns setzen, Knut?", schlug Helmut Pape vor. „Ist was mit Patrick?“, ahnte der Reeder. „Das wissen wir noch nicht, Knut. Gestern Abend haben wir an der Marcusallee Kevin Münch erschossen aufgefunden. Von dem Mercedes, Patrick und seinem Mitarbeiter Stefan Müller fehlte jede Spur. Heute Morgen fand ein Jogger den Mercedes im Rhodopark. Stefan Müller lag erschossen auf dem Beifahrersitz. Von Patrick fehlt jede Spur. Hat dich schon jemand kontaktiert, Knut?“ Der Reeder schüttelte den Kopf.

Es klopfte und die Haushälterin trat herein. „Herr Holberg, das LKA steht vor der Tür und bittet, mit den Fahrzeugen hereingelassen zu werden. Ich hatte sie gebeten, draußen zu parken, aber die bestehen drauf“, trug sie vor. „Sind die aus Bremen oder Niedersachsen?“, wollte Holberg von seiner Hausdame wissen. „Sie haben nur LKA gesagt, welches Bundesland, weiß ich doch nicht“, antwortete sie leicht schnippisch. „Öffnen Sie und bitten Sie die Herrschaften gleich herein“, wies der Hausherr an.

„Was sollte das LKA Niedersachsen von dir wollen?“, der Bremer Polizeipräsident war überrascht.

„Vor etwa zwei Wochen suchten mich zwei sehr sympathische Beamte auf und haben sich intensiv mit mir und auch mit Patrick unterhalten“, klärte der Reeder seinen Freund auf.

„Worüber?“, fragte der Präsident erstaunt.

„Über unsere Familiengeschichte, über Greta und unser Problemkind Patrick“, schilderte Holberg weiter.

„Warum weiß ich davon nichts?“, wunderte sich Helmut Pape.

„Erfahre ich von dir alles, was du weißt?", konterte der Hanseat.

Nach erneutem Klopfen der Hausdame ließ sie sechs dynamische Frauen und Männer ein, die sich gegenüber Knut Holberg als Beratergruppe des LKA Bremen für Entführungen und Geiselnahmen vorstellten. Den Polizeipräsidenten begrüßten sie persönlich, man kannte sich. Der Leiter der Expertengruppe, Kriminalhauptkommissar Jan Focke, klärte Holberg kurz über die erforderlichen Maßnahmen auf, die im Falle einer Kontaktaufnahme durch die Entführer zu treffen waren.

Ohne die Zustimmung des Reeders abzuwarten, teilte er seine Leute ein, die die großzügige Wohnhalle mit modernster Überwachungstechnik auf links drehten. Jan Focke kam erneut mit zwei Beamten auf den Hausherrn zu und machte ihn mit Thea Böttcher und Nils Finke bekannt, die ihm als Angehörigenbetreuer zur Seite stehen sollten. „Gibt es für die Kollegen hier im Haus eine Übernachtungsmöglichkeit? Sie werden rund um die Uhr ansprechbar sein. Im Außenbereich wird die Schutzpolizei dafür sorgen, dass kein Unberechtigter ins Haus hineingelangt", setzte er fest. Knut Holberg bat die Hausdame, zwei Gästezimmer herzurichten.

Von einer Stunde zur anderen verwandelte sich die Idylle der Gründerzeitvilla in eine bewachte Festung.

Jetzt mussten sich nur noch die Entführer melden und ihre Forderungen stellen.

Kapitel 48
Trügerische Ruhe in Hannover

Die Soko Pelikan hatte ihre Spuren fast vollständig abgearbeitet. Die proaktive Medienstrategie hatte nicht den gewünschten Erfolg gehabt. Auch die anonymen Hinweise waren nicht von der Qualität, die sie sich erhofft hatten. Maik Holzner war der Erste gewesen, der aus den Medien von den getöteten Bodyguards und dem entführten Sohn des Reeders erfahren hatte. Er rief alle zu einer Lagebesprechung zusammen. Sie sahen sich die ersten Reportagen auf dem Smartboard an, und Cord rief: „Shit, ich habe ja geahnt, dass die Nummer in die Hose geht. Aber so ...?"

Thorsten wirkte nachdenklich: „Haben wir uns da verrannt, und Greta hat wirklich nichts mit unseren Entführungen zu tun? Falls doch, was könnte unser Entführer jetzt mit dieser Aktion erreichen wollen? Er erschießt brutal wie ein Profikiller zwei bewaffnete Bodyguards, um an den jungen Holberg zu kommen. Warum und was hat das mit den Bräuten des Pelikans zu tun?"

Nina Bachmann war im OFA-Team die Wächterin der Fallanalysemethodik und schlug vor: „Wir sollten die Analyse mit zwei Hypothesen noch einmal akribisch durcharbeiten. Erstens: Wir gehen davon aus, dass Greta auch das Opfer des Pelikans ist. Dann stellt sich die Frage, in welchem Kontext aktuell die Tötung und Entführung von Patrick Holberg steht. Zweitens: Gretas Entführung hat mit unserer Serie nichts zu tun und wird nicht ansatzweise berücksichtigt. Und das am besten mit zwei frischen und unverbrauchten Analyseteams."

Thorsten machte ein nachdenkliches Gesicht. „Guter Gedanke, Nina", lobte er und musste dann einschränken: „Wir werden in dieser dynamischen Lage nicht die Zeit haben und das Personal bekommen, das wir für diesen neuen Ansatz benötigen werden. Ich könnte mir einen Kompromiss vorstellen und versuche, die Bremer OFA nun komplett mit einzubringen. In der aktuellen Situation wird es auch in Bremen keinen wichtigeren Fall geben", mutmaßte der OFA-Leiter.

„Astrid, Cord, ihr habt Knut und Patrick Holberg doch zeugenschaftlich vernommen. Ist das mit den Bremer Kollegen rückgekoppelt worden?", checkte die Kriminaloberrätin Iris Höppner ab.

Astrid wurde rot. „Das ist fast richtig. Wir haben lediglich ein informatives Gespräch geführt. Einer Vernehmung hätten beide nach unserem Eindruck nicht zugestimmt. Wir hatten das im Vorfeld mit der Mordkommission besprochen. Sie sahen keinen Bedarf an den Inhalten des Gespräches, wobei wir darüber für unsere Akten natürlich einen Bericht geschrieben haben. Den können wir dann gern nach Bremen schicken", rechtfertigte sich die Ermittlerin.

„Okay, danke, Astrid. Dann weiß ich Bescheid. Ich schätze, da wird es jetzt begründete Nachfragen aus Bremen geben", befürchtete die Soko-Leiterin.

„Ich bin jetzt wirklich gespannt, ob und welche Forderungen seitens des oder der Entführer gestellt werden“, warf die Psychologin Carlotta in den Raum. „Er schafft es, einen Jungen zu entführen, der von zwei bewaffneten Bodyguards beschützt wird und erschießt sie skrupellos. Da muss doch jetzt was kommen. Glaubt ihr, die Bremer spielen mit offenen Karten?“

Auch Iris Höppner stellte ihre Überlegungen an. „Wir können es im Moment nicht beurteilen, sollten aber erst mal den Fokus darauf legen, ob die Fälle Holberg überhaupt mit unseren Taten im Zusammenhang stehen. Finden wir entsprechende Hinweise zu einer Verknüpfung, lassen wir uns nicht ausbooten, das verspreche ich euch“, positionierte sich die Soko-Leiterin.

Kapitel 49
Warten auf einen Kontakt

Die Bremer Spurensicherung hatte den Mercedes CLS auf links gedreht; insbesondere im Bereich des Fahrersitzes wurde alles Millimeter für Millimeter akribisch untersucht. Zwar hatten die Beamten keine Fingerabdrücke feststellen können, aber Fasern vom Fahrersitz gesichert, die nicht von der Bekleidung der beiden Bodyguards herrühren konnten. Ein sehr kleiner Hoffnungsschimmer. Die Patronenhülsen stammten aus einer Munition zur Zeit des Balkankrieges und waren nicht nachverfolgbar. Falls man die Waffe finden würde, wäre lediglich eine Individualprüfung des Schlagbolzeneinschlags möglich. Die Untersuchung auf Übereinstimmung der sichergestellten Reste der Hohlspitzgeschosse war schon schwieriger, da sich die Projektile bei Auftreffen auf den Kopf und die Schutzweste komplett zerlegt hatten. Je nach Qualität der Geschossteile war eine direkte Zuordnung der Waffe nur über Vergleichsgeschosse gegeben.

Mehr hatten sie nicht. Keine Zeugen, keine Täterbeschreibung und aktuell nicht mal eine Reaktion oder Forderung des oder der Entführer. Sie waren zum Abwarten verdammt.

Kapitel 50
Patrick

Patrick Holberg wimmerte in seinem Kellerloch leise vor sich hin. Allein die Geräusche der Ketten, die bei jeder Bewegung über den Boden kratzten, ließen erkennen, ob Patrick mehr oder weniger aktiv war. Der Pelikan konnte über eine Kamera in jeden Winkel des Raumes blicken und hatte die komplette Kontrolle über den coolen Gangsterrapper. Er hatte ihm auf einem kleinen Tisch ein Büfett aus Mineralwasser, Brot und Käse aufgebaut. Patrick rief „Hallo“ und „Hilfe!“, aber der Pelikan quälte den Jungen durch Nichtbeachtung und zeigte keinerlei Reaktion. Alle zwei Tage betrat der Entführer den Keller maskiert und tauschte das Campingklo sowie die Lebensmittel aus. Patrick flehte ihn an, ihm zumindest zu sagen, was mit ihm passieren würde und wann er wieder nach Hause käme. Doch der Pelikan tat das Schlimmste, was er einem Entführungsopfer in dieser Situation antun konnte: Nichts! Einfach nichts! Das war psychische Folter pur.

In ähnlich verzweifelter Gesamtlage befand sich auch Knut Holberg. Er hatte die Klinikleitung beauftragt, seiner Frau keinerlei Zugang zu den aktuellen Meldungen zu ermöglichen. Ihr wurde der Internetzugang gesperrt, sie hatte Fernsehverbot und wurde komplett abgeschottet, was mit einer psychiatrischen Traumatherapie nach der Ermordung der eigenen Tochter eigentlich wenig nachvollziehbar war. Nachdem eine Mitpatientin ihr die aktuelle Schlagzeile der BILD präsentiert hatte, musste Holbergs Frau nach einem Suizidversuch sediert und unter stetiger Bewachung in einer geschlossenen und besonders geschützten Zelle untergebracht werden.

Die verstörende Headline lautete:

Erst die Tochter entführt und verbrannt,
dann die Bodyguards des entführten Sohnes
erschossen.

Das traurige Schicksal einer Reederfamilie
aus Bremen

Kapitel 51
Vorwürfe

Iris Höppner sah eine einprägsame Telefonnummer mit Bremer Vorwahl auf dem Display ihres Diensttelefons und war überrascht, dass der Bremer Polizeipräsident sie direkt anrief. „Frau Kriminaloberrätin Höppner", leitete er formal das Gespräch ein. „Wie ich von Herrn Holberg erfahren habe, ist sowohl er als auch Patrick Holberg von Ihren Leuten vor etwa zwei Wochen vernommen worden. Ist das so richtig?" Iris Höppner blieb cool und war auf die Fortsetzung des Gesprächs gespannt. „Das ist so richtig, Herr Pape." Jetzt folgten die Vorwürfe. „Das war mit mir aber nicht abgesprochen, Frau Höppner", tadelte er. „Oh, das tut mir leid. Mir war nicht bekannt, dass in Bremen Vernehmungen in Mordsachen mit dem Polizeipräsidenten abzustimmen sind", konterte die LKA-Beamtin. Helmut Pape kochte. „Knut Holberg ist ein angesehener Ehrenbürger Bremens und zudem ein guter Freund. Ich hatte angewiesen, nicht ohne meine Zustimmung an ihn heranzutreten. Und das galt auch für die Ermittlungsgruppe aus Niedersachsen." Die Soko-Leiterin blieb höflich, ruhig und förmlich. „Herr Polizeipräsident, Ihre Anordnung ist in Hannover nicht angekommen, zumal Herr Holberg nicht nur ein angesehener Ehrenbürger Ihrer Stadt, sondern auch ein mündiger Mensch ist, der sicher selbst entscheiden kann, wann und mit wem er spricht. Und in dem äußerst angenehmen Gespräch mit meinen beiden Mitarbeitern hat er sich persönlich sehr geöffnet. Dasselbe gilt übrigens auch für Patrick Holberg. Darum gehe ich mal davon aus, dass sich Herr Holberg über die Unterhaltung mit meinen Kollegen nicht beschwert hat, oder?“, warf Iris Höppner den Bumerang. „Nein, nein, ich war nur verwundert, dass er es erwähnte“, ruderte der Präsident zurück. „Wo ich Sie schon mal am Telefon habe, Herr Pape. Ich glaube, es ist sinnvoll, dass wir uns über die aktuelle Situation der Entführung austauschen, um mögliche Tatzusammenhänge zu überprüfen oder ausschließen zu können. Was meinen Sie?“, übernahm jetzt die leitende Beamtin aus Hannover das Gespräch. „Nein, wir gehen nun davon aus, dass die Entführung von Greta und Patrick einem Täter oder einer Tätergruppe zuzuschreiben ist, die mit Ihren Bräuten nichts zu tun haben“, lehnte er ab. Die Leiterin der Soko blieb hartnäckig. „Bei allem Respekt, woran machen Sie das fest. Haben Sie neue Erkenntnisse, von denen wir noch nichts wissen?“ Der Präsident wusste keine bessere Antwort als: „Ja.“ Mehr wollte er dazu nicht mehr sagen. „Herr Polizeipräsident, ich möchte Ihnen fairerweise nur mitteilen, dass wir in unserer Sache mit der OFA Bremen kooperieren und die Hypothese des Tatzusammenhanges auch anhand Ihrer neuen Erkenntnisse überprüfen werden“, kündigte Iris Höppner an. Dann beendeten sie das Gespräch.

Thorsten nahm mit der Bremer OFA Kontakt auf und lud sie nach Hannover ein. Die Profiler kannten sich bundesweit aus den gemeinsamen Aus- und Fortbildungen und tauschten sich stets aktuell aus. So begrüßten die Hannoveraner Sabine Bielert und Thomas Dankert mit den in der OFA-typischen kollegialen Umarmungen.

Die Niedersachsen stellten ihnen die Fälle der Soko Pelikan im Detail, die Ergebnisse der Fallanalysen und auch die Erkenntnisse zum Täterprofil dar. Sie eröffneten ihren Kollegen die Parallelen, aber auch Diskrepanzen zu den vermissten Prostituierten in Bremen und dem Fall Greta Holberg. „Um sicher zu gehen, würden wir gern mit euch zusammen unsere Serie euren Fällen gegenüberstellen. Lasst uns gemeinsam kritisch prüfen, ob wir es hier mit einem Täter oder einer Tätergruppe zu tun haben oder ob in euren Fällen ganz andere Täter und auch Motive eine Rolle spielen. Seid ihr im Boot?“, vergewisserte sich der niedersächsische OFA-Leiter.

„Ich will euch gegenüber offen sein, Thorsten. Unsere Behördenleitung hat uns beauftragt, uns primär auf die Entführung von Patrick Holberg und den Mord an seiner Tochter Greta zu konzentrieren“, erklärte Thomas Dankert. „Ganz ehrlich. Unser Polizeipräsident hält in dem Fall Greta von eurer zufälligen Opferauswahl überhaupt nichts und fühlt sich durch die Entführung von Patrick darin noch bestätigt“, führte der Bremer OFA-Leiter fort. „Doch wie wir alle wissen, ist Helmut Pape natürlich sehr durch die Freundschaft zu Knut Holberg beeinflusst und von einer erforderlichen Objektivität weit entfernt“, stellte Thomas Dankert fest. „Der Reiz unserer Arbeit ist, dass wir in der methodischen Art zu denken und zu arbeiten völlig autark sind und uns von keinem ins Handwerk pfuschen lassen. Also sind wir natürlich im Boot und müssen auch für unsere Bremer Fälle ganz klar abklären, ob wir den gleichen Täter suchen oder auch nicht." Das tat gut und alle stimmten nickend zu. Sie setzten einen Zeitplan fest und nahmen sich für ihr Vorhaben zwei Tage Zeit.

Die Bremer Polizei durchleuchtete nicht nur das Leben von Patrick, sondern auch von den beiden Bodyguards. Wohnungen und Geschäftsräume der beiden Personenschützer wurden durchsucht, und die Polizei brachte viel Unruhe in die Szene. Ansätze auf die Entführer oder eine Motivation fanden sich allerdings nicht. Knut Holberg kooperierte mit den Behörden und hatte die privaten Ermittlungsaktivitäten zurückgefahren, wobei seine Anwälte ständig Akteneinsicht forderten, um den Aktionismus der Sicherheitsbehörden am Leben zu erhalten.

In den gemeinsamen Fallanalysen der beiden OFA-Dienststellen konnten die Profiler Tatzusammenhänge mit der Soko Pelikan nicht gänzlich ausschließen. Der Bremer Polizeiführung reichte ein objektiv nicht hinterlegtes Hypothesengeflecht allerdings nicht aus, um die Soko Pelikan an den Ermittlungen im Entführungsfall Patrick Holberg zu beteiligen. Die beiden OFA-Leiter hingegen vereinbarten zwar einen weiteren stetigen Informationsaustausch, allerdings war das von einer aktiven Kooperation weit entfernt.

Kapitel 52
Zweifel an der Soko Pelikan

Die Leiterin der Soko Pelikan musste gegenüber der niedersächsischen Polizeiführung darlegen, welche Ermittlungen in den nächsten Wochen mit welchem Personalaufwand zu gewährleisten waren. Diese Nachfragen hatten mit den personellen Engpässen in den Dienststellen zu tun, aus denen die Ermittler für die Soko abgezogen wurden. Iris Höppner hatte den Auftrag erhalten, die Anzahl ihrer Mitarbeiter binnen eines Monats nicht nur auf die Hälfte zu minimieren, sondern alle Kollegen, die nicht Angehörige des LKA waren, wieder in ihre Heimatdienststellen abzugeben. Sie musste in der Zeit sogar noch garantieren, dass die in der Soko angefallenen Überstunden jeder Unterstützungskraft innerhalb dieser vier Wochen abgegolten waren. Auch derlei administrative Aufgaben gehörten zur Leitung einer Mord- und Sonderkommission, sodass die Überstunden ausgerechnet und für die letzten Wochen bis zur Auflösung der Soko ein Freizeitplan erstellt werden musste. Faktisch hatte jede externe Ermittlerin oder jeder Ermittler den kommenden Monat ein bis zwei Wochen frei, bevor sie in ihre Heimatdienststellen zurückkehrten. Karl Münter nutzte diese Zeit für eine spontane Tour mit seiner Frau in seinem Wohnmobil, und Astrid Wegner buchte mit ihrem Freund eine zehntägige

Last-minute-Reise nach Mallorca. Der sportliche Cord Brammer verabschiedete sich zu einer Mountainbiketour in den Voralpen, und Mona Bogner war froh, ein paar Tage Zeit zu haben, um ihren Garten in Schuss zu bringen.

Der Pelikan verfolgte die Berichterstattung über den Entführungsfall Patrick Holberg und war sich sicher, dass sie ihm kein Stück näherkamen, wenn er sich weiter so ruhig verhielt wie bislang. Allerdings hatte der Fall eine politische Dimension erreicht, sodass er nichts weiter riskieren wollte, was sein Ziel gefährden konnte. Um die Soko Pelikan war es ruhig geworden. Der Pelikan brauchte weiterhin Zeit, aber musste noch einen Akzent setzen, denn nur abzuwarten war nicht seine Stärke.

Kapitel 53
Die Traumhochzeit im Schloss Herrenhausen

Die Boulevardpresse von Hannover stürzte sich auf die Traumhochzeit des Jahres. Die ehemalige Miss Niedersachsen, Yvonne Schultheiß, heiratete den Torwart der norwegischen Nationalmannschaft, Björn Olafson. Yvonne Schultheiß wurde medial als Bachelorkandidatin bekannt und war eine feste Größe in Hannovers Promiszene. Björn lernte sie vor einem Jahr auf dem Ball des Sports kennen. Sie besuchten sich gegenseitig und waren ein Herz und eine Seele. Ihre Hochzeitsfeier hatten sie im Schloss Herrenhausen inmitten der Herrenhäuser Gärten geplant, in dem schon US-Präsident Obama empfangen worden war. Die Trauzeremonie war direkt unter freiem Himmel im Innenhof vorgesehen. Im Anschluss sollten die Gäste zum Sektempfang auf die Schlossterrassen mit einem wunderbaren Blick über die Herrenhäuser Gärten zusammenkommen, um danach in der Schlossküche ein deutsch-skandinavisches Fünf-Gänge-Menü zu genießen. Zum Abend hin war ein norwegisches Feuerwerk geplant, schließlich hatte Norwegen das Internationale Feuerwerksfestival 2018 gewonnen. Zu diesem Wettbewerb trafen die renommiertesten Pyrotechniker der Welt aufeinander und sorgten für spektakuläre Feuerwerkschoreografien vor der einzigartigen Kulisse der Herrenhäuser Gärten mit Tausenden von Besuchern.

Der Pelikan war fasziniert von dem hohen Medieninteresse und fühlte sich förmlich aufgefordert, dieser Hochzeit auf seine Art beizuwohnen. Er erstellte sich je ein Facebook- und Instagram-Profil als gut aussehender Fußballprofi und schickte dem Promimodel eine Freundschaftsanfrage, die sie innerhalb von Minuten bestätigte. So war der Pelikan einer von mehreren Tausend Freunden, der an ihrem schillernden Leben rund um die Uhr teilhaben konnte. Er interessierte sich kulturell für die Herrenhäuser Gärten, spazierte stundenlang durch den riesigen Barockgarten, schoss Fotos und studierte sämtliche Zu- und Ausgänge, die er zudem mit seiner Kamera filmte. Er erkundete die Umgebung mit seinem Fahrrad und spazierte aufmerksam an der Graft, einem breiten Wassergraben um die Gartenanlage, entlang. Selbst die Kleingarten- und Sportanlagen der Steintormasch waren von Belang, dass er sich dort stundenlang aufhielt und die Eindrücke in seine Planungen aufnahm.

Die Boulevardmedien hatten sich auf das Ereignis komplett eingeschossen, wobei Marina Swodicz die Reporterin war, die schon in der Vorbereitung Interviews mit dem Model führte, sodass auf diese Weise bereits einige Abläufe der Zeremonie offenkundig wurden. Alle weiteren Details postete Yvonne Schultheiß stolz und euphorisch über Facebook und Instagram, während ihr neuer Freund, der Pelikan, mitlas und mittendrin war.

Iris Höppner saß Freitagmorgen mit ihren Mitarbeitern der Zentralstelle Gewalt in der alltäglichen Besprechung zusammen. Neben der Lageauswertung der Tötungs- und Sexualdelikte in Niedersachsen hatten sie im Rahmen der Soko Pelikan noch sämtliche Taten, die in irgendeiner Verbindung zu Hochzeiten oder Brautkleidern standen, im Blick. Allein durch die Medienpräsenz wurde Thorsten mit der Frage konfrontiert, die einfach kommen musste. „Na, du Starfotograf, ihr seid morgen sicher mit der ganzen Familie auf der Hochzeit des Jahres gebucht, oder?", warf Iris Höppner ein. „Leider nein. Ich hatte den Auftrag wegen der Soko Pelikan abgesagt und dachte, wir hätten noch zu tun", scherzte der Hochzeitsfotograf. „Aber vielleicht kannst du mich ja aus ermittlungstaktischen Gründen noch reinbringen", schlug er vor. „Im Ernst?", hakte seine Chefin unsicher nach. „Nein. Da spielt eine andere Liga mit, da habe ich als kleiner Nebenjobber keine Chance. Das wäre aber ein reizvoller Auftrag gewesen", gab er zu. „Wir werden uns trotzdem das Feuerwerk vom Georgengarten aus ansehen, wenn wir neben den anderen Zigtausend Besuchern noch einen Platz ergattern", kündigte er an.

Am Morgen der Hochzeit waren die Herrenhäuser Gärten großräumig abgesperrt worden und der Parkplatz den circa 500 Gästen vorbehalten. Die Herrenhäuser Straße konnte zwar nach wie vor befahren werden, der Bereich an der Graft und der Straße Am Großen Garten sowie der Alten Herrenhäuser Straße war bis auf nötigen Anliegerverkehr nicht freigegeben. Unzählige Spaziergänger und Radfahrer tummelten sich bei herrlichem Sommerwetter im

Georgengarten und rund um den Großen Garten, um den einen oder anderen Blick auf das Brautpaar und die illustren Gäste zu erhaschen.

Auch der Pelikan hatte seinen Transporter entsprechend vorbereitet und ihn auf dem Parkplatz am SV Odin, an der Graft, geparkt. Diesmal war der Van mit Magnettafeln eines Catering-Dienstes beschriftet und fiel in dem Trubel überhaupt nicht auf. Der Täter nahm sein Fahrrad von der Ladefläche und drehte ein paar Runden, um die Sicherheitsmaßnahmen einschätzen zu können. Dabei orientierte er sich primär auf den südlichen Bereich der Graft. Fußstreifen eines privaten Sicherheitsdienstes patrouillierten am Ufer der Graft entlang, wobei sie sicherlich kein Attentat auf das Brautpaar abwehren, sondern eher Paparazzi daran hindern wollten, Fotos zu schießen, an denen das Brautpaar nichts verdiente. Denn sie hatten die Exklusivrechte bereits an die meistbietenden Boulevardblätter und Privatsender verkauft. Der Pelikan hatte einen Sonnenhut tief ins Gesicht gezogen und schlenderte im Bereich des Haupteinganges und der Schlossküche hin und her. Er setzte sich zwischenzeitlich auf eine Bank und chattete mit interessierten Followern, um nichts zu verpassen oder eventuell sogar irgendetwas zu erfahren, was noch nicht in den Medien verbreitet worden war.

Für 16.00 Uhr war die Trauzeremonie angesetzt, und die ersten Gäste wurden von einem Limousinenservice vom großen Parkplatz vorbei an der Orangerie zum Haupteingang chauffiert. Hostessen führten sie nach Vorlage ihrer Einladung über einen roten Teppich in das Schloss. Im Empfangsbereich drängten sich neben Journalisten der TV- und Printmedien ab der dritten Reihe auch Zuschauer, die sich früh genug diesen Logenplatz gesichert hatten. Modelfreundinnen der Braut trafen auf befreundete Fußballspieler des Bräutigams aus Bundesligavereinen und von Hannover 96 und begrüßten sich euphorisch. Als insbesondere junge und attraktive Hochzeitsgäste interviewt wurden, gaben sie auf die Frage, wie sie mit dem Brautpaar in Verbindung standen, an, dass sie „Influencer“ oder „YouTuber“ waren, was immer das auch sein sollte. Die Unruhe der tobenden Fans steigerte sich, als ein Bus der norwegischen Fußballnationalmannschaft vorfuhr, um ihren Torwart in den Hafen der Ehe zu begleiten. Bereitwillig gaben die hoch gewachsenen Nordmänner Autogramme und winkten gut gelaunt in die Foto- und Fernsehkameras.

Schon von Weitem konnte man vor dem Schloss das Geräusch von trabenden Pferdehufen wahrnehmen, als das Brautpaar in einer standesgemäßen weißen Kutsche, von vier Schimmeln gezogen, über die Orangerie vor das Schlossportal fuhr. Der Bräutigam stieg in einem hellblauen Smoking und Zylinder von der Kutsche und half seiner bezaubernden Braut beim Aussteigen. Vier Brautjungfern bemühten sich, die etwa fünf Meter lange Schleppe des cremefarbenen Prinzessinnenkleides zu richten und, während das Brautpaar ins Schloss einzog, hochzuhalten. Das brombeerfarbene Bouquet des Brautstraußes war exakt auf den Blumenschmuck an der Kutsche und den Anstecker am Smoking des Bräutigams abgestimmt. Eine aufwendige Hochsteckfrisur, die das lockige hellblonde Haar der Braut traumhaft zur

Geltung brachte, begeisterte die Anwesenden. Das Brautpaar lächelte freundlich, aber auch ein bisschen aufgeregt in die Kameras und zog, ohne bei den Journalisten anzuhalten, in das Schloss ein. Während die Trauzeremonie mit etwa 500 Gästen im Schlosshof begann, löste sich die schaulustige Menge vor dem Eingang auf und verteilte sich um den Großen Garten sowie im Georgenpark.

Der Pelikan war mit seiner neuen Braut sehr zufrieden, mischte sich unter die Besucher und freute sich auf das Highlight des Abends, das große Feuerwerk.

Kapitel 54
Das norwegische Feuerwerk

Es dämmerte schon, als sich der Pelikan auf seinen Einsatz vorbereitete. Eine Liveband heizte der Partygemeinschaft ein, und die Tanzfläche war brechend voll und tobte. Von den typischen traditionellen norwegischen Hochzeitsspielen mit reichlich Alkoholkonsum war der Bräutigam nicht nur leicht angeschlagen. Der Attentäter beobachtete bei seinen Rundgängen am Südende der Gärten, wie das Servicepersonal einen romantischen Pavillon aufbaute und einen künstlerisch geschmückten Tisch mit kulinarischen Leckereien kreierte. Beim Blick durch sein hochwertiges Leitz-Fernglas konnte er gekühlten Champagner und lediglich zwei hohe Gläser mit roten Herzen erkennen.

In den Hochzeitschats hatte sich der Pelikan auch mit einer der Brautjungfern angefreundet, die in ihrer Clique mit der Braut ein Foto von dem geschmückten Pavillon postete und mitteilte: „So, Süße, es ist alles vorbereitet, damit ihr das Feuerwerk über der großen Fontäne völlig ungestört und nur zu zweit genießen könnt. Viel Spaß euch beiden!“ Es hatte sich in den Chats im Vorfeld angedeutet, dass die Braut während des Feuerwerks nicht das Bad in der Menge suchte, sondern es in trauter Zweisamkeit mit ihrem Mann in romantischer Atmosphäre genießen wollte. Eine Braut mit Geschmack! Von dieser Seite hatte man über die große Fontäne des Barockgartens hinweg einen wunderbaren Blick zum illuminierten Hauptteil direkt am Schloss Herrenhausen. Ein herrlicher Anblick, der allen anderen verborgen blieb. Der erst sternenklare Himmel hatte sich zugezogen, sodass es außerhalb des Hauptgartens nun stockdunkel war, was dem Pelikan sehr entgegenkam. Er präparierte sich in seinem Transporter und kam in ungepflegter Kleidung mit einer Schubkarre voller Pfandflaschen heraus und schlenderte zielstrebig zum Ufer der Graft hinunter. Dort vergewisserte er sich, dass er weder Spaziergängern noch einer Streife des Sicherheitsdienstes auffiel. Im hohen Schilf hatte er ein schwarzes Schlauchboot mit Paddel versteckt, mit dem er jetzt leise und im Schutz der Dunkelheit zum Großen Garten übersetzte. Dort zog er das Boot am Ufer hoch ins Unterholz, schlich sich an der Hecke entlang in die Nähe des Pavillons und hielt sich dort verborgen. Die Vorbereitung auf das Feuerwerk wurde im gesamten Garten mit klassischer Barockmusik begleitet. Schon von Weitem hörte der Attentäter das alberne Gekicher der Braut, wobei man auch dem Verhalten des Bräutigams dessen Alkoholkonsum deutlich anmerkte, der normalerweise für einen Leistungssportler unüblich war. Beide kamen turtelnd in dem Pavillon an, und der kräftige Norweger war überrascht und gerührt, dass ihm seine Frau eine solche Überraschung bereitete. Die Braut hatte die lange Schleppe ihres Brautkleides zur Feier offensichtlich abgelegt und beide küssten sich innig und anhaltend nur wenige Meter vom Pelikan entfernt. Erst jetzt wurde dem Beobachter richtig bewusst, was der Torwart für ein Hüne war, und er hoffte, dass er seine Reaktion und Schnelligkeit aufgrund des bisherigen Alkoholkonsums und der Überraschung nicht einsetzen konnte. Leistete sich der Täter hier auch nur den kleinsten Fehler, war er dieser norwegischen Kampfmaschine völlig unterlegen. Der Moderator des Abends bat die Gäste, sich einen guten Platz zu suchen, und kündigte das Feuerwerk der noch amtierenden norwegischen Weltmeister an. Tosender Beifall begleitete seine Worte. Auch Björn und Yvonne klatschten anerkennend in die Hände. Der Pelikan sah sich aus seinem Versteck heraus um. Auch einige ortskundige Hannoveraner hatten es sich am anderen Graftufer gegenüber gemütlich gemacht, um das Ereignis genau aus diesem Blickwinkel zu genießen. Egal, sie würden sich hoffentlich auf das Feuerwerk konzentrieren und nicht auf den jetzt nach hinten geschlossenen Pavillon achten.

Der Pelikan war vorbereitet. Er hatte dieses Mal gleich zwei der in Deutschland nicht zugelassenen Elektroschocker in Bereitschaft. Als das fulminante Feuerwerk laut knallend eröffnet wurde und auch die frisch Vermählten vor Begeisterung kreischten, hatte sich der Täter unter der Pavillonwand hindurch hinter das Brautpaar geschlichen. Er setzte die Elektroschocker beidseitig am Hals des Hünen an und löste die enormen Stromschläge aus. Der Norweger erschrak, schrie völlig überrascht mit seiner Frau auf und drehte sich fast unbeeindruckt zum Pelikan um. Der Täter war zunächst total perplex von der mangelnden Wirkung seiner bewährten Tatwaffe und drückte dem massigen Torwart beide so lange direkt auf die linke Brust, bis der Ehemann endlich zitternd zu Boden sank und dort regungslos liegen blieb. Die Braut war starr vor Entsetzen und zu keiner Bewegung, geschweige denn zur Flucht fähig. Sie stieß einen panischen Schrei aus, was im Lärm des Feuerwerks und dem Jubel der Hochzeitsgäste unterging. Der Pelikan ergriff die Braut, löste nur einen Elektroschocker an ihrem Hals aus, der ausreichte und sie handlungsunfähig zusammensacken ließ. Einen Moment lang verharrte der Angreifer noch, dann versetzte er dem Torwart weitere Stromschläge an beide Halsseiten und wartete das nächste Highlight des Feuerwerks ab. Unter dem Beifall der Zuschauer schulterte der Täter sein Opfer unbemerkt, brachte es im Schutz der Hecke zum verdeckten Schlauchboot, ließ den Körper der Braut und sich hineingleiten und verhüllte sie beide mit einer schwarzen Wolldecke. Er nutzte den begeisterten Applaus nach Ende des Spektakels zur Überfahrt der Graft und legte die Braut in die vorbereitete Schubkarre. Den leblosen Körper in dem cremefarbenen Kleid deckte er wieder mit dem schwarzen Überwurf ab und platzierte unzählige Pfandflaschen darauf. So zog er samt Schubkarre an den anderen Besuchern vorbei, als jemand „Hey!" rief und der Pelikan fast erstarrte. Vor ihm stand der Chefprofiler aus dem LKA mit einer hübschen blonden Frau an seiner Seite. „Das scheint ja auch für Sie ein erfolgreicher Abend zu sein. Dürfen wir Ihnen unsere Flaschen in die Schubkarre legen?", fragte der LKA-Beamte den Flaschensammler, der nur wortkarg mit „Danke!" antwortete und zügig zum Parkplatz seines Transporters weiterging. Hier lud er fast überhastet, aber noch unauffällig alles ein, fixierte die Braut in bewährter Weise und schloss sie in der Box ein. Über die Steintormasch, die Jägerstraße, vorbei am Wilhelm-Busch-Museum erreichte er ohne Hindernisse den Westschnellweg und fuhr über den Zubringer der BAB 352 und die BAB 7 zu seinem Bauernhof bei Schwarmstedt. Das war verdammt knapp, dachte er, wobei der Pelikan beim Gedanken an diese Begegnung schon wieder schmunzeln musste.

Kapitel 55
Die böse Überraschung

Die Brautjungfern warteten das Ende des Feuerwerks ab und gaben ihrem Liebespaar noch ein paar innige Minuten für sich, bevor sie johlend zum Pavillon stürmten, um mit dem Brautpaar anzustoßen und den Rest des Abends ausgiebig zu feiern. Als sie den Bräutigam am Boden liegen sahen, schrien sie parallel: „Björn!“ Er war nicht ansprechbar. Dann riefen sie ihre Freundin, die sich aber in der näheren Umgebung des Pavillons nicht meldete. Bei dem Versuch, sie auf dem Handy zu erreichen, klingelte es unter dem gedeckten Tisch. „Wo soll Yvi ohne Handy sein? Scheiße, ist Björn wirklich schon so besoffen?“ Nachdem die Brautjungfern seine Mannschaftskameraden um Hilfe gebeten hatten, den Bräutigam wieder zum Schloss zu tragen, war der ebenfalls eingeladene Mannschaftsarzt zur Stelle und übernahm nach kurzer Untersuchung unmittelbar erste Wiederbelebungsmaßnahmen. „Wir brauchen einen Notarzt und einen Rettungswagen, schnell!“ Bei solch großen Veranstaltungen war eine Bereitstellung von Rettungskräften obligatorisch. Ein Krankenwagen hielt sich direkt am Schlosseingang für Notfälle bereit und raste quer durch den Barockgarten zum Bräutigam, um dessen Leben der Arzt der norwegischen Nationalmannschaft gerade kämpfte. Er blieb auch im Rettungswagen bei seinem

Torwart und setzte die Maßnahmen bis zum Eintreffen in der Notaufnahme des nahen Nordstadtkrankenhauses weiter fort. Die Mannschaftskameraden organisierten mit dem Sicherheitspersonal und den Gästen die Suchmaßnahmen im Großen Garten, wobei sich die Security auf die Kontrolle des äußeren Graftufers konzentrierte. Dort konnte das schwarze Schlauchboot relativ schnell gefunden werden. Im Schein ihrer Taschenlampen entdeckten die Sicherheitskräfte das silberne Diadem der Braut auf dem Boden des aufblasbaren Kahns.

Thorsten und Vicci Büthe hatten einen wunderschönen Abend im Georgengarten verbracht und waren auf dem Heimweg gerade an der Stadtbahnhaltestelle ‚Herrenhäuser Gärten' angekommen, als ein Rettungswagen in den Nebeneingang quer durch den Barockgarten schoss. „Das werden die Gärtner aber gar nicht gerne sehen", scherzte er und beobachtete, wie das reflektierende Blaulicht noch bis ans Ende des Gartens zu sehen war.

Als sich die Stadtbahn näherte und Hunderte Fahrgäste zu den Eingängen drängten, hielt Thorsten seine Vicci zurück. „Lass uns doch die nächste nehmen, das wird viel zu voll." Vicci verdrehte die Augen. „Du bist doch nur neugierig, wohin der Krankenwagen gefahren ist." Der Andrang war dann aber so stark, dass sie überhaupt nicht mehr in die Bahn kamen und tatsächlich warten mussten. Das Blaulicht kam wieder auf die Seitenzufahrt zu, die durch das Sicherheitspersonal schnell und hektisch geöffnet wurde. Dann schoss der Rettungswagen auf die Herrenhäuser Straße in Richtung des Nordstadtkrankenhauses und verschwand.

„Na, Profiler, ein Mord im Großen Garten? Der fehlt dir doch noch in der Sammlung, oder?“, provozierte Vicci ihren Ehemann, dem schon wieder tausend Dinge durch den Kopf schossen. „Für einen betrunkenen Hochzeitsgast war diese Raserei nicht gerechtfertigt“, vermutete er. Der OFA-Leiter fühlte sich in seinem Bauchgefühl bestätigt, als plötzlich aus allen Richtungen Streifenwagen mit Blaulicht und Martinshorn zum Schlosseingang rasten. Vicci ahnte, was kommen musste. Thorsten griff zum Telefon und rief den leitenden Einsatzbeamten an. „Thorsten Büthe vom LKA, hallo. Was habt ihr für einen Einsatz im Schloss Herrenhausen? Ist es für die Soko Pelikan interessant?“

Der Beamte teilte mit, soeben schon Kriminaloberrätin Höppner informiert zu haben. Man habe den norwegischen Nationaltorwart schwer verletzt aufgefunden. Er werde im Nordstadtkrankenhaus notärztlich versorgt. Die Braut sei verschwunden, und man hätte ihr Diadem in einem Schlauchboot an der Graft aufgefunden.

„Wo genau?“, schrie der Profiler ins Telefon.

„Ich glaube, in Höhe des SV Odin, wieso?“, fragte der Einsatzleiter des Lagezentrums.

„Das kann ich jetzt nicht erklären. Veranlassen Sie bitte eine Sofortfahndung nach einem hellen Lieferwagen und lassen Sie den Westschnellweg und die Zufahrten zur A 2 und A 352 umgehend sperren. Das sind Erkenntnisse aus der Soko Pelikan, die ich im Moment nicht näher kommentieren möchte. Dann benötige ich umgehend den KDD und die Mordbereitschaft zum SV Odin. Rückfragen leiten Sie bitte sofort auf mein Handy.

Danke." Er legte auf und rief hektisch seiner überraschten Frau zu. „Vicci, nimm dir ein Taxi und fahr nach Hause, ich bleibe hier." Thorstens Frau war schon einiges gewohnt, aber so hatte sie ihren Mann noch nicht erlebt. „Kannst du mir mal sagen, was los ist?", fragte sie perplex.

„Mensch, Vicci, der Flaschensammler mit der Schubkarre war der Pelikan!" Dann sprintete er wie von Sinnen die Graft entlang zurück zum Vereinsheim.

Thorstens Handy klingelte und Iris Höppner wollte ihn über die Lage in Herrenhausen aufklären. „Iris, ich bin vor Ort und habe ihn gesehen", keuchte er während des Laufens in sein Handy.

„Wen hast du gesehen?", wollte seine Chefin wissen.

„Den Pelikan! Die Braut ist vermutlich entführt worden. Man hat ein Schlauchboot in der Graft mit ihrem Diadem gefunden. Genau in dieser Höhe kam uns ein Flaschensammler mit einer gefüllten Schubkarre vom Ufer aus entgegen. Das muss er gewesen sein. Ich habe schon mit dem verantwortlichen Leiter gesprochen. Die Fahndung nach dem Lieferwagen geht raus. Wir treffen uns mit dem KDD und der Mordbereitsschaft hier am Vereinsheim. Fahr du mit einem Team direkt ins Schloss. Wir dürfen jetzt keine Zeit verlieren. So nah waren wir noch nie dran. Bis gleich."

Das Handy der Soko-Leiterin klingelte und der leitende Beamte vom Dienst (LBvD) erkundigte sich nach Thorsten Büthe. Er schilderte den soeben geführten Anruf und die Maßnahmen, die er sofort realisieren sollte. Er wollte sich nur vergewissern, ob das ernst gemeint oder doch nur ein

Fake sei. Die Soko-Leiterin bestätigte die Forderungen des OFA-Leiters und drängte auf unmittelbare Umsetzung. Als Thorsten atemlos am Vereinsheim eintraf, schloss der Gastwirt gerade ab und wollte Feierabend machen. Der LKA-Beamte wies sich aus und fragte, ob ihm in der Nähe ein heller Lieferwagen aufgefallen sei. „Ja, hier in der Ecke parkte ein Transporter von einem Caterer, den ich aber nicht kannte. Ich hatte mich noch gewundert, denn bei uns war der nicht." Thorsten hakte aufgeregt nach. „Wie lange ist das her?" Der Gastwirt war sich der Relevanz seiner Aussage nicht bewusst und schätzte: „'ne halbe oder Dreiviertelstunde ungefähr."

Plötzlich schossen mehrere Zivilfahrzeuge mit Blaulicht auf den asphaltierten Parkplatz und der Pächter wusste nicht, wie ihm geschah. Thorsten rief den Kollegen des KDD zu: „Lasst dort den gesamten Bereich in der Ecke frei. Da stand vermutlich das Tatfahrzeug." Der OFA-Leiter wandte sich erneut dem Mann zu. „Könnten Sie uns das Vereinsheim wieder aufschließen, wir würden hier gern eine Einsatzzentrale einrichten und ihre Kaffeemaschine nutzen", bat er. Der überraschte Wirt hatte keine Widerworte und ließ die Beamten ein.

Er wurde durch die Beamten des KDD vernommen, konnte bis auf seine bereits geschilderte Beobachtung aber keine weiteren Hinweise geben. Das Schlauchboot wurde sichergestellt und der Spurensicherung zugeführt. Die Tatortaufnahme beschränkte sich auf den mutmaßlichen Angriffsort, den Pavillon, der ausgeleuchtet war wie ein Stadion bei Flutlicht. Björn Olafson war außer Lebensgefahr, aber noch nicht vernehmungsfähig. Bei der rechtsmedizinischen Untersuchung im Krankenhaus konnten typische Hautveränderungen an beiden Halsseiten und an der linken Brust diagnostiziert werden, die auf die Einwirkung mit einem Elektroschocker hindeuteten. Die Stromschläge schienen derartig stark gewesen zu sein, dass sie den durchtrainierten Leistungssportler fast getötet hätten. Ohne das schnelle Eingreifen des Mannschaftsarztes wäre der Nationaltorwart verstorben, urteilte der Rechtsmediziner.

Thorsten und später auch Vicci ließen sich von seinen Kollegen offiziell als Zeugen vernehmen. So konnte der OFA-Leiter einmal aus dieser Perspektive erleben, wie es war, eine Zeugenbeschreibung einer Situation abzugeben, die er nur beiläufig wahrgenommen hatte. Er befand sich plötzlich in der schwierigen Lage, eine möglichst objektive Beschreibung des Täters abzugeben und diesem Druck, dass alles davon abhängig sein könnte, standzuhalten. Die Angaben des Ehepaares glichen sich in etwa, wobei dazu noch Dunkelheit herrschte und sich der Täter bewusst unauffällig gekleidet und auch so verhalten hatte. Büthes waren sogar außerstande zu beurteilen, ob sein einziges Wort „Danke" mit Akzent oder ohne ausgesprochen wurde. Auf die Frage des Vernehmungsbeamten, ob beide die Person wiedererkennen oder gar eine Phantomskizze anfertigen lassen könnten, mussten sie passen, was gerade dem OFA-Leiter nicht leicht fiel.

Aber immerhin hatten sie eine grobe Beschreibung. Der mutmaßliche Täter war etwa 25 bis 40 Jahre alt, um die 1,80 Meter groß, schlank und machte einen nicht unsportlichen Eindruck. Ihre Angaben widersprachen zumindest nicht den Videoaufnahmen vor Harry's New York Bar.

Iris Höppner alarmierte alle Mitglieder der Soko Pelikan und ordnete an, schnellstmöglich zurück zur Dienststelle zu kommen, was auch für die Urlauber galt. Karl Münter brach seine Wohnmobiltour nach Skandinavien ab. Er reiste aus Dänemark an und sagte sein Erscheinen für den nächsten Tag zu. Astrid Wegner wurde ihr Mallorca-Urlaub weiter gewährt, da das LKA sonst sämtliche Urlaubs- und Rückflugkosten übernehmen musste. Cord Brammer war so heiß, dass er seine Radtour in den Voralpen direkt abbrach und noch in der Nacht nach Hause fahren wollte. Für Mona Bogner war es kein Problem, ihren Garten noch ein wenig warten zu lassen.

Iris Höppner gab allen Urlaubern bis Montagmorgen Zeit. So musste sich keiner den Hals abfahren und konnte ausgeschlafen und fit wieder loslegen.

Kapitel 56
Die kalte Braut

Der Pelikan hatte seinen Van wieder in die Scheune gefahren und die hübsche Braut auf dem Edelstahltisch abgelegt. Seine Schweine waren schon ganz aufgeregt und grunzten erwartungsvoll. Er durchtrennte die Kabelbinder, entnahm den Knebel und zog das Brautkleid aus. Darunter war das Model mit teuren Dessous bekleidet, die er allerdings noch nicht abstreifte. Er kennzeichnete das Kleid mit der Nummer 21 und hängte es auf einen Bügel auf den Kleiderständer in der entsprechenden Reihenfolge. Vor dem Ausbluten wollte der Pelikan die Braut sicherheitshalber noch einmal mit dem Elektroschocker betäuben, wusste aber nicht mehr, wo er ihn hingelegt hatte. An seinem Stammplatz lag er nicht mehr. Vielleicht hatte ihn die Begegnung mit dem Profiler doch mehr beeindruckt.

Als der Täter zum Skalpell griff und den Träger des Bustiers durchtrennte, verspürte er am Oberschenkel einen kräftigen Stromschlag, der ihn komplett umhaute. Yvonne hatte die Unaufmerksamkeit des Pelikans genutzt, um den Elektroschocker an sich zu nehmen und gegen ihn einzusetzen. Sie sprang von der Schlachtbank auf und lief an den grunzenden Schweinen vorbei in die Scheune, in der der Transporter abgestellt war. Sie öffnete die Fahrertür und schaute, ob der Schlüssel steckte oder irgendwo im

Fahrerraum lag. Sie fand ihn nicht. Auch als sie versuchte, das große Scheunentor zu öffnen, gelang es ihr nicht. Aus dem Schlachtraum hörte sie den Entführer schnaufen und verhielt sich ganz still. Er schlurfte angeschlagen und schwer atmend in die Garage und sah sich suchend um. Der Braut fiel es schwer, ruhig zu atmen, sodass sie ihren Mund weit aufriss, um die Atemgeräusche zu minimieren.

Er schlich um den Transporter und näherte sich. Sie kam aus der Garage nicht heraus und war unsicher, ob es aus dem Schlachtraum oder dem Schweinestall noch eine Fluchtmöglichkeit gab. Sie musste es versuchen und tappte leise zurück. Dabei hatte sie eines völlig unterschätzt. Die Schweine grunzten plötzlich lautstark und liefen in ihren Ställen aufgeregt hin und her. Sie hatte keine Wahl und sprintete so schnell sie konnte in den Stall. Allerdings bot sich hier keine Möglichkeit zur Flucht. Dort wo früher anscheinend eine Öffnung eingelassen war, sah sie frische Klinkersteine gemauert. Sie musste weiter in den gefliesten Raum treten, in dem es nur noch eine Tür mit Metallbügel gab.

Plötzlich stand der Täter in dem Zugang zur Garage und blockierte den Weg zurück. Er hielt ein großes Messer in der Hand und griff sich vor Schmerzen an sein linkes Bein, was er hinter sich herzog. Vor Wut und Schmerzen schäumend kam er mit erhobenem Messer auf Yvonne zu, die keine Chance gegen den Mann hatte. Ihr blieb nur noch dieser Ausgang mit einem kleinen Fenster, durch das man von außen aber nichts sehen konnte. Schlagartig legte sie den Metallbügel um, stürmte hinein und zog die Tür hinter sich zu. Panisch schaute sie durchs Fenster und sah den schadenfrohen Blick des Entführers, der einfach nur den langen Türhebel umlegte und die Metalltür von außen verriegelte. Sie hatte sich verkalkuliert und verloren. Barfuß in Dessous stand sie in einem Kühlraum, der komplett vernebelt und eiskalt war. Sie sah zwar die Hand vor Augen nicht, ahnte es aber: Hier war sie nicht allein.

Der Pelikan hatte am eigenen Leib die Wucht seines Elektroschockers spüren müssen und war beeindruckt. Er sah nach Patrick Holberg und tauschte die Campingtoilette aus. Er aß zu wenig, doch der Pelikan hoffte, dass er durchhielt. Der Entführer schob sich eine Tiefkühlpizza in den Ofen und verfolgte die aktuellen Nachrichten über die Traumhochzeit des berühmten Paares. Die Medien berichteten über den gesundheitlichen Zusammenbruch des Bräutigams. Von der Entführung der Braut war auf keinem Sender die Rede. Er war geduldig, zumal Marina Swodicz die Hochzeitsfeier als Reporterin aktiv begleitet hatte und die Entführung allein dadurch nicht länger geheim gehalten werden konnte.

Der Pelikan stellte Dr. Google die Frage, wie lange ein Mensch bei minus 18 Grad Celsius überleben konnte, und wurde dann doch unsicher. In einer dicken Daunenjacke betrat er den Tiefkühlraum. Die Braut hatte sich in eine Ecke gekauert und war nicht mehr in der Lage, sich selbstständig zu bewegen. Der Pelikan zog sie raus, legte ihr seine Daunenjacke über und brachte sie in einen weiteren präparierten Kellerraum. Dort setzte er die bibbernde junge Frau auf eine Matratze, die auf zwei Europaletten lag, und wickelte sie in zwei Wolldecken ein. Der Entführer brachte ihr einen Liter heißen Tee und verband die Metallmanschetten um Fuß- und Handgelenke mit den Ketten, die in der Wand verankert waren. Über die Kameraüberwachung stellte er zufrieden fest, dass sie sich zitternd den Tee nahm und nach und nach austrank.

Er widmete sich wieder seiner Pizza und rückte von seinem eigentlichen Plan ab, Nummer 21 zu den anderen zu hängen.

Kapitel 57
Die Rekonstruktion der Hochzeitsnacht

Noch in der Hochzeitsnacht begann die alarmierte OFA die Geiselnahme zu rekonstruieren. Sie versuchten abzuschätzen, was von dem Täter von außen kalkulierbar und welche Info darüber hinaus erforderlich war, um die Entführung so professionell durchziehen zu können. Maik Holzner wertete parallel dazu die Medienlage aus, um festzustellen, welche Infos daraus für Außenstehende und den Täter zu ziehen waren.

Kristin, Nina und Thomas vernahmen die geschockten Brautjungfern zum Ablauf der Trauung. So erfuhren sie, dass die Aktion mit dem Pavillon und dem romantischen Betrachten des Feuerwerks ein Plan der Braut und der Brautjungfern war. Weder der Bräutigam noch seine Jungs waren darin eingeweiht. In die Einrichtung des Pavillons und Vorbereitung der kulinarischen Ausstattung war der Service der Schlossküche involviert. Die Befragungen im Sportheim des SV Odin hatten ergeben, dass der Transporter der Cateringfirma dort schon tagsüber geparkt war.

„Wenn wir davon ausgehen, dass sich beim Abstellen des Vans auch schon das Schlauchboot und die Schubkarre im Laderaum befunden haben dürften, spricht es eher für eine langfristige und nicht spontane Planung. Heißt: Das Übersetzen mit dem Schlauchboot genau dort und der Transport der Braut in der Schubkarre auf möglichst kurzem Weg dürfte einkalkuliert gewesen sein", schloss Thorsten.

„Was hätte er denn getan, wenn sich das Brautpaar nicht von seinen Gästen würde entfernen sondern das Feuerwerk von der Terrasse des Schlosses aus hätte verfolgen wollen? Er hätte sie von dort nicht bis zum SV Odin tragen können", schloss Carlotta aus.

„Da hatte unser Täter wohl einen Informanten in den Reihen der Braut. Bewusst oder unbewusst", mutmaßte Kristin.

„Wie meinst du das denn?", hinterfragte Thomas.

„Unbewusst heißt, dass die Information über den Pavillon in einen eingeweihten Kreis geht, dem ich vertraue, aber der mein Vertrauen missbraucht, und ich anderweitig ausgenutzt werde. Bewusst heißt, dass ich diese Kenntnis dem Täter weitergebe, um ihn bei der mir bekannten Entführung zu unterstützen", erklärte Kristin.

Iris Höppner unterbrach die Rekonstruktion. „Thorsten, das Krankenhaus rief gerade an. Björn Olafson ist ansprechbar und kann kurz befragt werden. Willst du das gleich machen?" Thorsten entschied, mit Carlotta sofort ins Nordstadtkrankenhaus zu fahren.

Als die Psychologin und der Profiler den Torwart begrüßten, wurde ihnen überhaupt erst bewusst, wen sich der Pelikan als Opfer ausgesucht hatte. Selbst Thorstens Hand wirkte gegen die Pranke des Norwegers wie eine Katzenpfote. An beiden Halsseiten waren die Kontaktspuren der Elektroschocker noch deutlich zu sehen. Die Beamten stellten sich vor und erklärten Björn Olafson den Grund ihres Erscheinens. Seine erste Frage galt seiner Frau, wobei sie ihm ehrlich antworteten und davon ausgingen, dass Yvonne entführt worden war. Der Bräutigam schilderte den LKA-Beamten den Ablauf der Zeremonie und beschrieb die freudige Überraschung, die seine Frau für sie bereit gehalten hatte, um das Feuerwerk zu zweit aus diesem schönen Pavillon zu genießen – ohne die Gäste. Er selbst hatte davon nichts gewusst. Gleich zu Beginn des Feuerwerks hatte sich ein maskierter Mann von hinten angeschlichen und ihn mit zwei Elektroschockern am Hals attackiert. Trotz der Stromstöße hatte er den Täter zunächst noch abwehren können. Dann erinnerte sich der Bräutigam an einen stechenden Schmerz in der Brust und war erst im Krankenhaus wieder aufgewacht.

„Kannten Sie den Mann? Hat er irgendetwas zu Ihnen gesagt?“, erkundigte sich Thorsten.

„Nein, er war zwar maskiert, aber er kam mir auch nicht bekannt vor“, antwortete Björn Olafson. „Herr Büthe, glauben Sie, er hat Yvonne getötet?“, wollte er besorgt wissen.

„Nein, das glaube ich nicht. Hätte er das vorgehabt, hätte er sie beide schon in dem Pavillon töten können und müsste nicht so einen großen Aufwand betreiben. Sie dagegen können sich bei Ihrem Mannschaftsarzt bedanken. Ohne ihn hätten wir uns jetzt nicht mehr unterhalten können“, stellte Thorsten fest.

„Versprechen Sie mir, dass Sie meine Frau lebend zurückbringen?“, fragte er unsicher.

„Herr Olafson, das ist eine Frage, die man Ihnen vor einem Spiel stellen könnte. Versprechen Sie, heute das Spiel zu gewinnen? Wir können Ihnen darauf nur antworten: Wir können es nicht garantieren, werden aber mit unserer Mannschaft alles dafür tun", schränkte die Psychologin ihre Möglichkeiten ein.

Der Norweger bedankte sich für die Offenheit und lehnte sich gedankenschwer zurück.

Im Dienstwagen konnte sich Carlotta nicht zurückhalten. „Was ist das für ein Typ, der diesen riesigen Kerl umhaut und sich dann auch noch zutraut, seine Braut aus einem Sicherheitsbereich mit einem Schlauchboot und einer Schubkarre zu entführen? Ist das James Bond oder Ethan Hunt? Das gibt es doch gar nicht."

Thorsten ließ die Begegnung mit dem Flaschensammler immer wieder Revue passieren. Dieser Blick! Was war mit diesem Blick? „Carlotta, du hältst mich bestimmt für verrückt, aber ich glaube, er war überrascht, mich zu sehen. Ich bin mir sicher, er kannte mich", erwähnte er nachdenklich.

„Ist das ein Wunder? Bekannt aus Funk und Fernsehen. Wir sind uns einig, dass dieser Täter alles, aber auch wirklich alles verfolgt, was die Soko in seinen Fällen macht. Du gerätst immer wieder in Staunen über diese Klatschreporterin, die dich noch in Timbuktu mit ihrem Mini verfolgt. Da glaubst du doch nicht im Ernst, dass dieser Profi nicht weiß, wer ihm an den Hacken hängt? Lächerlich", relativierte die Psychologin.

„Mag sein, aber er hat mich erkannt", stellte er unstrittig fest.

Wie zu erwarten war, hatte die Tatortgruppe weder am Entführungsort noch am und im Schlauchboot verwertbare Spuren sichern können. Dieser Täter hatte sich top vorbereitet und wie ein Elitesoldat oder Polizist einer Spezialeinheit zugeschlagen. Kam er aus dieser beruflichen Ecke? Bei dieser Professionalität drängte sich die Frage förmlich auf.

Die Soko hatte die komplette Nacht durchgemacht und bis Sonntagmittag alles für die große Besprechung mit den zurückgekehrten Urlaubskräften in die Wege geleitet.

Thorsten fuhr in sein idyllisches Isernhagen und freute sich über die Investition des Mähroboters, der ihm die lästige Arbeit im Garten abnahm. Vicci begrüßte ihn verständnisvoll und ließ ihn nach einem kleinen Mittagsimbiss im Strandkorb einschlafen.

Kapitel 58
Die Soko erwacht

Neben den LKA-Kollegen waren die spontanen Urlaubsabbrecher unfreiwillig wieder eingetroffen und allesamt motiviert, die Arbeit in der Soko Pelikan fortzusetzen. Einzig Astrid Wegner weilte noch ein paar Tage auf Mallorca, um dann später wieder einzusteigen. Die Rückkehr in die Stammdienststellen war somit vom Tisch.

Als unmittelbar Beteiligter übernahm Thorsten Büthe die Einweisung in den Entführungsfall von Yvonne Schultheiß und schilderte beeindruckend seine vermutliche Begegnung mit dem Pelikan. Maik Holzner hatte nach Auswertung der Medien auch die Facebook- und Instagram-Accounts des Opfers und mit Einwilligung die der Brautjungfern überprüft und konnte folgende Feststellungen treffen: „Allein in den allgemein zugänglichen Medien sind viele Informationen, die der Täter für seine Vorbereitung genutzt haben dürfte, bekannt geworden. Ich bin sämtlichen neuen Freundschaftsanfragen der letzten Wochen auf Herkunft und Verknüpfung über Freundesfreunde nachgegangen. Dabei stieß ich auf eine wenige Tage alte Anfrage eines Profifußballers, den es so nicht gibt und der auch weder mit dem Bräutigam noch seinen Kontakten in Verbindung steht. Interessant ist zudem der Instagram-Account der besten Freundin der Braut, die an der Organisation des Pavillons maßgeblich beteiligt war. Hier hatte dieser angebliche Fußballer sich die Kontaktbestätigung über die Freundschaft zur Braut erschlichen und kam somit in die interne Community der Hochzeitsorganisation samt Feuerwerksüberraschung. Es war also nicht schwer, über diesen Weg an die vertraulichen Informationen zu gelangen. Kristin würde die Brautjungfer als unbewusste Komplizin beschreiben, Thomas", führte der Medienprofi der OFA aus.

Thorsten stellte den Ermittlern das Ergebnis der Tathergangsrekonstruktion vor. „Wir haben in der Nacht auf Sonntag die Entführung vor Ort nachgestaltet und mussten uns eingestehen, dass unser Täter eine mehr als ausgeprägte Planungskompetenz hat, die er sicher einsetzt und mit Problemen lösungsorientiert und praktisch umgehen kann. Er lässt sich von einem ihm körperlich weitaus überlegenen Begleiter des Opfers überhaupt nicht beeindrucken und führt die Nummer durch wie die Militäroperation einer Spezialeinheit. Er ist ein Phantom, und wäre ich ihm nicht zufällig begegnet, hätten wir nichts. Im Gegensatz zu den bisherigen Einschätzungen zu einer eh schon kompetenten Täterpersönlichkeit schätzen wir ihn nunmehr schon fast als Profi ein, der genau weiß, wann er was zu tun und ein klares Ziel vor Augen hat. Leider wissen wir nicht, welches! Carlotta hat ihn als James Bond oder Ethan Hunt beschrieben, und ich halte das nicht für übertrieben", stellte der OFA-Leiter fest.

„Na, dann lassen wir mal James Bond oder Ethan Hunt gegen das A-Team kämpfen. So schlecht sind wir ja nun auch nicht", warf Cord Brammer ein.

„Ich stelle nur fest, dass wir es hier mit einem Kaliber zu tun haben, was wir in dieser Form bislang noch nicht kannten. Das sollten wir bei allen unseren Maßnahmen berücksichtigen. Ich warne vor Schnellschüssen oder gar Selbstüberschätzung, Cord", mahnte Thorsten Büthe.

„Okay, lasst uns über neue Ermittlungsansätze sprechen. Feuer frei!", forderte Iris Höppner ihre Mitarbeiter auf.

Thomas begann. „Was wissen wir über den Transporter? Gibt es eine Marke? Ein Kennzeichenfragment? Beschädigungen? Auffälligkeiten? Können uns die immer wieder verwendeten Aufschriften, vielleicht Magnettafeln, weiterhelfen? Ich könnte bei solchen Firmen anfragen, ob sie für einen Anbieter verschiedene Firmennamen anfertigen mussten", schlug der jüngste Profiler vor.

„Gute Idee, Thomas. Ist notiert", lobte die Soko-Leiterin.

Maik fuhr fort. „Ich könnte mich um die Pressefotos und TV-Videos kümmern sowie private Fotos und Videos der gestrigen Besucher anfordern. Ich würde eine Vorauswahl über ein Selektionsprogramm treffen und du könntest den Rest sichten und hoffen, dass du deine gestrige Begegnung wiedererkennst."

Thorsten hob den Daumen. „Notiert, danke!"

„Ich könnte mich im Sinne des Täterprofils mit entlassenen Polizeibeamten aus Spezialeinheiten und durch meine Kontakte zur Bundeswehr mit entlassenen und auch traumatisierten Rückkehrern aus Krisengebieten befassen. Vielleicht strahlt wer aus diesem Bereich", regte Carlotta an.

Thorsten kommentierte: „Super, habe ich."

„Nina und ich würden versuchen, eine geografische Einschätzung abzugeben, wie weit vom Entführungsort unser Täter seine Opfer verbringt. Wir können mit Wahrscheinlichkeiten an Strecken, Entfernungen und Objektgrößen arbeiten, um mehrere Personen unauffällig unterzubringen."

„Wir gehen mit dem neuen Blick noch mal alle, auch die bereits abgearbeiteten Spuren kritisch durch, vielleicht haben wir etwas übersehen", schätzten Mona Bogner und Karl Münter selbstkritisch ein.

„Gute Idee und ist sinnvoll", bestätigte Iris Höppner.

„Elke, Hans und Cord, kann ich das auch für euch anregen?", schlug die Soko-Leiterin vor. Das Hannoveraner und Hildesheimer Team nickten.

Cord bot eine Alternative an: „Grundsätzlich okay, wobei ich das gern im Vieraugenprinzip angehen würde, wenn Astrid wieder an Bord ist. Ich glaube nach wie vor an das Potenzial der Bremer Fälle und würde gern ein weiteres Mal mit Knut Holberg sprechen, wenn das für euch okay ist. Sobald Astrid wieder da ist, beleuchten wir die alten Spuren noch einmal neu."

Nach einem Blick zu Thorsten war Iris einverstanden. „In Bremen müssen wir nur total sensibel vorgehen, Cord. Aber du hattest ja einen guten Draht zu dem Reeder, oder?", fragte Iris Höppner.

„Stimmt genau, er hat mir sein Herz ausgeschüttet. Wir kommen super klar", klärte der junge dynamische Ermittler auf.

„Okay, dann haben alle erst mal genug um die Ohren. Viel Erfolg und passt auf euch auf." Mit diesen Arbeitsaufträgen schloss Kriminaloberrätin Höppner die Einsatzbesprechung.

Thomas Schulte ließ durch die Analysestelle eine Liste von Anbietern erstellen, die Werbung auf Magnettafeln vertrieben. Das war eine Anzahl von Herstellern, die deutlich im dreistelligen Bereich lag. Er formulierte seine Anfrage und bat um möglichst unmittelbare Antwort. Mehr konnte er derzeit nicht tun. In einer Matrix erstellte er eine Übersicht aller Angaben zu dem Tatfahrzeug „heller Lieferwagen" und führte die Ergebnisse zusammen.

Maik Holzner stimmte sich mit der Pressestelle des LKA ab und verfasste eine Aufforderung in den Printmedien sowie den sozialen Netzwerken. Hier sollten Besucher auf und um die Hochzeit in Herrenhausen sämtliche an diesem Tag gefertigten Fotos und Videos an eine E-Mail-Adresse des LKA schicken. Anhand eines beim Anschlag auf den Marathon in Boston erstellten Computerprogramms konnte so eine Vorselektion bestimmter Personen erfolgen, die dann durch Zeugen wie Thorsten Büthe händisch ausgewertet werden mussten.

Carlotta Bayer-Westhold nutzte ihre psychologischen Kontakte, um traumatisierte und entlassene Spezialkräfte aus Polizei und Bundeswehr zu erfassen und mit dem Täterprofil und den Tatparametern abzugleichen.

Nina Bachmann und Kristin Bäumer nahmen sich jede einzelne Entführung erneut vor und grenzten den maximalen Aktionsradius des Täters individuell geografisch ein. In einer Matrix wurden mögliche Überschneidungen gekennzeichnet und geeignete Objekte, in denen man etwa zwanzig Geiseln festhalten könnte, in eine Überprüfung einbezogen.

Cord Brammer hatte es bewusst unterlassen, sich bei Knut Holberg telefonisch anzukündigen. Das hätte nur wieder zu Rückfragen und Beeinflussungen durch den Polizeipräsidenten geführt. Er klingelte an dem großen Tor und wurde von der Hausdame höflich nach dem Grund des Besuches gefragt.

„Richten Sie Herrn Holberg bitte aus, dass sich der ungehobelte junge Kriminalbeamte des LKA Niedersachsen noch einmal mit ihm unterhalten möchte."

Die Hausdame bat: „Einen Moment, bitte." Die Gegensprechanlage wurde erneut aktiviert. „Hören Sie? Herr Holberg lässt ausrichten, dass der junge ungehobelte Beamte aus Hannover willkommen ist und eintreten möge."

Das Tor öffnete sich und Cord Brammer trat den langen Spaziergang bis zum Wohnhaus an. Der Hanseat wartete schon vor der Eingangshalle. „Hallo, Herr Brammer, wo haben Sie Ihre charmante Kollegin gelassen?", war der Reeder ein wenig enttäuscht.

„Die tankt noch frische Kraft auf Mallorca und lässt mich hier allein ackern", beschwerte sich der junge Beamte.

„Dann führen wir ein Gespräch unter Männern, und ich hoffe, Sie haben gute Neuigkeiten für mich", hoffte der Pflegevater von Patrick.

„Da muss ich Sie enttäuschen. Ich hatte eher gehofft, Sie können uns weiterhelfen", musste Cord einschränken.

„Leider nein. Es hat sich nie jemand gemeldet. Keine Forderungen, keine Drohungen, einfach nichts. Was wollen die? Mich einfach nur fertigmachen?" Der Reeder klang rat- und machtlos. In seiner Position konnte er nicht damit umgehen, Probleme, die es zu lösen galt, nicht mal greifen und angehen zu können.

„Ist Ihnen noch etwas zu Patrick eingefallen, was uns vielleicht auf seine Spur bringt?"

Der Reeder zuckte die Schultern. „Erst als es zu spät war, habe ich verstanden, dass ich viel zu wenig von meinem Sohn weiß, um überhaupt einschätzen zu können, wie es ihm gerade ergeht. Auch ich habe viele Fehler gemacht. Das ist mir jetzt klar geworden." Er war gedemütigt und gestraft.

„Wie geht es Ihrer Frau, Herr Holberg?", versuchte der Beamte zu erfahren.

„Schlecht. Sie kann im Moment nicht hier sein und schon gar nicht mit mir zusammenleben. Sie wirft mir vor, für den Tod von Greta und die Entführung von Patrick verantwortlich zu sein, und ich kann ihr keine Argumente entgegenbringen, die das entkräften. Das macht mich einfach fertig", gab Holberg zu. Vom aufrechten Hanseaten war keine Spur geblieben. Vor dem Beamten der Soko Pelikan stand ein gebrochener Mann, der keinen familiären Rückhalt mehr hatte und in seinem Reichtum vereinsamt war.

„Darf ich mir Patricks Gästehaus noch mal anschauen? Vielleicht finde ich etwas, was wichtig sein könnte", bat der Kriminalkommissar.

„Gern. Ich hoffe, es stört Sie nicht, wenn ich hierbleibe. Nehmen Sie den Schlüssel. Bis gleich."

Cord Brammer hielt sich über eine Stunde in den großzügigen Räumlichkeiten auf, die Patrick allerdings völlig verdrecken ließ. Überrascht war Cord, als er unter der Matratze seines Bettes ein kleines Fotoalbum fand, in dem Patrick auf den Bildern etwa acht Jahre alt war. Es zeigte einen Urlaub am Gardasee, in dem er mit seiner älteren Schwester Greta am Strand spielte und mit seinen Pflegeeltern auf einem Motorboot über den See fuhr. Patrick saß auf dem Schoß von Knut Holberg, hatte eine Kapitänsmütze auf und hielt stolz das Steuerrad. Wenn man die Umstände nicht kannte, musste man hier von einer äußerst glücklichen Familie ausgehen. Cord Brammer steckte das Album ein, schloss das Gästehaus ab und ging zurück ins Haupthaus. „Haben Sie noch etwas gefunden, was Ihnen weiterhilft, Herr Brammer?", wünschte Knut Holberg zu erfahren.

„Leider nein, Herr Holberg. Ich hoffe, ich habe Ihre wertvolle Zeit nicht zu lange in Anspruch genommen, und möchte mich verabschieden", kündigte der Ermittler an.

„Ach wissen Sie, Herr Brammer, die Phase, als ich noch wertvolle Zeit hatte, ist längst vorbei. Sie sind immer willkommen. Vielen Dank für Ihren Besuch." Mit diesen Worten verabschiedete sich der Reeder und ging langsam und kraftlos in seine Villa zurück. Cord Brammer hielt das Fotoalbum unter der Jacke fest in der Hoffnung, es noch einmal gebrauchen zu können. Dem Reeder sagte er aber davon nichts.

Sein Kollege Thomas Schulte stellte bei der Recherche nach den Anbietern von Magnettafeln fest, dass dieser Weg zumindest kurzfristig keinen Erfolg versprach. Die Hersteller aus Deutschland waren teilweise nicht bereit, freiwillig Kundendaten herauszugeben. Es war allerdings auch unmöglich, einen pauschalen richterlichen Beschluss zur Herausgabe der Daten zu erhalten. Die im Netz vorhandenen unzähligen Anbieter aus Fernost reagierten überhaupt nicht, sodass sie diese Ermittlungsrichtung vorerst aus ökonomischen Gründen vernachlässigten.

Die Bitte der Polizei um Zusendung angefertigter Fotos und Videos vom Tag der Hochzeit in den Herrenhäuser Gärten stieß auf eine enorme Resonanz. Selbst die Medien stellten entsprechende Dokumente großzügig zur Verfügung. Durch die Cybercrimeabteilung des LKA wurde das Material geprüft und für die automatische Aufbereitung herangezogen. Bis zur Vorbewertung und schließlich individuellen Prüfung waren allerdings noch Tage und vermutlich sogar Wochen erforderlich, um diese Massendaten zu verarbeiten.

Carlotta Bayer-Westhold hatte ihr Anliegen in den Personalabteilungen der infrage kommenden Dienststellen vorgebracht. Die Kooperationsbereitschaft hielt sich in Grenzen, da Persönlichkeitsrechte betroffener Menschen tangiert waren und die Zurückhaltung der Dienststellen durchaus gerechtfertigt war. Die Psychologin ließ sich ein Schreiben des Innenministeriums mit der Bitte um Unterstützung in einer absoluten Ausnahme- und aktuellen Gefahrensituation ausstellen, das zumindest ein internes Prüfverfahren in den Polizeibehörden zuließ. Leider war die Bundeswehr nicht im Ansatz bereit, Angaben über aktive oder ehemalige Angehörige von Spezialkräften herauszugeben, sagte aber eine interne Prüfung zu.

Nina Bachmann und Kristin Bäumer stiegen akribisch in die bisherigen Fälle ein. Sie prüften alle Ansatzpunkte, die sie zu einer Erkenntnis führen konnten, in welche Richtung sich der Entführer begeben hatte und welcher Radius um die Tatorte in einem wahrscheinlichen Rahmen liegen würde. Über die Kataster- und Grundbuchämter ließen sie sich Hofanlagen und insbesondere ländliche Objekte aufführen, die leer standen oder bei denen die Besitzverhältnisse ungeklärt waren. Entsprechende Immobilien wurden gekennzeichnet und mussten einer Überprüfung unterzogen werden.

Diese Verfahren waren insgesamt langwierig und ließen zumindest keinen schnellen Erfolg ewarten, den die Soko dringend benötigte. Die Standardmaßnahmen zur Fahndung nach dem hellen Transporter brachten auch kein Ergebnis. Es hatte sich niemand gemeldet, dem der Van aufgefallen war. Er war weder bei einer Geschwindigkeitskontrolle noch einem Rotlichtverstoß in Erscheinung getreten. Die Soko hatte sogar Tankstellenpächter aufgefordert, ihnen Videos von Tankvorgängen heller Transporter zuzusenden. Allein auf der A 7 waren es Tausende von Dateien, und das war kaum abzuarbeiten. Dazu kam ein Radius dieser Klein-Lkws von über 1.000 Kilometern mit einer Tankfüllung. Wie oft musste der Täter denn tanken? Egal, was die Soko veranlasste, es führte zu keinem Durchbruch.

Der Pelikan blieb ein Phantom.

Kapitel 59
Aufgetaut

Yvonne Schultheiß hatte Schmerzen am ganzen Körper, sie spürte ihren Zehen nicht mehr. Sie waren dunkelrot, und es hatten sich bereits Frostblasen gebildet. Ähnliche Symptome deuteten sich an den Ohren an. In der Kühlkammer hatte sie noch versucht, sich durch Bewegung am Leben zu erhalten. Irgendwann hatte sie gar keine Kälte mehr gespürt und war erst mit höllischen Schmerzen wieder in dem Kellerloch aufgewacht. Sie hatte den heißen Tee fast heruntergestürzt und konnte sich mittlerweile einigermaßen rühren, wobei die Beschwerden unerträglich waren. Auf allen vieren musste sie sich an ihren Ketten zur Campingtoilette schleppen. Jegliches Auftreten mit den Füßen war durch die Verletzungen unmöglich, die die Erfrierungen verursacht hatten. Was war passiert, wer war der Mann mit dem Messer? Was war mit Björn? War er tot?

Ein Schlüssel drehte sich im Schloss, dann kam er rein. „Wer sind Sie? Warum bin ich hier? Was haben Sie mit mir vor?“, stammelte das Entführungsopfer. Sie zeigte auf ihre Zehen und flehte ihren Peiniger an: „Ich habe schreckliche Schmerzen und brauche einen Arzt. Bitte!“

Der Pelikan sah sie verachtend an. „Da bist du selbst schuld. Du hast dich doch im Kühlraum eingeschlossen, nachdem du mich angegriffen hattest. Sei froh, dass ich dich noch rausholen konnte. Sonst ginge es dir so wie den anderen", rechtfertigte er sich.

Die anderen?, dachte sie. Sie hatte in dem Tiefkühlraum nichts sehen können, war aber gegen gefrorene Körper gestoßen. Schweine waren das wohl nicht gewesen. Sie erschauderte. Wer waren die anderen?

„Meine Füße sind erfroren, ich brauche einen Arzt", bat sie ihren Folterer ein weiteres Mal.

„Ich rufe gleich meinen Hausarzt an und vereinbare einen Termin in der Sprechstunde. Gibt es Tage, an denen du nicht kannst?", verhöhnte er sie. Der Entführer füllte das Mineralwasser auf, stellte einen neuen Tee auf den Holztisch und verließ wortlos den Raum.

Yvonne war sich der Aussichtslosigkeit ihrer Situation nun vollends bewusst und heulte hemmungslos in die verdreckte Matratze.

Kapitel 60
Die Urlauberin

Astrid Wegner kehrte braun gebrannt und erholt aus dem sonnigen Mallorca zurück. Das Celler Team war wieder vollzählig. Cord Brammer informierte seine Kollegin über die aktuelle Lage und stellte ihr das neue Ermittlungskonzept vor. Infolgedessen nahmen sie sich den Entführungsfall von Inet Thiel samt aller Ermittlungsspuren noch einmal gemeinsam im Vieraugenprinzip vor. Sie versuchten Ansätze herauszuarbeiten, die sie bislang übersehen oder die noch nicht im Fokus gestanden hatten.

Das Ermittlerteam suchte Matthias Thiel in Fuhrberg auf und konnte nur versichern, dass sie weiter am Ball blieben und die Nachforschungen unbeirrt fortführten. Eine bessere Nachricht hatten sie für den jungen Ehemann nicht. Auch wenn er es nicht aussprach, hatte er wenig Hoffnung, seine Frau jemals wieder lebend in die Arme schließen zu können.

Ähnlich ging es Mona Bogner und Karl Münter aus Hannover, die Neles Mann aufsuchten und auch ihm keine guten Nachrichten überbringen konnten. Auf seine Frage hin, ob wohl auch die aktuelle Entführung der Braut aus Herrenhausen auf das Konto des gleichen Täters gehen würde, mussten die Ermittler der hannoverschen Mordkommission eingestehen, dass sie dort im Moment nicht weiterkamen.

Elke Bothe und Hans Wiener aus Hildesheim besuchten Annas Verlobten Victor, dem allerdings auch nichts eingefallen war, wie er die Ermittlungen unterstützen konnte.

Kapitel 61
Die unruhige Presse

In den Medien wurden kritische Stimmen laut. „Die Ermittler tappen im Dunkeln ...“, „... tut die Polizei wirklich alles, um weitere Entführungen zu verhindern?“, „Wo ist die hübsche Braut des norwegischen Nationaltorwarts?“

Im Landtag diskutierte die Opposition darüber, ob die Soko und die Polizei im Allgemeinen überhaupt richtig aufgestellt war. Dadurch geriet die Soko-Leiterin unter Druck und musste ihre Ermittlungskonzeption ständig aktualisieren und neu begründen. Selbst die völlig abwegige Forderung, sämtliche Hochzeiten durch die Polizei begleiten zu lassen, wurde vorgeschlagen. Man wollte um jeden Preis Erfolge sehen.

Im Entführungsfall in Herrenhausen waren alle Ansätze abgearbeitet worden, nur die Auswertung der Foto- und Videodateien lief weiter auf Hochtouren. Anstatt den Druck, der auf Kriminaloberrätin Höppner lastete, auf die Soko-Mitglieder zu verteilen, ordnete sie ihren Mitarbeitern ein freies Wochenende, allerdings bei stetiger Erreichbarkeit an, um für etwas Entspannung zu sorgen.

Kapitel 62
Endlich mal wieder Hochzeitsfotos

Thorsten hatte seine nebenberuflichen Hochzeiten in dieser Zeit grundsätzlich an seine Töchter abgegeben, war aber dann froh, als Emma an einem Tag verhindert war und er wiederum einspringen konnte. Nach monatelangem Stress in der Soko Pelikan musste das Team endlich mal durchatmen und hatte das Wochenende frei. Auch für Thorstens Frau Vicci kam es unverhofft, sie hatte sich mit einer Freundin ein Wellnesswochenende gegönnt, da sie glaubte, ohnehin allein zu sein. Insofern war Thorsten froh, seine neue Fujifilm-Kamera ausprobieren zu können, auf die er sich lange gefreut hatte. Diese innovative Digitalkamera konnte nicht nur super Fotos schießen, sie hatte auch eine integrierte SIM-Karte, sodass Fotos ohne Handy oder WLAN-Netz sofort aus der Kamera heraus per Mail, Facebook oder WhatsApp versendet werden konnten. Folglich begleitete Thorsten mit seiner ältesten Tochter ein wunderschönes Brautpaar im Schlösschen im Kurpark von Bad Nenndorf.

Nach dem verdienten freien Wochenende trafen sich alle Soko-Mitglieder zur ersten Besprechung, um untereinander Neuigkeiten zum Fall auszutauschen. Leider gab es wieder nichts zu berichten. Allerdings war auch keine weitere Braut entführt worden, worüber alle erleichtert waren. Dadurch hatten sie aber auch nicht die Chance, neuerliche Entführungsfälle auszuwerten, denn es passierte einfach nichts mehr. Sämtliche Ermittlungen in Hannover, Minden, Bremen und auch Hamburg waren ins Leere gelaufen, sodass sich die aktuelle Personalstärke der Soko nicht mehr halten ließ. Die Unterstützungskräfte mussten letztendlich in ihre alten Aufgabenfelder der Fachkommissariate zurückbeordert werden.

Cord Brammer kam auf Thorsten zu und flüsterte: „Kann ich dich mal kurz was Persönliches fragen?", und folgte dem Profiler in sein Büro.

„Schieß los, Cord!", forderte Thorsten ihn auf.

Der lächelte schüchtern. „Du bist der Erste, den ich frage. Ich möchte in drei Monaten heiraten und brauche neben vielen Tipps einfach noch alles."

Thorsten musste laut lachen: „Ich hoffe nicht, dass ich wirklich der Erste bin, den du fragst."

Cord war erst verunsichert, stimmte aber gut gelaunt mit ein: „Ach so, klar. Nein, mein Schatz hat schon Ja gesagt", bestätigte er.

„Würdest du vielleicht mit deiner Tochter die Fotos machen?", bat Cord. „Ansonsten benötige ich noch eine Traurednerin, Musik für die Kirche, einen tollen Friseur und eine Visagistin", setzte er fort.

„Das volle Programm also", stellte Thorsten fest. „Und den Personenschutz für deinen Schatz kaufst du nebenbei dann auch noch ein. Geschickt eingefädelt", schmunzelte Thorsten.

Cord grinste. „Daran habe ich zwar noch gar nicht gedacht, ist aber eine gute Idee." Thorsten schaute in seinen Terminkalender und konnte schon mal zusagen. „Super, vielen Dank. Wir wollen uns draußen an einem See in Hambühren bei Celle trauen lassen. Meinem Schatz wäre eine Probe mit allen Dienstleistern vor Ort sehr wichtig. Meinst du, das wäre möglich? Wir zahlen das natürlich auch", bot Cord an.

„Das müssen wir einfach abstimmen. Soll ich dir die Kontaktdaten geben oder das direkt klären?", fragte Thorsten.

„Wir sind ja im Moment nicht unter Dampf, sodass wir zeitlich völlig flexibel sind. Und wenn wir in Sachen Soko Pelikan losmüssen, sind wir ja eh beide im Boot. Es wäre super, wenn du das arrangieren könntest. Wir vertrauen dir da als Hochzeitsprofi total. Herzlichen Dank dafür", strahlte Cord und nahm Thorsten in den Arm.

Daraufhin hatte der Fotograf sein Hochzeitsnetzwerk aktiviert und sein nebenberufliches Team an Dienstleistern für den geplanten Hochzeitstag akquiriert. Er hatte Cord die Homepages der favorisierten Experten geschickt und sofort eine blumige Bestätigung von ihm erhalten. Thorsten freute sich, seine Lieblingsfriseure Maria, Levin und Charlene samt der Visagistin Irina mit involviert zu haben. So konnten sie zu viert nicht nur das Brautpaar, sondern auch die Mütter sowie die Brautjungfern schminken und frisieren. Das Akustikduo „Carry Me" war für die musikalische Begleitung und Elke Rodewald für die emotionale Trauzeremonie zuständig. Mit Emma und Thorsten waren alle beteiligt, die eine wunderschöne Hochzeit begleiten und für die Ewigkeit festhalten konnten.

Sie einigten sich für das Treffen zum verabredeten Sonntagmorgen an einem seeartigen Ausläufer der Aller in Hambühren nahe der alten Ziegelei und hofften schon für die Proben auf ein feierliches, sonniges Zeremoniell.

Kapitel 63
Aus dem Alltag gerissen

Die Soko-Leitung und Thorsten Büthe hatten sich zu einer Abschlussbesprechung mit den Leitern der Mordkommissionen aus Hannover, Celle und Hildesheim getroffen. Sie vereinbarten, die Fälle jeweils durch die ehemaligen Soko-Mitglieder weiter betreuen und den Kontakt zu den Angehörigen bestehen zu lassen. Thorsten hielt die Kooperation nach Bremen aufrecht, wobei entschieden worden war, dass das LKA Bremen auch die Tötung von Greta Holberg in Verden komplett übernahm. Immerhin begann die Entführung in Bremen und sollte mit dem Fall Patrick Holberg in einer Hand bleiben, was auch sinnvoll war.

So kümmerten sich die Unterstützungskräfte um die eigenen Deliktsbereiche in ihren Kommissariaten und wurden nur bei weiteren Fällen oder wesentlichen neuen Erkenntnissen für die Soko Pelikan reaktiviert.

Astrid Wegner von der Kripo Celle hatte sich schnell wieder in ihre Vorgänge eingearbeitet. Sie hatte Samstag Spätschicht im Ermittlungsdienst und fuhr nach Feierabend mit ihrem E-Bike die B 214 in Richtung Hambühren. Etwa 300 Meter vor dem Fuhsekanal sah sie plötzlich ein rosafarbenes Kinderrad neben dem Fahrradweg liegen. In einem Waldweg stand ein heller Lieferwagen mit dem Aufdruck einer Autovermietung. Sie sah sich um, entdeckte aber keine weiteren Passanten oder Radfahrer, die sie ansprechen konnte. Sie überlegte kurz, die Kollegen per Handy zu informieren, wollte sich aber in dieser Situation nicht lächerlich machen. Die sportliche Oberkommissarin stellte ihr E-Bike ab und ging lauschend auf den Transporter zu. Ihre Dienstwaffe hatte sie im Kommissariat gelassen, was sie jetzt bereute. Trotzdem schlich sich die aufmerksame Beamtin an die Fahrertür, spähte durch das offene Fenster, konnte jedoch niemanden sehen. Plötzlich hörte sie eine singende Kinderstimme aus dem Laderaum, näherte sich an die Rückseite des Transporters an und drückte ein Ohr an die Tür.

Als sie hinter sich einen Schatten wahrnahm und sie ein heftiger Stromschlag an der rechten Halsseite traf, brach sie ohne die Chance einer Gegenwehr oder eines Hilfeschreies zusammen.

Der Angreifer öffnete die Tür zum Laderaum, warf die Beamtin hinein und trug das Kinderrad samt E-Bike eilig in den Transporter. Dann startete er das Fahrzeug und fuhr den Waldweg tiefer ins Unterholz. Erst jetzt nahm sich der Fahrer die Zeit, den MP3-Player mit den Kinderliedern auszustellen und Astrid mit mehreren Kabelbindern derart zu fesseln, wie er bei den bisherigen Frauen vorgegangen war. Nachdem der Pelikan sein Opfer verschnürt und geknebelt in die Metallkiste verstaut hatte, passierte er unbefestigte Wald- und Feldwege sowie den Fuhsekanal und warf das Handy der Beamtin in die braune Brühe. Über die B 214 setzte er seinen Weg zu den anderen Opfern ruhig und ungehindert fort. Auf Radio 21 spielten sie gerade den Queen-Hit ‚We Are the Champions', den er ausgelassen mitsang, während er sich auf sein Finale freute.

In bewährter Weise brachte er die Polizistin in ein Kellerverlies und kettete die noch handlungsunfähige Oberkommissarin an. Er ließ sie mit Mineralwasser und ein wenig Käse dort zurück und plante den vorletzten Akt.

Kapitel 64
Die idyllische Probezeremonie

Gegen 9.50 Uhr erreichten Emma und Thorsten über die B 214 und Waldwege, die sie zum Klärwerk Hambühren führen sollten, eine Weggabelung mit roten Luftballons, an denen sie links zur Aller abbiegen mussten. Emma fand schon auf der Anfahrt die Ausschilderung zum Klärwerk lustig. „Sehr ansprechend ist das ja nicht gerade, wenn ich zur Hochzeit einlade", stellte sie treffend fest. Schließlich kamen sie bei strahlendem Sonnenschein am Ufer eines Seitenarms der Aller an, der wie ein kleiner See mit einem Strandstück angelegt war.

Hier hatte Cord einen weißen Pavillon mit Stühlen und einen Tisch mit Leckereien aufgebaut. Ein weiterer geschlossener Pavillon war für die Friseure und die Visagistin vorgesehen. Sissy und Mike von „Carry Me" hatten ihre Instrumente schon arrangiert und klönten angeregt mit der Traurednerin Elke Rodewald. Zuletzt erschienen das Friseurteam und die Visagistin. Alle begrüßten sich herzlich und waren über dieses einsame, aber idyllische Plätzchen an der Aller begeistert.

Cord bedankte sich bei den Dienstleistern für die unkomplizierte Vorbereitung und verteilte gekühlten Prosecco an die Gäste. „Mein Schatz und die Brautjungfern lassen sich entschuldigen. Sie brauchen noch ein paar

Minuten und bitten uns schon einmal anzufangen. Wenn wir euch hier an einem Sonntagmorgen von euren Familien trennen, sollten wir zumindest ein paar Gaumenfreuden genießen. Guten Appetit euch allen!“

Cord verabschiedete sich kurz von seinen Gästen. Er musste mal austreten. Vorsichtshalber hatte er Wildkameras an der Zufahrt zur Aller installiert und dabei gesehen, dass ein weiteres Fahrzeug in den Wald einfuhr, aber vor der Aller verdeckt stehen blieb. Der Bräutigam schlug einen Bogen und schlich sich von hinten an eine Beobachterin heran, die mit einem Teleobjektiv Aufnahmen von dem Picknick am Fluss schoss.

„Hallo, Frau Swodicz, Sie können es echt nicht lassen, oder?“, erschreckte Cord die völlig überraschte Klatschreporterin. „Observieren Sie jetzt schon meine Hochzeitsvorbereitungen?“

Marina Swodicz versuchte sich zu rechtfertigen, was aber gar nicht erforderlich war, da sie von dem netten Polizisten in die Runde eingeladen wurde. „Kommen Sie und stoßen Sie mit uns an. Ich habe nichts dagegen, wenn Sie meine Hochzeit für eine spannende Reportage nutzen möchten.“

Da sie Thorsten Büthe und seine Tochter Emma mit weiteren lachenden Personen sah, war sie arglos und blind vor der Gefahr, die sie nun einging.

Aber was sollte bei einer solchen Polizeipräsenz auch schon passieren?

Thorsten Büthe begrüßte sie amüsiert: „Sie machen ja selbst vor unserem Privatleben nicht halt. Ist das denn so spannend?“

Die Reporterin lachte: „Idyllisch und gemütlich auf jeden Fall. Ich war gerade in der Nähe und neugierig, was hier am Allerufer so lecker duftet." Cord gab ihr einen Prosecco, stieß mit der Reporterin an und animierte sie: „Greifen Sie zu, es ist ohnehin viel zu viel da."

Thorsten wollte sich nicht auf ein dienstliches Gespräch einlassen, sah sich um, stutzte und ging auf Cord zu. „Wie machst du denn das mit der Technik? Hast du hier Elektrizität für die Musik und das Mikro? Das Friseurteam braucht ja auch Strom zum Föhnen und für die Glätteisen."

Cord wirkte völlig entspannt: „Thorsten, für heute habe ich einen mobilen Trafo mit und am Hochzeitstag bekommen wir einen richtigen Generator, an den wir auch die Kühlanlage für die Getränke anschließen können. Heute haben wir nur das kleine Programm geplant", klärte Cord seinen Hochzeitsfotografen auf. So genossen alle kleine Kanapees, Kaffee und Prosecco.

Nachdem sich der Bräutigam überzeugt hatte, dass sich sein Hochzeitsteam ausnahmslos am Buffet bediente, forderte der Bräutigam seine Dienstleister auf: „So, Leute, meine Braut ist unterwegs, bereitet euch bitte vor."

Erst jetzt fiel Thorsten der helle Lieferwagen hinter dem zweiten Pavillon auf, in dem Cord kurz verschwand und dann aber mit seiner Auserwählten zurückkehrte, während die Reporterin ihre Kamera auf Dauerfeuer laufen ließ. Seine Braut trug ein weißes Kleid mit einer Riesenschleppe, die den Dreck auf dem unbefestigten Weg komplett mit auffegte. Die Mimik des Dienstleistungsteams wechselte von Verwunderung über völliges Unverständnis bis hin zum blanken Entsetzen. Erst jetzt wurde deutlich, dass seine Braut mit Kabelbindern gefesselt war, wobei einer sogar einen Haushaltsschwamm in ihrem Mund fixierte. Die Pistole am Kopf der Frau war in dieser Situation so unwirklich wie das gesamte Szenario, welches nur einer aus der Runde überhaupt einschätzen konnte.

Das Dauerfeuer der Reporterin ließ nach, bis die Kamera zu Boden fiel. Die Benzodiazepine im Prosecco hatten sie schlagartig in eine Handlungs- und Widerstandsunfähigkeit verbannt. Zumindest versuchte der OFA-Leiter den Namen der Braut zu rufen: „Aaaaastrid!“, ehe er wie die anderen zuvor leblos auf den weiß dekorierten Stuhlhussen zusammensackte.

Kapitel 65
Vermisst

Der Celler Kommissariatsleiter Steffen Lange probierte vergeblich, Thorsten Büthe auf seinem Handy zu erreichen. Als auch Cord Brammer nicht ans Telefon ging, hatte er die Leiterin der Soko Pelikan, Iris Höppner, am Draht. „Hallo, Iris, sind bei euch alle ausgeflogen? Ich kann von uns weder Astrid Wegner noch Cord Brammer erreichen. Thorsten geht auch nicht dran. Habt ihr eine Aktion, von der ich nichts weiß?", fragte Steffen Lange.

„Da kann ich dir im Moment auch nicht helfen. Meine Leute habe ich nach langer Zeit mal wieder in ein freies Wochenende geschickt. Thorsten wird gesehen haben, dass du angerufen hast, und meldet sich sicher zeitnah", beruhigte die Kriminaloberrätin ihren Celler Kollegen.

Steffen Lange sagte zu, sich zu melden, falls er etwas erfuhr, und bedankte sich.

Iris Höppner unternahm auch einen zwecklosen Anwahlversuch bei ihrem OFA-Leiter und schickte ihm eine WhatsApp hinterher mit der Bitte um Rückruf. In ihrem zweiten Anruf erreichte sie Kristin Bäumer, die gerade Grillbesuch in ihrem Garten verwöhnte und von Thorsten auch nichts gehört hatte. Kristin gab ihr noch die Festnetznummer ihres OFA-Leiters und Iris hatte dann seine Frau Vicci in der Leitung. „Hallo, Vicci, ich will euch an dem freien Wochenende nicht nerven, versuche aber Thorsten zu erreichen. Ist er zu Hause?", begrüßte sie seine Ehefrau. „Hey, Iris, nein, der ist mit Emma zu einem Probeshooting bei einer Hochzeit in der Nähe von Celle. Er hat das Handy bestimmt auf lautlos oder ganz ausgestellt. Der Bräutigam ist ein Kollege aus eurer Soko und hat total geheimnisvoll getan. Das sollte wohl keiner wissen", klärte Vicci auf.

„Na, das ist dann aber auch gelungen. Hast du zufällig den Namen des Kollegen, Vicci?", wollte die Soko-Leiterin wissen.

„So viel zu einem eurer Geheimnisse. Ich glaube, es war Cord", schmunzelte sie.

Iris bedankte und verabschiedete sich und wollte alles auf sich beruhen lassen, als sich Steffen Lange wieder meldete. „Hallo, Iris, ich mache mir jetzt doch langsam Sorgen. Astrid ist nach ihrer Spätschicht schon gestern Abend nicht zu Hause angekommen. Ihr Handy ist aus, WhatsApps von gestern Abend sind nicht mehr beantwortet worden." Iris Höppner versuchte ihn zu beruhigen. „Steffen, ich habe soeben mit Thorstens Frau gesprochen, der mit ihrer Tochter gerade bei einem Probeshooting einer Hochzeit im Raum Celle ist. Alles sollte geheim bleiben. Der Bräutigam ist Cord. Mach es ihnen nicht kaputt."

Der Kommissariatsleiter brüllte ins Telefon: „Waaaaas! Nie im Leben. Cord stand vor drei Jahren mit seiner großen Liebe, einer Kollegin, vor dem Traualtar. Beim Jawort hatte sie sich plötzlich entschuldigt und ist, wie in einem Hollywoodstreifen, ausgerechnet mit seinem besten Kumpel und Trauzeugen aus der Kirche raus und durchgebrannt. Cord ist ausgerastet und war ein Jahr in psychiatrischer Behandlung. Er wird nie wieder heiraten, schon gar nicht Astrid. Sie war die beste Freundin seiner Braut und wusste von alledem. Ich wollte sie und auch Cord schon aus dem Kommissariat nehmen. Sie haben mich jedoch beide angebettelt, wenigstens den Job in der Mordkommission behalten zu können; und ich Blödmann habe mich weichklopfen lassen. So 'ne Scheiße!", schrie er wieder verzweifelt in den Hörer.

„Steffen, komm mal runter! Das muss alles noch nichts heißen", unterbrach sie den erregten Redeschwall des Kommissariatsleiters, als in diesem Moment Iris Höppner eine Nachricht über den Polizeimessenger bekam. „Steffen! Pass auf. Wir kommen schnellstmöglich nach Celle. Kümmere dich um die gesamte Handyortung, wir brauchen Durchsuchungskräfte, das SEK und einen Hubschrauber. Wir sind in einer Stunde bei euch", wies die Soko-Leiterin an.

„Jetzt doch? Was ist denn los?", wunderte sich plötzlich der Leiter der Celler Mordkommission. „Ich habe aus unserer Analyseeinheit gerade ein Foto bekommen, auf dem Cord mit einer GoPro-Kamera auf einer Bank am Herrenhäuser Schloss filmt, während er eigentlich auf einer Mountainbiketour in den Voralpen sein sollte", stellte Iris Höppner überrascht fest.

Der nächste Anruf galt Kristin Bäumer. „Hallo, Kristin, mobilisiere dein Team, wir haben vermutlich ein Riesenproblem und treffen uns in einer Stunde im Lageraum in Celle!" Thorstens Stellvertreterin erkannte schon an der Stimme der Soko-Leiterin, dass es hier keinen Platz für

Diskussionen gab, und trommelte ihr OFA-Team mit Carlotta Bayer-Westhold zusammen. Iris Höppner rief bei Vicci an, erklärte ihr kurz die Lage und fragte nach Emmas Handynummer. Vicci konnte zusätzlich ergänzen, dass auch ein bekanntes Friseurteam, zwei Musiker und eine Traurednerin von Thorsten zu dem Treffen gebeten worden waren. „Hat dein Mann gesagt, wo genau sie sich verabredet haben?", hakte die Chefin nach.

„Bleib mal dran, Iris. Wir haben einen verknüpften Terminkalender. Hier steht ‚Hambühren, Aller, am Klärwerk'", gab Vicci durch. Sie wollte noch viele Fragen stellen, aber Iris Höppner hatte schon aufgelegt.

Die Soko-Leiterin gab den Treffpunkt an Steffen Lange und die Piloten der Hubschrauberstaffel durch, die gerade vom Flughafen Langenhagen abhoben. Auch die Soko-Chefin sprang in ihren Audi TT und raste direkt nach Celle. Sie spürte, dass der Umweg über das LKA zu viel Zeit in Anspruch nehmen würde. Sie war direkt per Freisprecheinrichtung mit dem Celler Einsatzleiter und der Hubschrauberbesatzung verbunden, als die erste Sichtung gemeldet wurde.

„Wir sind unmittelbar über einem kleinen See an der Aller nördlich des Hambührener Klärwerks. Hier sind zwei Pavillons und mehrere Fahrzeuge geparkt. Eine Person in Rückenlage liegt leblos am Boden. Sollen wir die Stelle bis zum Eintreffen der Einsatzkräfte markieren?", erkundigten sich die Piloten. „Steffen, wie lange brauchen eure Leute noch?", rief Iris Höppner ins Mikrofon. „Sie werden in etwa fünf Minuten vor Ort sein", berichtete der Celler Kommissariatsleiter. „Okay, Phönix, ist unter den Fahrzeugen ein schwarzer 1er-BMW?", fragte die Soko-Leiterin jetzt und fügte nach der Bestätigung aus dem Hubschrauber hinzu: „Okay, bitte fahnden Sie im Umfeld nach einem hellen Lieferwagen oder Klein-Lkw. Wir müssen es versuchen!", wies die Soko-Chefin intuitiv an. „Steffen, veranlasst sofort eine Ringalarmfahndung ‚Ring 20' mit Schwerpunkt nördlich von Hannover und Fokus auf einen Lieferwagen, Lkw oder großen Transporter!", ergänzte Iris Höppner bestimmend.

Kapitel 66
Schwerstarbeit

Cord vergewisserte sich, dass alle Dienstleister trotz der K.-o.-Tropfen gefesselt und geknebelt ohne Risiko in den Lieferwagen gelangten. Dabei konnte er nicht zimperlich sein, alles musste jetzt ganz fix über die Bühne gehen. Er durchsuchte alle Personen und warf deren Handys in den Fluss. Alles andere beließ er so, jetzt war es ohnehin egal. Er musste nur Zeit gewinnen. Nachdem er fast die gesamte Mannschaft verstaut hatte, schleuderte er die Taschen mit allen Schmink- und Fotoutensilien auf das gefesselte Hochzeitsteam und legte die sperrigen Musikinstrumente von „Carry Me" auf den Beifahrersitz.

Als er den schweren Körper von Thorsten Büthe zum Transporter schleifte, stand ihm wie aus dem Nichts ein Angler gegenüber und sprach Cord verwundert an: „Was machen Sie da? Sind die alle tot?"

„Nein, die haben eine Lebensmittelvergiftung und müssen schnell ins Krankenhaus. Packen Sie mal mit an!", forderte Cord den verdutzten Mann selbstbewusst auf. Der spontane Helfer wuchtete den leblosen OFA-Leiter an den Beinen hoch und beide schleppten ihn bis auf die Ladefläche. Die Art, wie Cord den erschlafften Körper auf die Taschen und Koffer in den Van fallen ließ, machte den Angler doch skeptisch, sodass er zum Handy griff und ankündigte: „Ich rufe jetzt doch lieber die Polizei.“

Cord zog seine Pistole, schoss dem Zweifler zweimal in die Brust und kommentierte: „Ist schon da, Blödmann.“

Den Leichnam ließ er einfach liegen, dann steuerte er den beladenen Transporter über die Waldwege zurück auf die B 214 in Richtung Schwarmstedt und hoffte, dass ihm seine Kollegen noch die Zeit ließen, die er brauchen würde.

Kapitel 67
Die absolute Chaosphase

Das OFA-Team meldete sich bei ihrer Chefin an: „Iris, wir sind jetzt auf der B 3 kurz vor Celle“, die sogleich umdisponierte. „Hallo, Kristin, Planänderung. Wir treffen uns an der B 214 zwischen Celle und Hambühren. Dort steht ein Streifenwagen, der euch lotsen wird. Alles Weitere vor Ort.“

Das OFA-Team wurde von einem Fahrzeug des Celler Streifendienstes durch den Wald bis wenige Hundert Meter an der Aller vor die Polizeiabsperrung geführt. Doch dort war Schluss, denn die Spurensicherung hatte ihre Arbeit aufgenommen und ließ niemanden an der Absperrung vorbei zum Tatort. Iris Höppner und die Fallanalytiker wurden kurz eingewiesen. Dabei erfuhren sie, dass ein Vollbrand in der Wohnung von Cord Brammer gemeldet worden war, der aktuell bekämpft wurde. Kristin erfragte, ob Personen aus der brennenden Wohnung gerettet werden konnten oder aufgefunden wurden. Darauf gab es noch keine Antwort.

Sie dirigierte ihr Profilerteam: „Okay, Schutzanzüge an und dann gehen wir da rein!“

Der Leiter der Spurensicherung stellte sich in den Weg: „Das ist mein Tatort und niemand außer meinen Leuten kommt in den gesicherten Bereich, nicht einmal der Innenminister oder die Bundeskanzlerin persönlich." Kristin war auf Krawall gebürstet, versuchte es aber erst halbwegs kollegial. „Wahrscheinlich werden gleich ein paar Leute sterben, wenn wir hier nicht gemeinsam alles geben. Und darunter sind sowohl deine Kollegen sowie unser Chef mit seiner Tochter. Ich schlage vor, wir tun jetzt einfach mal so, als seien auch wir deine Leute", empfahl Kristin Bäumer.

Der Spurenfachmann blieb hart und bewegte sich keinen Millimeter von der Stelle. „Nur über meine Leiche!"

Beide standen sich nun Stirn an Stirn gegenüber, als Kristin leise, aber deutlich sagte: „Okay, auf die eine kommt es jetzt auch nicht mehr an."

Der Celler Kommissariatsleiter ging dazwischen. „Schluss damit, Schorse, du hast zwar völlig recht, aber hier zählt jetzt jede Sekunde. Wir haben keine Zeit, alles sorgfältig abzuarbeiten, um dann unsere Maßnahmen zu treffen. Vielleicht finden wir Hinweise, wohin Cord die Opfer gebracht hat und festhält. Also los, schaut euch um!"

Kapitel 68
Die Hochzeitsvorbereitungen

Der Pelikan hatte von seinem Handy aus noch kurz auf dem Festnetzanschluss in seiner Wohnung angerufen und den Brandsatz aktiviert, bevor auch er sein Handy beim Überqueren der Aller in den Fluss warf. Er fuhr den hellen Transporter über das elektrische Tor direkt in den Garagenvorraum der Scheune. Als er die Türen zum Laderaum öffnete, hielt er seine Pistole im Anschlag, um bei einem Angriff sofort reagieren zu können. Seine Hochzeitsgäste standen aber noch so unter dem Einfluss der Medikamente, oder die Fesselung war effizient genug, dass sie eine Gegenwehr unmöglich machte. Erst holte er den OFA-Leiter aus dem Laderaum, setzte ihn auf eine lange Bank an einen überdimensionalen Esstisch und fixierte den Oberkörper und die Oberschenkel mittels Eisenketten an der massiven Holzbank. So folgten nacheinander alle Hochzeitsdienstleister samt der Klatschreporterin. Nach und nach gesellten sie sich nebeneinander und gegenüber- mit Ketten fixiert am großen Holztisch.

Nur seine Braut, Astrid Wegner, war nicht anwesend.

Emma Büthe führte er gefesselt in einen weiteren Raum, den die anderen nicht einsehen konnten. Als Thorsten das Bewusstsein langsam wiedererlangte und sich gegen die Fixierung aufbäumte, versuchte ihn der Pelikan zu besänftigen. „Thorsten, das mache ich nur, damit du nicht auf dumme Gedanken kommst. Beruhige dich!“

Der Pelikan platzierte vor jedem unfreiwilligen Gast auf dem Tisch eine PET-Flasche mit Wasser und wartete geduldig, bis alle wieder aufnahmefähig waren. In aller Ruhe ließ er die Frauen ausweinen, um ihnen dann ganz gemächlich zu erklären, wie es jetzt weiterging.

„Hallo, Leute, ich muss mich erst mal bei euch für die Umstände unseres Zusammentreffens entschuldigen. Ich habe euch engagiert, um meine Hochzeit zu einem der schönsten Tage in meinem Leben zu gestalten. Das bleibt auch so, wenn ihr wie vereinbart einfach euren Job macht. Bin ich zufrieden, bekommt ihr alle das vereinbarte Honorar und dazu noch eine Erschwerniszulage. Frau Swodicz, oder darf ich Marina sagen? Du hast die absolut seltene Gelegenheit, eine einzigartige Story weltweit zu veröffentlichen und dabei sogar reich und berühmt zu werden. – Nun zur eigentlichen Hauptzeremonie. Schade, dass ihr Männer zum Tragen nur zu zweit seid, denn das wird richtig Arbeit. Ich habe dem Figaro und den Damen einen zentralen Arbeitsplatz für die Frisuren und zum Schminken eingerichtet. Ich schlage vor, dass du – die Musikerin, Sissy, richtig? – und die Traurednerin – ich glaube, Elke, oder? – zunächst das Ankleiden der Gäste übernehmt, bevor ihr bei der Trauung euren Einsatz bekommt. Dabei kann auch Emma noch unterstützen, nicht wahr, Thorsten?“

Der Profiler versuchte sich aufzurichten, was ihm nicht einen Millimeter gelang. „Cord, was soll die kranke Scheiße hier. Du weißt selbst, dass du aus der Nummer nicht mehr rauskommst. Es ist nur eine Frage der Zeit, bis deine und meine Kollegen hier sind. Wo sind die anderen Bräute? Was ist mit Yvonne Schultheiß?", redete der OFA-Leiter, wenig hoffnungsvoll, auf den Pelikan ein.

„Ihr postmortalen Klugscheißer wollt doch alles besser wissen. Woher sollen unsere geschätzten Kollegen denn nur ansatzweise erahnen, wo sie suchen sollen? Na, analysierst du mich gerade? Glaubst du, dass ich meinen Plan jetzt aufgebe? Glaubst du, dass mir das nicht am Arsch vorbeigeht, wenn meine geschätzten Kollegen und deine Klugscheißer-OFA hier auftauchen? Glaubst du, dass mir hier noch irgendetwas Eindruck macht? Ihr habt euch die ganze Zeit so was von verarschen lassen. Ich musste mich verdammt oft zurückhalten, um mich nicht totzulachen. Insbesondere als du mir auch noch deine Pfandflaschen als Almosen in die Schubkarre auf Yvonne Schultheiß geworfen hast. Da hattest du es in der Hand, alles zu verhindern. Du hast es wieder verkackt. Mach einmal das, was du anscheinend kannst. Fotografiere einfach meine Hochzeit so, dass meine Braut und ich zufrieden sind. Macht ihr gefälligst euren Job, lasst mir meine Flitterwochen und ihr könnt danach gesund nach Hause fahren. Zickt nur einer von euch rum, nehme ich euch alle zusammen mit. Habt ihr das verstanden?"

Die Runde nickte eifrig bis auf Thorsten, der händeringend eine Möglichkeit suchte, die Truppe hier unverletzt rauszubringen. Bislang hatte er allerdings wenig Hoffnung.

„Na, Chef-Profiler? Soll ich meine Frage für dich extra noch mal wiederholen?", provozierte er Thorsten.

„Cord, du kannst von mir halten, was du willst, aber ich bin nicht blöd. Ich möchte nur, dass wir hier unbeschadet rauskommen. Das gilt auch für dich."

„Dann ist ja alles geklärt, und ich kann euch in eure Aufgaben einweisen", kündigte der Pelikan an. Er löste erst vom Figaro die Ketten, um ihn mit Hand- und Fußfesseln neu auszustatten. Die gleiche Zeremonie wiederholte er mit Thorsten Büthe. Der Pelikan entnahm nun einen Benzinkanister aus einem Regal, öffnete den Deckel und stellte den Behälter so auf den riesigen Esstisch, dass niemand herankam. Am anderen Ende des Tisches entzündete er eine Kerze, die er mit einem nach oben offenen Glaskolben gegen Auspusten oder Zugluft schützte.

„Thorsten, du kennst dich mit sowas ja aus. Was glaubst du, wie lange benötigt das Benzin-Luftgemisch, um sich zu entzünden?", fragte der Pelikan provokativ.

„Das kommt immer darauf an", beantwortete er die Frage skeptisch.

„Stimmt, genau das ist das Problem. Wir sollten nach circa 5 bis 10 Minuten immer wieder intensiv lüften, bevor euch der Laden um die Ohren fliegt. Bin ich nicht pünktlich und unversehrt zurück, macht es peng! Also nur eine kleine Lebensversicherung. Und bei deiner Tochter Emma habe ich mir was Besonderes einfallen lassen. Aber keine Sorge, Thorsten. Geht's mir gut, geht's ihr gut. Dann wollen wir mal, wir haben ja nicht viel Zeit."

Der Pelikan führte den Profiler und seinen Freund Levin durch einen Stall voller grunzender, erwartungsfroher Hausschweine in die Räume einer ehemaligen

Schlachterei. Thorsten hatte schon viel erlebt und genug Fantasie, um sich vorzustellen, was die Begierde der hungrigen Schweine so anheizte.

Cord öffnete eine große Tür zu einem Kühlraum. Durch den Kühlnebel ließ sich kaum erkennen, was hier gelagert wurde. Doch als der Pelikan die Tür hinter sich schloss und die eiskalte Luft klarer wurde, konnten Thorsten und verzögert auch der Friseur das ganze Ausmaß des Schreckens erfassen. Etwa 20 nackte Frauenkörper waren hier mit dem Kopf nach unten an großen Fleischerhaken aufgehängt.

Thorsten sah auf das Thermometer an der Zugangstür, welches fünf Grad Celsius anzeigte. Fast beiläufig erwähnte der Pelikan, dass er die Bräute von minus 18 Grad Celsius langsam heruntergetaut hatte, um sie besser anziehen zu können. Erst jetzt wurde an den großen Nähten von den Schambeinen bis zu den Hälsen der Leichen deutlich, dass alle ausgeweidet worden waren. Auf den Rücken waren Ziffern angebracht, die sich an den Folien von Brautkleidern wiederfanden, die vor dem Kühlraum auf einem großen Kleiderständer hingen.

Während Thorsten das aus Tätersicht als ein pragmatisches Ausweiden bewertete, um den Verwesungsprozess zu verzögern, konnte Levin nicht länger an sich halten und übergab sich in der Ecke des Kühlraumes.

„Wenn du dich ausgekotzt hast, können wir dann loslegen? Wir haben nicht viel Zeit. Ihr bringt immer eine Braut zu den Mädels und nehmt das passende Kleid mit. Die ziehen sie an, schminken und frisieren sie und dann geht's in die Kapelle. Kapiert?“, befahl er.

Levin kämpfte mit weiteren Würgereizen, was vom Pelikan entsprechend mahnend kommentiert wurde. „Figaro, entscheide dich. Weiterkotzen oder peng!"

Levin würgte die bitteren Magensäfte wieder runter, und sie kehrten zu den angeketteten Geiseln zurück. Der Raum stank penetrant nach Benzin und versetzte die Angeketteten in panische Angst. Sofort riss der Pelikan zwei Fenster auf und machte Levin verantwortlich. „Das wahr knapp, Figaro. Denk das nächste Mal daran. Und jetzt los!", feuerte er die beiden an.

Sie gingen, so schnell es mit ihren Fesseln möglich war, in den Kühlraum. Thorsten griff sich Opfer eins, Levin das passende Kleid. Als Thorsten den nackten Leichnam auf den Stuhl für die Kosmetikbehandlung und Frisur herunterließ, schrien alle wie von Sinnen. „Okay, beruhigt euch. Da müssen wir jetzt durch. Erst das Kleid, dann die Frisur und zuletzt die Schminke", versuchte Thorsten das Visagisten- und Friseurteam zu beschwichtigen.

Maria hatte sich schnell wieder gefangen und wies ihre Mitarbeiterinnen an: „Kommt, Mädels. An die Arbeit und wir sind hier ruckzuck durch." Plötzlich musste sich auch Charlene übergeben, als sie am Hinterkopf der toten Frau eine Schraube in Form eines Hakens entdeckte. Der Pelikan drückte aufs Tempo: „Schneller, ihr habt drei Minuten pro Braut."

Als das erste Opfer fertig angezogen und geschminkt war, peitschte Cord die Männer an. „Los, Leute, die Fenster sind wieder zu, die Kerze brennt. Ihr müsst sie jetzt wegbringen und Nummer zwei holen. Ich bin gespannt", frotzelte der Pelikan. So schnell es ging, folgten sie dem

Mörder in einen Scheunentrakt, der wie eine Kapelle ausgebaut war. Vorn war mittig ein Altar aufgestellt. Auf den Bänken waren Nummerierungen und mehrere Gurte angebracht.

„Nummer eins kommt hierhin. Fixiert den Oberkörper mit dem Gurt an der Lehne und klickt die Schlaufe in den Haken am Hinterkopf. Alle müssen aufrecht sitzen und zum Altar blicken. Schneller, und denkt an die Kerze. Und jetzt Nummer zwei zum Schminken, Tempo!", trieb er die Männer voran. Bei der Rückkehr in den Arbeitsraum wurde auch Cord schon nervös und löschte umgehend die Kerzenflamme, bevor er die Fenster aufriss. Er schrie die Männer an: „Das war beschissen knapp. Ihr seid zu langsam, sollen alle euretwegen sterben?"

Jetzt wandte er sich an die Reporterin, die völlig regungslos verharrte und außerstande schien, sich überhaupt bewegen zu können. Dieses Szenario war in irgendeiner kranken Fantasie schon kaum vorstellbar, in der hier erlebten Realität kam sie damit ganz und gar nicht klar.

„Hey, coole Pressemaus. Was ist mit deinem Engagement, ich sehe dich nicht arbeiten. Da bist du so heiß nach einer geilen Story; kaum hast du sie, kriegst du deinen Knackarsch nicht hoch. Also lass deine Kamera glühen und zeig, was du draufhast. Bleib bei mir und ich sage dir, was du fotografieren kannst."

Kapitel 69
Wettlauf mit der Zeit

Das OFA-Team versuchte alles aufzunehmen und verfolgte jeden Hinweis, der sie weiterbringen würde. Thomas schoss Fotos, Maik und Carlotta sowie Kristin und Nina bildeten jeweils Zweierteams, da vier Augen in der Regel nicht nur mehr sahen als zwei, sondern das, was sie sahen, auch unterschiedlich interpretieren konnten.

Der tote Angler lag nach wie vor unverändert in Rückenlage und hatte zwei Einschüsse in der Brust. Wenige Meter vor ihm lagen zwei 9-mm-Hülsen im Gras. Thomas nahm eine von ihnen vorsichtig auf und verglich den Hülsenboden. „Vermutlich wieder dieselbe Balkanmunition wie in Bremen“, stellte er fest.

„Haben wir seinen Angelplatz? Von wo aus hat er was beobachten können?“, fragte Kristin in die Runde der Celler Ermittler.

Ein uniformierter Kollege wies auf das Allerufer. „Etwa 200 Meter von hier.“

Nina und Carlotta gingen rüber und sahen sich die Angelutensilien des Opfers an. „Von hier aus hatte er einen recht guten Blick und war mit seiner Tarnkleidung im Schilf schlecht zu sehen. Das hatte der Täter nicht einkalkuliert“, stellte Nina fest.

Im Wald abseits des Weges wurde ein Mini gefunden, der auf eine Reporterin, Marina Swodicz aus Hannover, zugelassen war. Auch ihr Handy war in der Funkzelle, sie selbst war verschwunden und vielleicht auch mit entführt worden.

Plötzlich herrschte Unruhe an der Tatortabsperrung. Ein weißer 1er-BMW hatte die Haltesignale der Absperrung an der B 214 ignoriert und war den Waldweg bis zum Absperrband gerast.

„Das ging ja schnell“, warf Kristin in die Runde, wobei sie Iris Höppner und Steffen Lange verwundert anschauten.

„Das kann nur Vicci sein, Thorstens Frau“, stellte sie fest. Mit ihr stieg auch Celina, Thorstens ältere Tochter, aus dem BMW und beide liefen auf das OFA-Team zu. Kristin ging ihnen entgegen und umarmte beide. Ebenso wurden sie vom gesamten Profiler-Team, von Carlotta und auch Iris Höppner begrüßt.

„Was ist mit Emma und Thorsten?“, wollten sie aufgeregt wissen. Kristin und Carlotta nahmen beide zur Seite und gaben ihnen einen kurzen Überblick.

Büthes waren auch mit Levin und Maria eng befreundet und kannten ebenso Charlene und Irina gut. Selbst mit dem Akustikduo „Carry Me“ standen sie in bestem Kontakt. Auch wenn Vicci und Celina außer sich vor Sorge waren, wussten beide, dass sie sich auf Thorstens Team voll und ganz verlassen konnten.

„Was hat euch Thorsten über dieses Probeshooting erzählt?“, interessierte sich Kristin. Vicci berichtete von der Bitte des Bräutigams, dass sich Thorsten um passende

Dienstleister für dessen Hochzeit kümmern sollte. Er hatte auch das heutige Treffen vereinbart, wobei der Bräutigam die Örtlichkeiten vorgeschlagen hatte.

Steffen Lange brachte alle auf den neuesten Stand der parallelen Ermittlungen, die sie aktuell allerdings nicht weiterbrachten. Sämtliche Telefone aller Dienstleister waren seit heute Morgen in dieser Funkzelle eingeloggt und haben sich daraus nicht wieder bewegt. Eine weitere Nummer konnte dem toten Angler zugeordnet werden. Die Ringalarmfahndung wurde zwar noch aufrecht erhalten, versprach aber keinen Erfolg mehr. Der Hubschrauber hatte von oben auf ein paar Fahrzeuge hingewiesen, die dann auch durch Streifen am Boden kontrolliert wurden. Leider war der Täter nicht dabei. Der Brand bei Cord Brammer konnte gelöscht werden, wobei die Wohnung völlig zerstört wurde. Personen kamen nicht zu Schaden.

Da standen sie wieder und hatten nichts.

Das OFA-Team kam zur Bestandsaufnahme zusammen. Steffen Lange hatte sie über den Menschen und die Vita von Cord Brammer und die Umstände der geplatzten Hochzeit aufgeklärt.

„Was wissen wir von seiner Ex-Braut und seinem ehemaligen Trauzeugen?“, fragte Carlotta den Kommissariatsleiter.

„Das kann ich euch nicht sagen. Sie sind damals aus Celle weggezogen. Wohin, weiß ich nicht“, musste er passen.

Maik bot sich an: „Ich kümmere mich. Wie heißt die Frau?“ Steffen Lange zuckte ratlos mit den Schultern. „Sie wurde Susi genannt, also wohl Susanne. Den Nachnamen weiß ich nicht mehr. Sorry!"

Maik gab den Auftrag an die Analysestelle weiter. „Checkt den Namen über das Standesamt Celle und dann die gegenwärtigen EMA-Daten, neuen Partner, Arbeitsplatz und alles, was ihr erfahren könnt. Habt ihr sie und vielleicht sogar den damaligen Trauzeugen, dann so schnell wie möglich her mit den beiden – und wenn ihr einen Hubschrauber einsetzt. Danke."

Maik kehrte in die Gruppe zurück und erwähnte kurz: „Läuft!"

„Okay, was haben wir?", begann Kristin mit der aktuellen Bestandsaufnahme. „Cord Brammer spricht Thorsten an, er möge ein Dienstleisterteam für seine geheime Hochzeit zusammenstellen und lädt sie zu einem Probeshooting ein. Am Arsch der Welt bereitet er ein Picknick vom Feinsten vor und ist in der Lage, mindestens zehn Personen auf einen Schlag unter Kontrolle zu bringen und zu entführen. Dabei tötet er einen Angler, der wohl eher nur zu neugierig war. Er versteckt den Leichnam nicht und lässt sogar die Hülsen aus seiner Tatwaffe zurück. Thorsten und Emma benötigt er für die Hochzeitsfotos, „Carry Me" für die musikalische Begleitung, ein vierköpfiges Frisuren- und Visagistenteam sowie eine Traurednerin. Für wen das alles?"

Nina setzte die Gedanken fort. „Eine stille Hochzeit wird das nicht. Können wir davon ausgehen, dass Astrid Wegner die künftige Braut sein soll? Können wir außerdem davon ausgehen, dass Cord und der Pelikan ein und dieselbe Person ist? Und können wir weiter davon ausgehen, dass die vom Pelikan entführten Bräute alle auf der Hochzeit sind, als was auch immer? Mit den Dienstleistern wären wir jetzt schon bei knapp 30 Personen. Da reicht weder ein Wohnzimmer noch ein Kleingarten, wenn er selbst schon beim Probeshooting so stilvoll und aufwendig vorgeht. Wie aber will er mindestens zwanzig entführte Frauen plus zehn Dienstleister unter Kontrolle bringen und auch halten? Das wird nicht funktionieren", fasste die Psychologin zusammen.

„Nicht wenn alle noch am Leben sind. Hat er die zwanzig Bräute bereits getötet, bleibt die Überwachung der zehn Personen. Hier hat er schon gezeigt, dass er das draufhat", schränkte Maik ein.

„Die erste Entführung war im Dezember, das ist jetzt sechs Monate her. Wenn er sie gleich umgebracht hat, sehen sie heute nicht mehr so aus, als würden sie zu einer Hochzeit eingeladen. Es sei denn, er hat was gegen die Verwesung unternommen oder tötet sie erst direkt vor der Trauung, was auch wenig sinnvoll ist", resümierte Thomas.

„Bei dem, was er momentan vorhat, braucht er wahrscheinlich ein Publikum. Warum sollte er sonst auch noch die Reporterin entführen? Hat sie die Szene beobachtet, hätte er sie genauso erschießen können wie den Angler. Ich vermute stark, er heiratet Astrid aus verletztem Stolz und benötigt Zuschauer, die beim Zusehen leiden. Das hilft ihm, seine Kränkung zu kompensieren. Des Weiteren befürchte ich, dass die Kollegen seine Ex-Braut und auch vielleicht seinen ehemaligen Trauzeugen nicht antreffen werden. Was mir allerdings noch mehr Sorgen bereitet, ist der Umstand, dass er nach dem erzwungenen Jawort sein

Ziel erreicht hat und einen großartigen Abgang zelebrieren wird. Für einen Suizid im Stillen wäre Cord so nicht angetreten. Entweder wählt er einen ‚Suicide by cop' oder nimmt alle mit", lautete die nicht gerade hoffnungsvolle psychologische Einschätzung von Carlotta.

Maiks Handy klingelte. Die Analysestelle teilte mit, dass es sich bei der Ex-Braut von Cord Brammer um Susanne Meyerhoff und bei dem Trauzeugen um Vincent Lessing handelte. Beide waren seit drei Jahren in Bad Nenndorf gemeldet, aber seit Tagen ihrer Arbeitsstelle ferngeblieben und auch nicht mehr gesehen worden. Ihre Handys und das gemeinsame Auto des Paares konnten am Wohnort aufgefunden werden.

Kapitel 70
Die Hochzeit des Pelikan

Bis zur totalen Erschöpfung schleppten Levin und Thorsten die getöteten Bräute hin und her. Das Friseur- und Visagistenteam arbeitete seine Bräute so stoisch wie möglich ab. Dabei musste die Reporterin alles detailliert dokumentieren und auch den Täter fotografieren, wie er den Friseur oder Thorsten Büthe demütigte. Dem Profiler fiel auf, dass vier Brautkleider und zwei dunkle Anzüge auf dem Kleiderständer verblieben. Yvonne Schultheiß war bislang noch nicht unter den Leichen gewesen, wobei Thorsten glaubte, Nele, Inet und Anna erkannt zu haben, was bei dem Zustand der Toten aber schwierig war. Die blonde Yvonne hatten sie definitiv nicht dabeigehabt. Nach Vollendung des Auftrags schloss der Pelikan die beiden wieder an ihre Ketten, verschwand im Hauptgebäude und kehrte nach wenigen Minuten voller Euphorie zurück.

„So, jetzt habe ich noch eine zusätzliche Überraschung für euch. Eine Prinzessin mit langem, blonden, lockigen Haar. Bitte macht sie besonders schön!" Ja, da war sie. Yvonne Schultheiß. Sie konnte sich kaum auf den Beinen halten. Thorsten erschrak. Sie trug hübsche, aber ramponierte Dessous und sonst nichts. Ihre Zehen waren schwarz und sahen aus wie erfroren. Ähnliche Verfärbungen konnte er an den Ohrmuscheln feststellen.

„Was hast du mit ihr gemacht, du Arsch?" Thorsten war außer sich vor Wut.

„Sie hatte sich im Kühlhaus eingeschlossen und wollte einfach nicht rauskommen", rechtfertigte sie der Entführer. „Macht sie hübsch! Ich will ihre wunderbaren langen Haare und nicht diese schwarzen Ohren sehen. Los, macht schon!", donnerte er. Maria streichelte die apathische junge Frau. „Alles wird gut." Cord selbst brachte das Kleid Nummer 21. „Es steht dir super. Träume einfach von dem tollen Feuerwerk und deinem Fußballhelden." Yvonne konnte den Weinkrampf nicht zurückhalten. „Mensch, Mädel, denk an die Schminke, was sollen die Gäste denken?", forderte der Täter.

Thorsten rief: „Yvonne, Björn lebt. Ihm geht es gut. Er wartet auf dich." Die Braut schaute kurz auf, konnte Thorsten überhaupt nicht einordnen und glaubte ihm kein Wort.

„Schnauze, Thorsten, das muss sie sonst alles ausbaden!", drohte er ihm. Cord Brammer zog ihr selbst das Brautkleid über, platzierte sie auf einer Bank neben einer toten Braut und fixierte sie mit dem Oberkörper an der Rückenlehne der Kirchenbank. „Halt deinen Kopf immer schön hoch, damit ich dein süßes Gesicht sehe. Sonst bohre ich dir eine Schraube in den Schädel", dabei hob er das Haar der Leiche vor ihr und zeigte auf den Haken mit der Öse im Hinterkopf. Entsetzt riss Yvonne die Augen auf, war aber nicht einmal zum Wimmern fähig.

Cord entfernte sich, tauchte kurz darauf aus dem Keller wieder auf und verkündete überschwänglich: „So, Leute, eine weitere Überraschung. Ein echtes Mädchen mit einer Kurzhaarfrisur.“ Völlig geschwächt konnte sich ein hagerer junger Mann kaum auf den Beinen halten.

„Patrick Holberg!“, rief Thorsten überrascht.

„Genau!“, bestätigte Cord Brammer. „Wie ihr seht, geht es ihm gut. Da wart ihr alle total ratlos und überfordert, stimmt's? Hat der Pelikan es getan, hat er es nicht getan? Warum hätte er es denn tun sollen? Was hat Patrick mit den Bräuten zu tun? Fragen über Fragen und ich kann euch beruhigen. Ihr konntet keine Antworten finden, weil es keine gab. Weil ihr mit eurer Profilermethodik nicht weiterkommt, wenn euch der Täter überlegen ist. Ihr wolltet mir immer einen Schritt voraus sein. Lächerlich, wirklich lächerlich“, höhnte er.

Thorsten nutzte den Moment, um Zeit zu gewinnen. „Ich bin echt überrascht, Cord, damit habe ich wirklich nicht gerechnet. Warum Patrick? Ich verstehe es immer noch nicht“, hinterfragte Thorsten.

„Weil er ein kleines Arschloch ist. Als Astrid und ich den Reeder aufsuchten, dachte ich erst, was ist das für ein arroganter Fatzke. Dann offenbarte er uns die Geschichte seiner Familie und war zu Tränen gerührt. Da tat es mir ehrlich um Greta leid. Ich fand ihn plötzlich total sympathisch und spürte, wie ich von Patrick hin- und hergerissen war. Der kleine Gangster hatte die Familie sowas von ausgenutzt und fast zerstört und dennoch gab es eine emotionale Verbindung, die nach der Entführung zusehends enger wurde. Dazu kam, dass unsere Soko ihr Pulver verschossen hatte. Wir waren schon damals kurz davor, dass wir in unsere Dienststellen zurück mussten. Da hätte ich aber keinen Einfluss mehr auf die Ermittlungen gehabt. Also blieb mir nichts anders übrig, als euch einen neuen Brocken hinzuwerfen“, räumte Cord ein.

Thorsten sah seine Chance. „Was hatten die Bulgaren mit der Sache zu tun?“, blieb er am Ball, und Cord drehte stolz auf. „Die Bulgaren. Bei der ersten Entführung musste ich ja eine Trugspur legen und bin abends durch das Steintorviertel in Hannover gezogen. In Billy's Bar habe ich die beiden beobachtet, wie sie sich über ihren Stoff, den sie auch in Kühlungsborn und auf Spiekeroog vertickern wollten, unterhielten. Als sie gingen, habe ich den Aschenbecher mitgehen lassen, die Kippen am Sheraton-Hotel im Pelikanviertel untergebracht und auf eure geniale Kombinationsgabe gehofft. Hier wart ihr richtig gut. Und dass du dann ausgerechnet dienstlich nach Kühlungsborn gekommen bist, hat mich riesig gefreut. Dass wir dann auch noch beide Bulgaren auf Spiekeroog bei der Razzia angetroffen haben, war ein absoluter Glücksfall, mit dem auch ich nicht gerechnet hatte. Ihr habt ja sogar meine Notwehrnummer durchgeboxt. Vielen Dank dafür. Nachdem ich die Bulgaren plattgemacht hatte, konnte ich das Foto platzieren und ihr seid wieder abgegangen wie ein Zäpfchen, herrlich. Selbst die Auszeit, um mich von meinem Trauma zu erholen, konnte ich super für meine kleinen Ausflüge nutzen. Da musste ich mir nicht immer die Nächte um die Ohren schlagen und am nächsten Morgen wieder topfit in den Soko-Besprechungen sitzen. Ich konnte mir in aller Ruhe einen netten Brautladen ausgucken, mir auf diesem Wege die schönen Kleidchen besorgen und meine schlanken Bräute direkt vom Drogenstrich holen. Die waren eh dürr und kein Mensch vermisste sie. Bis auf die zwei oder drei Junkies aus Bremen. Eines Abends hatte ich auf dem Bremer Straßenstrich Pech mit so einem blöden Typen und fuhr gefrustet nach Hause, als diese junge Anhalterin im Regen stand. Sie war hübsch, nett, gebildet, also eine ideale Braut. Als mich die blöden Kollegen von der Autobahnpolizei kontrollieren wollten, lag sie vorbereitet im Kofferraum. Ich musste die Notbremse ziehen und hatte in Verden keine andere Möglichkeit, als die Kiste anzustecken. Wegen Greta fand ich es schade. Sie war ein typischer Kollateralschaden. Bei McDonald's dachte ich erst, ich schaffe es nicht mehr. Das war echt eng, bis der Zeitungskurier kam und sich einen Coffee to go holen wollte. Er hatte mich da rausgebracht. Mit ihm bin ich von der Autobahn bis zu diesem See gefahren."

Thorsten hakte ein: „Kanntest du den, oder war es reiner Zufall?"

Cord befand sich in seinem Element. „Wir besuchten mal diese Strandbar , daher wusste ich aus einem Gespräch mit dem Pächter, dass die Schranke für die Lieferanten nachts geöffnet blieb. Der Typ, ich glaube, er hieß Erwin, tat mir wirklich leid. Er hatte totalen Schiss und wusste, dass ich ihn nicht gehen lassen konnte. Ich habe ihm versprochen, dass ich ihn lediglich einsperre und nur sein Auto brauche. Aber ich glaube, er rechnete damit, dass er nicht mit dem Leben davon kommen würde. Der hat schon vorher so gepumpt, dass er nicht einmal den Elektroschocker überstanden hat. Er war gleich tot, sodass ich ihn über diesen kleinen Damm in den See geworfen habe. Armer Kerl, das war so nicht beabsichtigt."

„Und Patrick?“, setzte Thorsten nach.

„Im Ernst, ich habe es genossen, wie sich der Pimpf vor lauter Bammel in seine Rapperhose gepisst hat, als ich seine Beschützer erschießen musste. Ich habe gelacht, als der coolste Gangsterrapper Bremens im Keller Rotz und Wasser geheult hat und zu Mami wollte. Und jetzt werde ich das Mädchen im weißen Kleidchen zwischen die Bräute setzen und ihn an der Show teilhaben lassen. Schließlich brauchen wir ja noch ein kleines Mädchen, das weint. Das gehört zu jeder Trauung und davon haben wir hier ja nicht mehr viele. Herrlich!“, beendete der Pelikan seinen heroischen Monolog.

„Cord, mal ehrlich. So einen Täter wie dich hatten wir noch nie. Du bist einfach einzigartig, und da stoßen wir als OFA methodisch an unsere Grenzen. Du hast völlig recht“, ging Thorsten auf seinen Narzissmus ein.

„Schluss mit dem Gequatsche, sonst kommen wir noch zu spät zur Trauung. Macht den Jungen hübsch und dann geht's los“, schloss der Pelikan die Konversation.

Nachdem sie dem zitternden Patrick das Brautkleid angezogen und ihn geschminkt und frisiert hatten, mussten Thorsten und Levin den traumatisierten Jungen auf die mittlere Bank zwischen zwei tote Bräute ketten. Cord ging zu einem Schränkchen und gab Patrick das Fotoalbum, was er unter dem Bett gefunden hatte. „Schau sie dir noch ein letztes Mal an und heul von mir aus so laut du willst“, verhöhnte er ihn.

Im Anschluss waren alle erschöpft und durchgeschwitzt, als Cord Brammer seine Gehilfen aufforderte, sich für die Zeremonie frisch zu machen. Cord ging auf

Levin zu, händigte ihm vier Umschläge mit Geldscheinen aus und bedankte sich für die gute und zügige Arbeit. Dann fuchtelte er mit seiner Pistole herum. Thorsten ging davon aus, dass er das Team um Levin und Maria nicht mehr benötigte und sie erschießen würde.

„Cord, ich schätze, dass deine Braut und vielleicht auch die anderen Gäste während der Trauung so überwältigt sind, dass Tränen die Schminke verwischen und die eine oder andere Frisur nachgebessert werden muss. Denk an die Fotos. Ich würde das Team einfach mit reinnehmen", versuchte Thorsten Zeit zu gewinnen.

„Thorsten, du bist echt ein Fuchs, aber den Moment haben wir noch", reagierte der Pelikan hämisch und zwinkerte ihm zu. So wusste Thorsten, dass er recht hatte und hier niemand lebend wieder rauskommen würde, wenn nicht ein Wunder geschähe. Cord brachte einen nach dem anderen in die vorbereitete Kapelle und fixierte sie neben den toten Bräuten auf den Kirchenbänken, sodass sie nicht den Hauch einer Chance hatten, sich auch nur einen Millimeter zu bewegen.

Der Peiniger führte Emma in den Raum. Thorsten und seine Tochter sollten nun ihre Fotokameras aufnehmen und sich beidseitig des Altares aufstellen. Auch sie wurden wie in einem Folterkeller mit starken Ketten an feste Maueranker des Altares angekettet, sodass sie einen Aktionsradius von maximal einem Meter hatten. Das reichte bei Weitem nicht, um Cord zu erreichen. So wies der Bräutigam auch „Carry Me" und der Trauednerin ihren Platz an ihren Ketten vor dem Altar zu. Die längste Fessel gönnte der Geiselnehmer der Reporterin, die ausschließlich die Personen auf den jetzt noch freien Plätzen fotografieren sollte.

Cord verschwand wieder und wies „Carry Me" aus dem Hinterschiff an, den Hochzeitsmarsch von Richard Wagner anzuspielen. Aus dem Nichts erschien ein Paar, das von den Anwesenden niemand kannte. Eine schlanke, circa 30-jährige junge Frau mit langen dunkelbraunen Haaren versuchte, sich auf hochhackigen Schuhen den Weg zum Altar zu bahnen. Sie wirkte in ihrem bis zum Boden reichenden cremefarbenen Brautkleid unsicher und völlig verängstigt. Ihr Begleiter, ein kräftiger, gut aussehender junger Mann um die dreißig trug einen eleganten dunklen Hochzeitsanzug und schwarze Lackschuhe. Er führte seine Braut nicht, er stützte sie und verhinderte, dass sie zusammenbrach. Als der Blick der Braut auf die Leichen in den Brautkleidern fiel, fing sie an zu schreien und wurde von Cord mit irgendetwas in den Rücken gestoßen. Während Cord sie zu ihren Stühlen links und rechts der Trauzeugen führte, konnten Emma und Thorsten sehen, dass Cord die beiden von hinten mit einer riesigen Machete in Schach hielt. Der Pelikan befestigte die Ketten an den Trauzeugen und überreichte der Traurednerin den von ihm vorbereiteten Text für die Zeremonie. Beim Anblick der Machete unterbrach „Carry Me" den emotionalen Hochzeitswalzer. Cord lächelte beide an und befahl ihnen in einem gefährlich ruhigen Ton: „Einfach weiterspielen, das ist doch schön."

Der Pelikan bat seine Traurednerin, den Gästen schon mal den Ablauf der Trauung aus dem Manuskript vorzulesen, und ließ sich kurz entschuldigen. Thorsten versuchte mit den Trauzeugen Blickkontakt aufzunehmen, wobei die hübsche Frau im Brautkleid total verzweifelt heulend zu Boden blickte. Ihr Begleiter starrte apathisch durch ihn hindurch. Er machte durch Zischgeräusche auf sich aufmerksam. Das brachte Cord dazu, der toten Braut neben Patrick Holberg beim Verlassen des Mittelganges den Kopf abzuschlagen. Voller Panik schrie der Junge laut auf. Fast beiläufig sagte Cord, zwar leise, aber noch so laut, dass es alle vernehmen konnten: „Höre ich eine Stimme außer der Traurednerin, mache ich mit dem Weichei weiter."

Der Schock saß bei allen so tief, dass es fast jeder vermied zu atmen. „Carry Me" spielte einfach weiter, während die Traurednerin das Programm mit den ausgewählten Liedern und der Zeremonie stockend vorlas.

„Bitte erheben Sie sich!", rief Cord laut in die Kapelle und lachte. „Oh Entschuldigung, Sie müssen ja sitzen bleiben. Lauter, spielt lauter!"

Der Bräutigam trug einen eleganten Smoking, die Braut ein schneeweißes Kleid mit einer langen Schleppe. So schritten Cord Brammer und eine hilflose, entmutigte Astrid Wegner unter musikalischer Begleitung des Hochzeitsmarsches zum Traualtar. Thorsten schoss die ersten Fotos mit seiner neuen Fujifilm-Kamera und schickte sie mit einem Knopfdruck direkt auf das Handy seiner älteren Tochter Celina.

Kapitel 71
Die Verzweiflung wächst

Es hatte sich bislang kein Ansatz ergeben, wohin die Einsatzkräfte fahren sollten. Hubschrauber kreisten unkoordiniert über dem Gebiet und suchten nach der sprichwörtlichen Nadel im Heuhaufen. SEK-Einheiten waren zwischenzeitlich eingetroffen und wurden in das grobe Einsatzgebiet eingewiesen. Vicci und ihre Tochter waren verzweifelt, als Celina plötzlich aufschrie: „Die Kamera!", wobei sie niemand ernst nahm. Kristin fragte: „Welche Kamera?" Celina war völlig euphorisch, was niemand aus der Runde nachvollziehen konnte. „Paps hat sich letzte Woche eine neue Kamera gekauft, die eine integrierte SIM-Karte zum unabhängigen Senden von Fotos besitzt, und hat mir gerade welche geschickt." Alle schauten irritiert auf den Monitor von Celinas Handy und wurden Zeugen einer äußerst skurrilen Trausituation. Eine Vielzahl von Leichen saß in Brautkleidern auf Kirchenbänken und ein Brautpaar im Altarraum auf den Plätzen, die sonst den Trauzeugen vorbehalten waren. Zwischen den toten Bräuten erkannten sie das Friseurteam und die Musiker. Das nächste Foto zeigte den Bräutigam Cord Brammer in einem eleganten Smoking, der gerade seine Kollegin Astrid Wegner zum Altar führte. „Celina, gib mir rasch die Nummer der SIM-Karte", bat Maik aufgeregt und leitete sie direkt an die Einsatzzentrale weiter. Das Ergebnis kam nach wenigen Minuten.

„Okay, es geht nach Grindau in die Stöckener Straße. Hier befindet sich eine alte Landschlachterei mit einer großen Scheune. Der Hof war lange unbewohnt und gehörte seinerzeit einem Georg Büttner. Der Geburtsname von Cords Mutter ist ebenfalls Büttner. Das wird der Hof von seinen Großeltern sein!“, schrie Maik euphorisch in die Runde.

Als alle Einsatzkräfte zu ihren Fahrzeugen sprinteten, rief Iris Höppner: „Stopp! Das bringt gar nichts. Wir müssen jetzt trotz aller Eile planmäßig vorgehen. Das SEK fährt ohne Sondersignale und quietschende Reifen an, äußere Absperrung, Zugriff vorbereiten. Maik, du besorgst Google-Bilder und Grundrisse, damit wir anhand der Fotos von Thorsten sichergehen, welches Gebäude wir stürmen müssen. Celina, Vicci, ich nehme euch mit Kristin und Carlotta zu mir ins Fahrzeug. Wir brauchen von Thorsten die aktuelle Entwicklung. Kannst du ihm mitteilen, dass wir unterwegs sind? Er muss unbedingt Zeit gewinnen.“ Celina bestätigte. Thomas hatte den VW Bulli gestartet und Grindau ins Navi eingegeben.

„Wir brauchen 28 Minuten! Wie lange dauert denn so eine Scheißtrauung?“, fragte er.

„Nicht lange genug, gib Gas“, motivierte Kristin ihren Kollegen. Über das interne Polizeisystem NIMes gingen die ersten Gebäudefotos bei den eingesetzten Beamten ein. Thorsten schickte weiter nach und nach Fotos, auch von den Ketten, mit denen alle fixiert waren. Am Stuhl des Bräutigams konnte man eine Machete, davor eine Pistole erkennen. Jetzt mussten sie nur noch rechtzeitig ankommen.

Kapitel 72
Das Trauversprechen

Die Trauednerin war bei den persönlichen Worten angekommen, die an das Brautpaar gerichtet waren. Mit blumigen Formulierungen las sie die Vita von Cord vor, den man als mustergültigen Ehemann einfach lieben musste. Die Braut wurde komplett in den Dreck gezogen und ihr mangelndes Vertrauen vorgeworfen. Der Ton wurde aggressiver.

Thorsten versuchte Blickkontakt mit Marina Swodicz aufzunehmen. Sie hatte als einzige einen Radius, der es ihr ermöglichte, an den Bräutigam und seine Waffe am Boden zu gelangen. Marina war vorsichtig, erwiderte aber den Blick und blieb aufmerksam. Sie wusste nichts von den herannahenden Einsatzkräften und ahnte, dass die Nummer hier nicht gut ausgehen konnte. Alle würden etwas riskieren müssen, um hier einigermaßen heile rauszukommen.

Der Bräutigam erhob sich, hielt seine Traurede und beschimpfte seine Braut aufs Übelste. Sie schaute weiter zu Boden, und Cord redete sich in Rage. Mit einem Seitenblick sah Astrid resigniert zu Thorsten. Seine Mimik versuchte ihr deutlich zu machen: „Gib Obacht und kapituliere nicht!“ Da erwachte der Kämpfergeist in Astrid. Sie hatte begriffen, ihre Augen wurden wachsamer. Plötzlich hatte sie wieder einen Überlebenswillen. Marina hatte den wortlosen Kontakt verfolgt und nickte Thorsten leicht zu. Cord schrie seine Astrid nur noch an, sodass Thorsten seiner Tochter Emma zuflüstern konnte: „Wirf dich auf mein Zeichen einfach flach auf den Boden." Emma nickte unsicher, hatte aber verstanden.

Als die Traurednerin es wagte, ihre Zeremonie fortzuführen, um Cords Aggressivität einzudämmen, griff er blitzartig zur Machete und hielt sie der Traurednerin so dicht an den Hals, dass es blutete. Cord drohte: „Wage das nicht noch einmal!" Er starrte mit wirrem Gesichtsausdruck zu Sissy von „Carry Me" und flüsterte: „Jetzt das Ave-Maria bitte! Aber schön laut und klar. Reiß dich zusammen!" Völlig überraschend schmetterte Sissy das Ave-Maria so kräftig und gefühlvoll, dass allen allein schon ohne diese angespannte Situation die Tränen kamen. Auch Cord heulte wie ein Schlosshund, während Sissy versuchte, Zeit zu schinden, und Strophen sang, die vermutlich zuvor noch niemand gehört hatte. Er rief mit erhobener Machete: „Stopp! Das reicht, Sissy." Dann flüsterte er wieder: „Das war sehr schön." Dann wieder unüberhörbar: „Jetzt die Trauzeremonie bitte!"

Die Traurednerin begann mit zitternder Stimme: „Willst du, Astrid Wegner, den dir Anvertrauten, Cord Brammer, zu deinem Mann annehmen und ihn lieben, bis dass der Tod euch scheidet, so spreche: Ja, ich will!" Astrid schluchzte und bekam kein Wort heraus. Der Bräutigam brüllte in die Kirche: „Ja, sie will! Habt ihr es alle gehört?" Stille. „Mein Trauzeuge, hast du es gehört, du Arschloch?" Dabei schnitt er ihm mit der Machete sein rechtes Ohr ab. Der Mann schrie vor Schmerzen. „Ein Ohr bleibt dir noch. Hast du es gehört? Dann sag: ja, sie will!", was der Trauzeuge unter Qualen wiederholte. „Weiter!", befahl der Pelikan der Traurednerin. „Willst du, Cord Brammer, die dir Anvertraute, Astrid Wegner, zu deiner Frau annehmen und sie lieben, bis dass der Tod euch scheidet, so spreche: ja, ich will!"

Thorsten bekam ein Foto von den SEK-Kräften vor dem Scheunentor auf seine Kamera. Jetzt musste alles passen.

Cord fuchtelte mit der Machete in der Luft: „Nie im Leben! Ich will die da!", und zeigte auf das Gesicht seiner Ex-Braut Susanne. Als er die Machete in Astrid Wegners Richtung schwang, schrie Thorsten: „Astrid, lauf!", worauf die Braut schlagartig hochschnellte und in kürzester Zeit nach hinten den Mittelgang entlangsprintete. Brammer drehte sich kurz genervt zu Thorsten um und wollte die Pistole aufnehmen. Doch der Profiler warf seine neue, schwere Kamera in Richtung der Waffe und katapultierte die Pistole so den Treppenabsatz herunter. Cord ging mit erhobener Machete einen Schritt auf Thorsten zu, als dieser seiner Tochter Emma zurief: „Runter!" Dabei betrat der Täter den Aktionsraum von Marina Swodicz, die ihren ganzen Mut mit einem wütenden Schrei zusammennahm und ihm den massiven Kerzenständer gegen die Knie schlug, den sie vom Altar genommen hatte. Noch im Fallen versuchte der Pelikan mit seiner Waffe auf Thorsten einzuschlagen, doch plötzlich brach Cord im Altarraum zusammen. Er war von hinten durch zwei Kugeln in die Brust getroffen worden. Das SEK stürmte die Kapelle, konnte aber keine weiteren Täter ausmachen.

Die Überlebenden weinten hemmungslos und schrien die Anspannung der letzten Stunden in Todesangst regelrecht heraus. Nachdem die Geiseln von den Ketten befreit worden waren, lagen sich alle in den Armen. Thorsten bedankte sich bei der couragierten Reporterin. „Auch wenn Sie mir die ganze Zeit echt auf die Nerven gegangen sind, war das ein kräftiger Schlag im richtigen Moment. Danke." Die Journalistin war noch außer Atem, aber total erleichtert. „Puuh, das war haarscharf. Ich hatte zwischendurch wenig Hoffnung, dass wir aus dieser Nummer heile rauskommen, Herr Büthe." Dann umarmte sie Emma, die schluchzend kein Wort herausbekam.

„Ach, Herr Büthe", wandte sich Frau Swodicz an den Profiler.

„Thorsten, bitte. Ich glaube, Lebensretter sollten sich duzen, außerdem spreche ich den Nachnamen sowieso immer falsch aus", bot er an.

„Gern, Thorsten, meinst du, ich bekomme als Lebensretterin auch einfacher einen Interviewtermin?", blieb sie gleich am Ball.

„Ich glaube, wir alle haben gerade so einiges aufzuarbeiten und sollten danach telefonieren. Außerdem wirst du bei deinen Kollegen eine begehrte Interviewpartnerin sein, bei dem, was du heute erlebt hast."

Thorsten nahm seine Emma in den Arm und führte sie an den Bänken mit den toten Bräuten entlang ins Freie. Doch Emma löste sich plötzlich, zog Patrick Holberg an der enthaupteten Braut vorbei in den Mittelgang und begleitete ihn nach draußen, wo ihn sofort ein Notarzt übernahm.

Thorsten hakte Yvonne Schultheiß ein, die sich kaum von der Bank lösen wollte, und vertraute sie einem Rettungsteam an.

Unter Tränen liefen Vicci und Celina Emma der anderen Hälfte ihrer Familie entgegen und umklammerten die beiden erleichtert. Thorsten klatschte sich noch mit seinem OFA-Team und Iris Höppner ab, bevor sie ihre Arbeit in der Kapelle aufnahmen.

„Hey, Chef, kannst du uns drinnen mal auf Stand bringen, wenn du ausgekuschelt hast?“, frotzelte Kristin lächelnd. Thorsten streckte nur den Daumen nach oben, ohne sich von Vicci und seinen Töchtern zu lösen.

Kapitel 73
Die „Hochzeitscrasher“

Iris Höppner und dem OFA-Team bot sich ein mehr als skurriles Bild – wie aus einem schlechten Zombiefilm. In Brautkleider gehüllte tote Frauen saßen aufrecht mit Blick zum Altar, als ob sie immer noch der Zeremonie folgen würden. Der Kopf einer Leiche lag direkt im Gang, und im Altarraum befand sich ihr ehemaliger Kollege Cord Brammer im Smoking. Auf dessen Rückenbereich hatte sich um die zwei Einschusslöcher herum ein Blutsaum gebildet. Der Leichnam hielt in seiner rechten Hand eine riesige Machete fest, die direkt auf die Figur des gekreuzigten Jesus Christus zeigte.

Eine Durchsuchung des ehemaligen Bauernhofes verlief negativ. Es konnten weder weitere Entführte noch Leichen gefunden werden. Im Innenhof hatten inzwischen drei Notärzte in fünf Rettungswagen die Versorgung der Verletzten oder unter Schock stehenden Geiseln übernommen. Vincent Lessing wurde mit Blaulicht in die Medizinische Hochschule Hannover gefahren. Die Rettungskräfte hatten sein abgetrenntes Ohr gekühlt, damit man in der plastischen Chirurgie versuchen konnte, es wieder anzunähen. Patrick Holberg war trotz der Vorräte stark dehydriert, hatte aber zumindest keine körperlichen Verletzungen. Yvonne Schultheiß mussten die erfrorenen

Zehen amputiert und Teile der bereits kältebetroffenen Ohrmuschel abgenommen werden. Björn Olafson schloss sie glücklich in seine Arme und scherzte bei der Diagnose, dass sie die Bewerbung in die norwegische Damennationalmannschaft mit diesen Füßen wohl vergessen könne.

Der kleine Ort Grindau wurde schlagartig weltbekannt und von einer Armada an TV-Teams aufgesucht. Für weiterhin eintreffende Polizeikräfte musste eine Straße komplett freigehalten und der Bauernhof großräumig abgesperrt werden.

Das Knattern eines Polizeihubschraubers ließ alle Einsatzkräfte und Journalisten nach oben schauen. Nach der Landung auf einem Feld direkt am Rand des Bauernhofes stieg neben dem Bremer Polizeipräsidenten auch der Reeder Knut Holberg aus.

Die Soko-Leiterin ging den beiden entgegen und sprach den Adoptivvater direkt an: „Hallo, Herr Holberg, Patrick lebt. Er hat viel durchgemacht, ihm geht es körperlich aber recht gut und er wird gerade im Rettungswagen hier vorn links behandelt. Ich begleite Sie."

Der Reeder hatte Tränen in den Augen und ergriff mit seinen beiden großen Händen den Arm von Iris Höppner. „Herzlichen Dank für alles!"

Der Bremer Polizeipräsident und die Kriminaloberrätin nickten sich wortlos zu. Als Iris Höppner später einen Blick in den Rettungswagen warf, sah sie Knut Holberg in den Armen seines Sohnes, der irgendein Fotoalbum innig umklammerte. Beide Männer hatten in dieser kurzen, schweren Zeit viel gelernt.

Thorsten ging auf die Gruppe zu, die sich mit Familie Büthe in einem Versorgungszelt der Feuerwehr zurückgezogen hatte. Hier saßen das Friseur- und Visagistenteam mit dem Gesangsduo „Carry Me“ und der Traurednerin zusammen und ließen das Ganze Revue passieren. Thorsten bedankte sich bei allen für ihre Courage, das Szenario in solchem Maß durchgezogen zu haben.

„Die Kollegen werden euch jetzt vorbei an den Presseleuten nach Hause bringen. Ich kann es nicht verbieten, aber bitte bleibt zurückhaltend, wenn die Reporter auf euch zukommen und Interviews führen wollen. Bitte sprecht vorher mit uns. Okay?“, versuchte der erfahrene Profiler die Betroffenen zu sensibilisieren.

Dann wandte er sich an seine Frau: „Vicci, nehmt ihr Emma bitte mit, ich muss die Kollegen über alles informieren, dann komme ich mit deinem Auto nach.“

Vicci zog eine Augenbraue hoch. „Geht’s danach gleich zum nächsten Fall?“

Thorsten lachte. „Ich kann ja meine Chefin um ein paar Tage Urlaub oder Nachermittlungen in Kühlungsborn bitten. Okay?“ Sie gaben sich einen innigen Kuss und verabschiedeten sich.

Thorsten sah einen riesigen Pulk an Journalisten. Hunderte Kameras und Mikrofone waren in die Mitte gerichtet. Wer gab denn da schon das erste Interview? Die Tatortgruppe des LKA hatte den großen Spurenkomplex auf dem Bauernhof übernommen. Eine Drohne nahm gerade die Übersichtsaufnahmen des Bauernhofes auf. Thorsten bat den Drohnenpiloten, direkt über die Ansammlung der Journalisten zu fliegen. Er staunte nicht schlecht, als

Marina Swodicz die ganze Meute mit euphorischen Schilderungen unterhielt und er leider nur Gesprächsfetzen „... da griff ich mir den massiven Ständer der Taufkerze vom Altar und schlug ihm ...“ verstand. Immerhin musste die Presse dann keine anderen Opfer interviewen, und eine detailliertere Beschreibung als Marina Swodicz konnte keiner geben. Thorsten stutzte. Hatte ihr eigentlich jemand ihre Kamera mit den ganzen Fotos vom Ablauf der gruseligen Zeremonie abgenommen? Er vermutete allerdings, dass die Reporterin sie zumindest nicht freiwillig herausgegeben hätte.

Kapitel 74
Das Resümee

Die Soko Pelikan hatte alle eingesetzten Kräfte aus Hannover, Bremen, Verden, Celle und Hildesheim sowie die Staatsanwaltschaft und auch die Rechtsmedizin zu einer Abschlussbesprechung eingeladen. Thorsten Büthe berichtete über den Kontakt von Cord Brammer zu seiner angeblichen Hochzeitsfeier und die Abläufe an der Aller und in der Kapelle. Er konnte über die vom Pelikan geschilderten Motive und seine Trugspuren aufklären und musste eingestehen, dass sie zwei Tötungsdelikte übersehen hatten. Die bei der Razzia auf Spiekeroog im Watt nu erschossenen Bulgaren waren nach Angaben ihres ehemaligen Kollegen vorsätzlich getötet worden, um hier das Foto einer Braut platzieren und die Soko auf eine falsche Spur führen zu können.

Die Bremer Beamten waren erstaunt, als Thorsten die Beweggründe des Täters bei der Entführung von Greta und Patrick Holberg darstellte.

„Gibt es ein für uns alle nachvollziehbares Motiv für die gesamte Serie?“, wurde aus der Runde gestellt.

„Carlotta, kannst du die Frage aus psychologischer Sicht beantworten?“, bat Thorsten die LKA-Psychologin.

„Es hört sich lapidar an. Es war schlicht gekränkte Eitelkeit, die ihren Ursprung in der Ablehnung seiner damaligen Braut und ihrem neuen Partner, ausgerechnet seinem besten Freund und Trauzeugen, hatte. Cord Brammer war ein Macher, ein Mensch, der Probleme anging. Er wurde aus Überzeugung Polizist, um sein Ding durchzuziehen. Man sah zu ihm auf. Er war jung, groß, durchtrainiert und attraktiv. Er war ein guter Ermittler, dynamisch und ehrgeizig. Er war Erfolg gewohnt und die Vokabel *Misserfolg* kam in seinem Sprachschatz nicht vor. Wenn jemand einen Schlussstrich zog, war er das. Cord Brammer bestimmte, wo es langging. Er war ein Narzisst und in dieser Rolle gefiel er sich sehr gut. Nach der Kränkung vor allen Hochzeitsgästen, vor den Menschen, die ihm wichtig waren, hatte er sein Gesicht verloren. Seine Bilderbuchfigur aus Porzellan war regelrecht zerbrochen. Es entwickelte sich ein tief greifendes Störungsbild. Dieses potenzierte sich im Laufe der Zeit dahingehend, dass er sein ehemaliges Ansehen zurückerobern wollte. Die anderen waren schuld, nicht er. Daraus entstand ein perfider Plan, den er strategisch verfolgte und perfektionierte. Jeder Erfolg, jede Ratlosigkeit seiner Kollegen, die er auch noch live miterleben durfte, bestätigte seine Großartigkeit, die genau dort endete", begründete die Psychologin die Entwicklung und fuhr fort.

„Wir dürfen uns nicht der Illusion hingeben, dass wir etwas hätten verhindern können. Wir dürfen nicht glauben, dass jemand ihn von den Taten hätte abbringen können. Glückliche Umstände haben in der Kapelle Leben gerettet, von Menschen, die aus seiner Sicht nie hätten überleben dürfen. Cord Brammer hätte ein Massaker veranstaltet und sich damit einen unsterblichen Abgang verschafft. Wir sollten an diesem letztendlich noch einigermaßen glücklichen Ende festhalten. Mehr war nicht drin. Vielen Dank."

Stille.

Man konnte eine Stecknadel fallen hören.

Im Anschluss stellten die Rechtsmediziner Doktor Sandra Asthoff und Doktor Andreas Hallmann die Obduktionsergebnisse der Frauenleichen vor. „Meine Damen, meine Herren, nach den Obduktionen stellt sich übereinstimmend folgendes Bild dar: Sämtlichen Opfern wurden – äußerst versiert – vital die Arterien im Hals, Ober- und Unterarm sowie im Ober- und Unterschenkel großflächig eröffnet, um den Körper bei anfangs noch intaktem Kreislauf ausbluten zu lassen. Aufgrund von Verbrennungszeichen an den Hälsen der Leichen können wir davon ausgehen, dass die Geschädigten im Vorfeld durch das Einwirken eines Elektroschockers handlungsunfähig gewesen sein dürften. Bei keinem der Toten waren Abwehrverletzungen festzustellen. Nach dem Ausbluten hat der Täter die Körper- und Kopfhöhle eröffnet und die inneren Organe sowie das Hirn entnommen. Das ist sowohl in der Jagd sowie beim Schlachtvorgang üblich, um den Verwesungsprozess zu verzögern, was dann bei sofortiger Kühlung oder wie hier sogar einer Tiefkühlung unter minus 18 Grad Celsius gewährleistet war. Auffällig war das Anbringen einer Metallöse in Form einer Schraube am Hinterkopf der Leichen. Wie wir bei der Bergung feststellen konnten, waren hier die Köpfe mithilfe eines Seilzuges durch diese Öse in einer aufrechten Position gehalten worden. Trotz aller offensichtlichen

Grausamkeiten können wir aus fachlicher Sicht davon ausgehen, dass die Opfer nach dem Einsatz des Elektroschockers von der eigentlichen Tötung nichts gespürt haben dürften. Abschließend können wir Ihnen noch mitteilen, dass neben den drei bereits bekannten Opfern aus Hannover, Celle und Hildesheim neun weitere Frauen identifiziert werden konnten. Es handelt sich um Prostituierte aus Hamburg und Bremen. Die bislang immer noch unbekannten Leichen weisen entsprechende Hinweise auf Drogenkonsum auf und dürften auch diesem Milieu zuzuordnen sein. Vermisstenanzeigen liegen zu diesen Opfern allerdings nicht vor. Vielen Dank."

Jeder Teilnehmer hatte nun noch Gelegenheit, Fragen zu stellen oder Anmerkungen abzugeben, bevor der Leiter der Soko Pelikan sich bei allen Beteiligten für das Engagement und den Einsatz bedankte. Es galt noch viel aufzuarbeiten und an den Abläufen in den einzelnen Behörden und Dienststellen zu optimieren.

Auch wenn es jemand nicht nachvollziehen kann oder jemandem makaber vorkommt, aber im Anschluss trafen sich alle Ermittler, Wissenschaftler, Staatsanwälte, Pressesprecher und Profiler samt den Vorgesetzten. Hier wurden nach Dienst beim Grillen und kühlem frisch gezapftem Bier die einen oder anderen überfälligen Gespräche außerhalb des Protokolls geführt.

Die Soko Pelikan wurde aufgelöst.

Kapitel 75
Kontrastprogramm

Vicci und Thorsten verbrachten einige erholsame Tage in ihrem Rückzugsort Kühlungsborn und hatten im Upstalsboom noch ein Zimmer ergattern können. Von Kühlungsborn West machten sie sich bei strahlendem Sonnenschein zu Fuß auf den Weg zum Hafen und genossen die kilometerlange Strandpromenade. Mit einem Sechserträger fast eisigem Störtebeker und einem kühlen Weißwein schlenderten sie am Vielmeer vorbei auf den Steg zu den Segeljachten. Am Segelboot „Sprotte" rief Thorsten: „Kapitän der ‚Sprotte', ist es gestattet, an Bord treten zu dürfen?"

Als Erstes kam Baxxter aus der Kabine nach oben gelaufen. Der Golden Retriever begrüßte die Besucher freundlich mit wedelndem Schwanz. Eine tiefe Stimme aus der Kajüte rief zurück: „Wenn das Landei aus Hannover gekühlte Getränke und eine hübsche Meerjungfrau im Gepäck hat, gern."

H-P strahlte, als er neben Thorsten auch Vicci und vor allem sein Lieblingsbier sah. „Mensch, Vicci, toll, dass du dabei bist. Das sieht nach mehr Zeit als sonst und ungehemmtem Alkoholkonsum aus. Das letzte Mal mit Thorsten war total dienstlich dröge und viel zu kurz. Willkommen an Bord."

Sie genossen einen wunderschönen Sonnenuntergang an Bord der „Sprotte", lauschten den Seemannsgeschichten des Seniorprofilers und blickten auf die illuminierte Promenade am Hafen.

„Seid ihr noch ein paar Tage hier? Morgen Abend wird das „The View" neu eröffnet. Soll jetzt lecker und seriös sein. Habt ihr Lust?", fragte der Kapitän.

Vicci und Thorsten stimmten zu und tauchten in gewohnter Umgebung mit neuen und bewährten Eindrücken in die heile Welt Kühlungsborns ein. Spät zurück in ihrer Hotelresidenz, stellten sie im Bett noch den Fernseher an und staunten beide nicht schlecht, als sich Markus Lanz gerade angeregt mit Marina Swodicz über ihre Erlebnisse mit dem Serienmörder Cord Brammer austauschte. Als Thorsten wieder nur den Gesprächsfetzen „... da griff ich mir den massiven Ständer der Taufkerze vom Altar und schlug ihm ...", hörte, nahm ihm Vicci die Fernbedienung weg und betätigte kurzerhand den Ausschalter.

„Einfach nur ein paar Tage heile Welt, Schatz!"

Epilog

Die Operative Fallanalyse (OFA) des Landeskriminalamtes Niedersachsen blickt nun schon auf 20 erfolgreiche Jahre zurück. Mittlerweile konnte die bundesweit durch das Bundeskriminalamt (BKA) entwickelte fallanalytische Methodik in zahlreichen Fällen – primär in Tötungs- und sexuellen Gewaltdelikten – wertvolle Ermittlungshinweise liefern. Dabei leistete das Team der OFA-Niedersachsen in etwa 100 Fallanalysen einen wesentlichen Beitrag zur Aufklärung von schwersten Gewalttaten.

Carsten Schütte ist seit 2002 im OFA-Team Niedersachsens und leitet es seit 2016. Im Vorfeld war er neben vielen unterschiedlichen Verwendungen in mehreren Polizeibehörden eingesetzt: beim Kriminaldauerdienst, in der Kriminaltechnik und dem Fachkommissariat für Tötungs- und Sexualdelikte in Hannover.

Wie alles begann

Als sich den Mordkommissionen die noch unbekannten „Profiler“ im Jahr 2000 vorstellten und anboten, sie künftig in ihren Fällen mit neuen Methoden zu unterstützen, brachten ihnen die erfahrenen Mordermittler eher Misstrauen entgegen. Die Ankündigung der Kollegen, mit diesem innovativen Instrument ermittlungsunterstützende Hinweise zu erhalten, stieß bei den erfahrenen Ermittlern zunächst auf Skepsis. Man wollte durch eine Rekonstruktion des Tatgeschehens, mit einer Einschätzung des Täterhandelns, dem Ergründen seiner Motive schließlich Angaben zur Täterpersönlichkeit machen können, ein sogenanntes Täterprofil erstellen.

Aufgrund von Filmen wie „Das Schweigen der Lämmer“ und amerikanischen CSI-Serien hatte sich ein mediales Bild geprägt, welches mit der Realität nichts zu tun hatte. Es fielen Vokabeln wie „Glaskugel- und Kaffeesatzleserei“. Das Bild des „Profilers“ hatte sich nach diesen Vorstellungen entwickelt. Nur fuhren die Fallanalytiker des LKA Niedersachsen nicht im Hummer vor und trugen weder Designeranzüge noch coole Spiegelsonnenbrillen an den Tatorten.

In dieser frühen Phase begann die OFA-Niedersachsen, die heute als „Cold Cases“ bezeichneten unaufgeklärten

Tötungsdelikte mit ihrer neuen Methodik aufzuarbeiten. Die Mordermittler Niedersachsens konnten ihren Fokus wegen der Auslastung mit aktuellen Tötungsdelikten nicht ständig auf die zeit- und ermittlungsintensiven Altfälle richten. Aber mithilfe der OFA stellten sich Erfolge ein. Alte Verfahren wurden durch die Mordkommissionen neu aufgerollt und konnten nach Jahrzehnten aufgeklärt werden. Die OFA hatte eine skeptische Testphase gemeistert. Infolgedessen wuchs das Vertrauen der Ermittler nicht nur in die neue Methodik, sondern auch in das Team der Fallanalytiker von Fall zu Fall. Im Jahr 2004 wurde die OFA mit dem Vermisstenfall eines achtjährigen Mädchens konfrontiert, dessen Kleidung auf einem Parkplatz in der Nähe des letzten bekannten Aufenthaltsortes aufgefunden wurde. Die OFA Niedersachsen hatte bis zu diesem Zeitpunkt kaum Erfahrungen in der Begleitung aktueller Fälle, agierte aber im großen Netzwerk der OFA-Dienststellen im gesamten Bundesgebiet. Ein in diesem Bereich erfahrener Fallanalytiker aus Nordrhein-Westfalen unterstützte die niedersächsischen Ermittler mit seiner Fachkompetenz und wurde in das Analyseteam integriert. So konnte die OFA unmittelbar in einem aktuellen Fall eingesetzt werden und damit die ersten fallanalytischen Akzente direkt in die Ermittlungen der eingerichteten Sonderkommission (Soko) einbringen. Über ein Jahr begleiteten die Fallanalytiker die Soko. Stets mussten sie neue Fallinformationen in ihre Bewertungen und Ermittlungsempfehlungen aktuell mit einbeziehen. Erst durch den Leichenfund des Mädchens im Sauerland und einen weiteren Mord an einem gleichaltrigen Jungen konnte ein Sexualmörder ermittelt und festgenommen werden.

Die gegenseitige Unterstützung der bundesweiten OFA-Dienststellen ist ein Teil der Philosophie der Fallanalytiker, auch übergreifend bei Einsätzen in anderen Bundesländern.

Aktuelle Entwicklung

Inzwischen wird die Einbindung der OFA in Niedersachsen besonders bei aktuellen Tötungsdelikten mit sexueller oder unklarer Motivlage immer mehr eingefordert und umgesetzt. Eine möglichst frühe Rekonstruktion des Tatgeschehens dient einer Priorisierung der Tatortspuren und kann durch das gesicherte Fallverständnis wichtige Aspekte für Zeugen- und auch Beschuldigtenvernehmungen erbringen. Durch ein stets anwachsendes Netzwerk von Spezialisten aus der Kriminaltechnik, Rechtsmedizin und Psychologie sowie anderen wissenschaftlichen Bereichen können die Ermittlungen einer Mordkommission schon frühzeitig aus unterschiedlichen interdisziplinären Perspektiven unterstützt werden.

In Niedersachsen sind aktuell flächendeckend Ermittlungseinheiten aufgestellt worden, die sich speziell mit unaufgeklärten „Cold Cases" beschäftigen. Auch in diesen Fällen ist die OFA Niedersachsen als fester Bestandteil unterstützend eingebunden.

Ausblick

Die fallanalytische Methodik ist durch die OFA mittlerweile neben den Schwerpunkten in Tötungs- und sexuellen Gewaltdelikten ebenfalls in Raub- und Brandstiftungsserien erfolgreich eingesetzt worden. Auch in aktuellen Bedrohungslagen (z.B. Extremismus) können diese Verfahrensweisen angewendet werden. Dabei stehen nicht nur die Fallanalytiker und die Polizei insgesamt, sondern sämtliche Sicherheitsorgane vor einer riesigen Herausforderung, diese Aufgaben zu meistern.

In dem folgenden Abschnitt möchte ich erklären, was sich genau hinter den Fachbegriffen und den Unterstützungsleistungen der OFA verbirgt.

Hier orientiere ich mich an dem Schaubild „Der zirkuläre Prozess der Fallanalyse“ vom Bundeskriminalamt.

In meinen ersten Roman „Im Fokus“ wird der Leiter der OFA Niedersachsen, Thorsten Büthe, mit einem Mord konfrontiert. Er ermittelt im Hannoveraner Stadtwald, der Eilenriede. Dort wurde die Leiche einer jungen Joggerin mit mehreren Messerstichen aufgefunden. Zwei ähnliche Taten hatten sich bereits Wochen zuvor ereignet, sodass geklärt werden musste, ob die aktuelle ebenfalls einem Serienmörder zugeordnet werden konnte oder ob dieser Fall nicht Teil einer Serie war. Die OFA wurde durch die hannoversche Mordkommission beauftragt, eine Fallanalyse durchzuführen, um den möglichen Serienzusammenhang zu prüfen.

Welche Schritte sind zu einer solchen Fallanalyse erforderlich und wie erfolgt ein Vergleich mit den anderen Taten?

Informationssammlung

In dieser Phase gilt es, sämtliche Informationen, die im Moment des Einsatzes der OFA vorliegen, zu erheben.

Tatortbericht

Welche Feststellungen wurden durch den Finder der Leiche, die ersten Einsatzkräfte und den Notarzt getroffen? Welche Veränderungen hat wer von ihnen vorgenommen?

Rechtsmedizinisches Gutachten

Verletzungsmuster, Todesursache, Tatwaffe ...
Optimal ist die direkte Teilnahme der OFA an der Obduktion.

Opferpersönlichkeit

Das erste Ziel ist natürlich eine Identifizierung des Leichnams. Anschließend erfolgt eine Analyse des familiären und sozialen Umfeldes des Opfers, um es bestmöglich „kennenzulernen". So können Rückschlüsse aus dem Verhalten und möglichen Reaktionen bei einem Täter-/Opferkontakt interpretiert werden.

Rekonstruktion des Tatgeschehens

Auf Basis der objektiven Spurenlage, also anhand der gesicherten Spuren vom Tatort, den Verletzungen am Opfer sowie den Grundinformationen zum Opferbild versuchen die Fallanalytiker, die Tat zu rekonstruieren. Sie bringen die Tathandlungen in eine nachvollziehbare chronologische Abfolge und bilden Hypothesen zum Tathergang. Um den Handlungsverlauf besser begreiflich zu machen, stellen sie häufig entscheidende Szenarien – am besten unter realen Bedingungen – nach. Hierbei ist es wesentlich, alles möglichst am echten Tatort, zur Tatzeit unter den Bedingungen zu rekonstruieren, mit denen auch Opfer und Täter konfrontiert waren. Hatte sich ein Mord in einem Wald nachts gegen zwei Uhr ereignet, ist das OFA-Team genau zu diesem Zeitpunkt vor Ort, um die Verhältnisse möglichst realistisch einschätzen zu können. Sie nutzen dabei nachts lediglich die Lichtquellen, die mutmaßlich auch einem Täter zur Verfügung standen, manchmal auch nur ein Handy.

Dieser rekonstruierte Tatablauf ist die Basis für weitere Rückschlüsse auf das Verhalten des Täters, die Motivstruktur und die Täterpersönlichkeit. Erst wenn die Fallanalytiker schlüssig beschreiben können, welches Täterverhalten in welcher Reihenfolge stattgefunden hat, können sie die nächste Phase beurteilen.

Einschätzung des Täterhandelns

Persönlichkeit

Erregungszustand

Stresslevel

Fähigkeiten des Täters

Motivbewertung

Ursprungsmotiv

Mit welcher Motivation ist der Täter auf das Opfer zugegangen? Wollte er es missbrauchen/vergewaltigen (sexuelle Motivation)?

Eskalation

Situation eines Täters nach vollendetem Missbrauch/ Vergewaltigung? Und nun? Hat das Opfer ihn erkannt? War er maskiert? Wie massiv war die Gegenwehr des Opfers?

Tötungsmotiv

War die Tötung von vornherein geplant? Erfolgte sie zur Verdeckung eines Sexualdeliktes?

Bei dieser Bewertung kommt es oft auf Nuancen im Täterverhalten an. Um es an einem Beispiel zu erklären: Man stelle sich die Zeugenaussage eines Vergewaltigungsopfers vor. Das Opfer weist Gesichtsverletzungen von stumpfer Gewalt auf und erklärt, wiederholt vom Täter geschlagen worden zu sein. In diesem Zusammenhang ist es von Bedeutung, warum der Täter geschlagen hat. Ging es darum, das Opfer gefügig zu machen und unter Kontrolle zu bringen? Oder wurde der Täter gewalttätig, als das Opfer um Hilfe gerufen hat? Oder hat der Täter ohne vorerst erkennbaren Grund geschlagen? Die Bewertung seines Verhaltens wäre doch bei jedem Beispiel unterschiedlich. An dieser Stelle würden die Fallanalytiker diskutieren, ob die Gewaltanwendung funktional, reaktiv oder aggressiv, möglicherweise sogar sadistisch motiviert erfolgte. Die Art und Weise von Gewaltausübung lässt somit unter Umständen Rückschlüsse auf die Persönlichkeit und das Motiv des Täters zu. Es lohnt sich auf jeden Fall, die Details zu betrachten. Bei der fallanalytischen Arbeit fließen auch Erkenntnisse aus wissenschaftlichen Studien und Befunden ein.

Fallcharakteristik

Worin besteht das Individuelle des Falles? Was zeichnet die Tat aus und wie unterscheidet sich diese von anderen Fällen?

Täterprofil

Geschlecht

In den meisten Fällen unkompliziert, in manchen eine echte Herausforderung.

Alter

Diese Einschätzung ist unheimlich schwierig, wobei die Unterscheidung zwischen einem rein biologischen und intellektuellen Alter äußerst facettenreich sein kann.

Regionalität

Welche geografische Beziehung hat der Täter zum Opfer/Tatort? Was verbindet ihn damit?

Vorerkenntnisse

Ist er ein un-/erfahrener Täter? Wie zeigt er den Fallanalytikern das?

„alternative" Ermittlungshinweise

Unterstützung bei der Suche nach einem Täter

Die Mordkommissionen arbeiten sehr professionell, sind kompetent und haben ein enormes Portfolio an Maßnahmen. Die Aufgabe der OFA besteht in ihrer Fallanalyse darüber hinaus, weitere Ermittlungshinweise zu erarbeiten, die noch nicht im Fokus der Mordkommission stehen. Gerade diese Erkenntnisse aus der alternativen Betrachtung einer Fallanalyse bieten Chancen, einen anderen Blick auf die Tat und die objektive Spurenlage zu werfen.

Nach Ermittlung eines Täters

Evaluation der Fallanalyse

Wie z.B. im Fußball passt auch hier der Spruch: Nach der Fallanalyse ist vor der Fallanalyse. Es findet stets eine Reflektion der Analyse und der Beratungsleistung an sich statt. Hierbei hat die unterstützte Dienststelle die Gelegenheit, die Kooperation mit der OFA konstruktiv kritisch zu reflektieren. Auch unter den Fallanalytikern wird jede Beratungsleistung selbstkritisch aufgearbeitet.

Abgleich eines Geständnisses mit den Erkenntnissen aus der Fallanalyse

Die jahrelangen Erfahrungen haben gezeigt, dass auch Geständnisse von Tätern nicht immer den tatsächlichen

Tatablauf wiedergeben. Welche Täter werden schon vor der Polizei und dem Gericht ihre wirklichen (sexuellen und Gewalt geprägten) Motive offenbaren, die ihnen beispielsweise ein höheres Strafmaß einbringen würden? Inhalte von Geständnissen sind oft einer Beweisbarkeit und taktischen Beratung eines Rechtsanwaltes geschuldet. Daher ist auch dann die Erstellung einer Fallanalyse sinnvoll, wenn zwischen objektivem Tatgeschehen und der Einlassung eines Täters eine gewisse Diskrepanz erscheint.

Können diesem Täter weitere Taten zugeordnet werden?

In jeder Analyse wird das Thema Serienzusammenhang erörtert. Ist ein Tatablauf durch eine Fallanalyse samt Täterprofil aufgearbeitet, findet über die Datei „ViCLAS" durch die OFA bundesweit ein Abgleich mit ähnlich gelagerten Taten statt.

Häufig werden über diese Informationen hinaus noch folgende Fragen gestellt:

Was unterscheidet die „Profiler" von den Fallanalytikern der OFA?

Wenn es sich bei dieser Bezeichnung um die „Profiler" der Polizei handelt, sind eigentlich die Fallanalytiker der OFA-Dienststellen gemeint. Insgesamt geht die Arbeit eines polizeilichen Fallanalytikers deutlich über die Erstellung eines Täterprofils hinaus, welches ein möglicher

Arbeitsschritt und ein Produkt aus einer vorherigen Fallanalyse ist, wie sie oben beschrieben wurde.

Der Begriff „Profiler“ ist in Deutschland nicht geschützt. So tummeln sich in den Medien und im Internet immer wieder solche „Profiler“, die sich ohne jeglichen fachlichen Background zu aktuellen Fällen äußern.

Polizeiliche Fallanalyse ist Teamarbeit und nicht das Produkt eines Einzelnen. Die gebündelte Kompetenz einer Gruppe von Experten lässt sich nicht ersetzen. Durch das Korrektiv des fallanalytisch ausgebildeten Teams werden die Facetten der Tat stets kritisch hinterfragt und konstruktiv diskutiert. Gruppendynamische Prozesse müssen einerseits durch den verantwortlichen Fallanalytiker und Moderator zugelassen, andererseits auch methodisch gesteuert werden. Das Team diskutiert offen und kämpft oft hart um Tatvarianten und Argumente. Es ist von wesentlicher Bedeutung, solche Diskussionen zuzulassen, um die Innovation und Kreativität des Korrektivs ergebnisorientiert zu fördern. Nur so sind erforderliche Perspektivwechsel möglich.

Wie erkennt man denn die echten „Profiler“, also die polizeilichen Fallanalytiker? Welchen fachlichen Background haben sie?

Polizeiliche Fallanalytiker werden in der Regel aus den Fachkommissariaten für Tötungs- und Sexualdelikte rekrutiert. Sie haben jahrelange Erfahrung, sprechen die

Sprache der Mordermittler und haben eine hohe Fachkompetenz in diesem Deliktsbereich, der Kriminaltechnik, der Rechtsmedizin und Vernehmungstechnik. Die in mehrere Module untergliederte Ausbildung zum polizeilichen Fallanalytiker erfolgt dann zu großen Anteilen im BKA und in den jeweiligen Landeskriminalämtern. Zusätzlich müssen Hospitationen bei OFA-Einheiten anderer Bundesländer absolviert werden. Dieser Ausbildungsgang zum Polizeilichen Fallanalytiker dauert etwa vier bis fünf Jahre, wobei neue Kolleginnen und Kollegen von Anfang an in das gesamte Aufgabenspektrum eingebunden werden und ihre bereits gesammelte Kompetenz aus den Fachdienststellen mit einbringen.

In Einzelfällen sind auch Psychologinnen und Psychologen fallanalytisch ausgebildet worden, die ein begleitendes Studium der Kriminalistik oder Kriminologie vorweisen konnten und bereits in forensischen Fachbereichen gearbeitet haben.

Wie sieht ein solches Fallanalyseteam in der Realität aus?

Grundsätzlich sind drei ausgebildete Fallanalytiker im Team, wobei in Niedersachsen immer gern auch Kollegen aus der Moko/Soko als Teilnehmer eingeladen werden. Für den interdisziplinären Blick unterstützen häufig externe Wissenschaftler das Team. Das können beispielsweise Psychologen, Rechtsmediziner oder Forensiker sein. Hier hat die OFA über Jahre ein gut funktionierendes Netzwerk aufgebaut. In Niedersachsen arbeitet zudem eine Fallanalytikerin, die berufsbegleitend ein Sozialwissenschaftsstudium absolviert hat. Bei anderen OFA-Einheiten finden sich promovierte Kriminologen oder gar Kriminalisten mit abgeschlossenem Medizinstudium. Aus personellen Gründen sind die OFA-Dienststellen häufig auf die Unterstützung anderer Einheiten angewiesen. Es ist üblich, sich bundesweit gegenseitig zu unterstützen.

Wie viel Zeit nimmt eine Fallanalyse in Anspruch?

Das ist von Fall zu Fall unterschiedlich. In einer aktuellen, fallbegleitenden Analyse oder sogenannten vergleichenden Fallanalyse von Serienmorden oder -vergewaltigungen kann die OFA eine Moko/Soko über Monate oder gar Jahre begleiten. Fallanalytiker aus Niedersachsen haben die Soko Levke (Tötung der beiden Kinder Levke S. und Felix W.) beispielsweise anderthalb Jahre begleitet.

Die klassische Fallanalyse eines Einzelfalles nimmt inklusive Vorbereitung, Präsentation und Protokollerstellung mehrere Wochen in Anspruch.

Wem wird das Ergebnis einer Fallanalyse präsentiert? Wie sieht das aus?

Das Ergebnis der Fallanalyse wird dem Auftraggeber, in der Regel einer Mordkommission, in Form eines PowerPoint-Vortrages präsentiert. Neben den Mitgliedern der Mordkommission nehmen auch Vorgesetzte und die zuständigen Staatsanwälte teil. Nach der Präsentation schließt sich eine konstruktive Diskussion an, in der sich das OFA-Team mit den Rückfragen beschäftigt, die aus der Moko gestellt werden.

In dem Analyseprotokoll für die Ermittlungsakte werden die Rekonstruktion, entsprechende Herleitungen, erarbeitete Hypothesen, das erarbeitete Motiv, das Täterprofil und alternative Ermittlungshinweise schriftlich fixiert. Hat die OFA zudem die Tatrekonstruktion foto- oder videografisch dokumentiert, liegt eine entsprechende Datei anbei.

Ist die Zusammenarbeit zwischen der Moko und OFA nach der Präsentation beendet?

Nicht unbedingt. Ergeben sich neue Erkenntnisse und Fallinformationen, wird die Fallanalyse stets aktualisiert und auch das Ergebnis auf Aktualität überprüft. Es können Folgeaufträge in Form von strategischen Aspekten oder bei der Ermittlung und Festnahme eines Täters, Unterstützung bei Vernehmungen erfolgen. Die OFA bleibt stets weiter ansprechbar.

Die OFA arbeitet mit einer eigenen Systemdatei, mit der bundesweit Fälle verglichen und Serien erkannt werden können. Wie muss man sich diese Datei vorstellen?

Die OFA-Dienststellen nutzen bundesweit eine Datei namens ‚ViCLAS‘ (Violent Crime Linkage Analysis System), eine Datei zur Verknüpfung von Tötungs- und sexuellen Gewaltdelikten. Hier werden relevante Einzelfälle durch die Fallanalytiker eingegeben und mit anderen Fällen bundesweit oder über das BKA sogar europaweit verglichen. ViCLAS bietet den OFA-Dienststellen die Möglichkeit, insbesondere das Verhalten von Tätern detailliert und recherchierbar abzubilden. Auf diesem Wege können mögliche Parallelen zu anderen Fällen erkannt und Tatserien zusammengeführt werden. So können sich bei den entsprechenden Trefferfällen sogenannte vergleichende Fallanalysen in Kooperation mit anderen OFA-Einheiten anschließen, die sämtliche Fallinformationen aus allen Taten zusammenführen.

Gibt es Beispiele dafür, wie sich die Erkenntnisse aus einer durchgeführten Fallanalyse konkret auf das laufende Ermittlungsverfahren ausgewirkt haben?

Die OFA konnte bereits mehrmals aus den Rekonstruktionen neue Spurenlagen aufzeigen, die noch nicht im Fokus standen. Zum Beispiel ließ sich nach einer Tathergangsrekonstruktion an einem sehr blutigen Tatort eine Blutspur identifizieren, die nicht vom Opfer, sondern vom verletzten Täter hinterlassen wurde. Nach priorisierter Untersuchung dieser Spur konnte der Täter ermittelt werden.

Aus hergeleiteten Tathandlungen konnten die Fallanalytiker zudem Mordmerkmale, wie zum Beispiel ein nicht offensichtlich erkennbares sexuelles Motiv, erarbeiten.

Diese Erkenntnisse haben in der Folge dann zu entsprechenden Verurteilungen beigetragen.

Somit kann die Arbeit der OFA - ganz praxisbezogen - sowohl Auswirkungen auf die kriminaltechnische Beweiserhebung haben als auch für die spätere juristische Bewertung von Bedeutung sein.

Wie wichtig ist der Tatort für die Rekonstruktion? Denn die OFA unterstützt ja auch bei älteren, ungeklärten Fällen.

Neben der Bedeutung des Tatortes als Handlungsort und somit als Spurenraum sind die Wahrnehmungen an diesem Ort oftmals von enormer Relevanz. Was konnte der Täter hören oder sehen? Konnte er das Opfer schon von Weitem beobachten? Gibt es Hinweise, ob der Täter den Tatort bewusst oder eher zufällig gewählt hat? Das sind nur einige von vielen Fragen, die sich das Fallanalyseteam zum Tatort stellt. Und da man mit allen Sinnen besser wahrnehmen kann als nur visuell über Lichtbilder, versucht das Team vor jeder Fallanalyse den Tatort aufzusuchen. Dabei spielt es keine Rolle, wie lange die Tatzeit schon zurückliegt. Wenn möglich, rekonstruieren sie die Tathandlung am Originaltatort zur mutmaßlichen Tatzeit. So haben sie zum Beispiel ein Tötungsdelikt in einem Supermarkt vor Ort – aus nachvollziehbaren Gründen nach der Öffnungszeit – samt Foto- und Videodokumentation nachgebildet. Gibt es keine Möglichkeit mehr den Tatort nach Jahren aufzusuchen (eine neu vermietete Wohnung, ein Haus, das einem Neubau weichen musste), werden möglichst realitätsnahe Alternativen gewählt und improvisiert.

Im vorliegenden Roman „Der Pelikan" wird die OFA bei Vermisstenfällen eingesetzt. Es ist nicht bekannt, was mit den Opfern wo geschehen ist. Wie funktioniert die Methodik der OFA ohne die Möglichkeit der Interpretation eines spurenreichen Tatortes und dem Verletzungsmuster eines Leichnams?

Erwischt! Diese Frage ist absolut berechtigt.

Objektiv fehlen die Merkmale, die zur Rekonstruktion einer Tat valide zu bewerten sind. Dennoch sind die Entführungsorte auch Tatorte, an denen sich das Verhalten eines Täters interpretieren lässt. Die Ableitungen ohne objektive Spurenlage basieren auf im Einzelfall nicht zu überprüfenden Hypothesen. Zigarettenkippen an einem Kellerabgang in Sichtweite zum Entführungsort können relevant sein, müssen es aber nicht.

Gerade bei Serientaten kommt es darauf an, das Verhalten eines Täters dahingehend zu interpretieren, ob ihm die individuellen Merkmale der Tat zugeordnet werden können oder ob auch ein Trittbrettfahrer dafür verantwortlich sein kann. Es ist für alle traurig und auch unbefriedigend, wenn sich die Puzzleteile erst von Tat zu Tat zusammenführen lassen. Hier kommt es darauf an, sich stets gemeinsam mit den Ermittlern, den Tatortbeamten und den Experten für Kriminaltechnik im LKA auszutauschen und jede noch so unwichtig erscheinende Information abzustimmen.

Diese Informationen dienen Ihnen, liebe Leserinnen und Leser, dazu, die echte Arbeit der Operativen Fallanalyse zu verstehen.

Wie schon in meinem Debütroman „Im Fokus“, handelt es sich auch bei den Handlungen und Figuren in „Der Pelikan“ um Fiktionen. Bezüge zu realen Fällen wären rein zufällig.

Eine Leseprobe des ersten Romans „Im Fokus“ befindet sich am Ende dieses Buches.

Danksagung

In meinem Debütroman „Im Fokus“ erwähnte ich am Ende des Textes Sie, liebe Leserinnen und Leser. Denn Sie haben durch Ihr persönliches Feedback, Ihre Rezensionen und Reaktionen in meinen Lesungen dafür gesorgt, dass Sie nun mein zweites Werk „Der Pelikan“ in Händen halten und die Arbeit der OFA Niedersachsen weiterverfolgen können.

Ich durfte während der Vorträge, der Tage auf den Buchmessen und bei Facebook viele neue Kontakte knüpfen und wertvolle, nachhaltige Gespräche führen. Vielen Dank an dieser Stelle für interessante Begegnungen und Einblicke in eine für mich bisher unbekannte, andere spannende Welt.

Meiner literarischen Wegbegleiterin, Nané Lénard, dem Geschäftsführer der CW Niemeyer Buchverlage Hameln, Carsten Holzendorff, und seiner umsichtigen und gleichzeitig serviceorientierten Belegschaft kann ich nur meinen Respekt zollen und herzlich danken, mich wiederum einfühlsam und kompetent betreut zu haben.

Hauptsächlich beim Lesepublikum wurde mir gespiegelt, die Schilderungen über mein OFA-Team seien überaus freundlich, kollegial und authentisch beschrieben. Die

Zuhörerschaft konnte sich jedoch kaum vorstellen, dass es auch der Realität dieses speziellen Berufsfeldes und seiner zu lösenden Fälle nur ansatzweise entsprach.

Verzeihung, ich muss Sie enttäuschen! Bis auf die im Roman nicht formulierten Macken des Chefs ist es wirklich so. Dafür kann ich meine OFA-Gruppe und die Zentralstelle Gewalt nicht oft genug erwähnen. Chapeau!

Wie bereits in meinem ersten Buch haben meine Ehefrau und meine beiden Töchter auch einen großen Anteil an diesem zweiten Roman.

Ich habe die Fähigkeit, während des Schreibens komplett in die Handlung einzutauchen und – insbesondere zum Leidwesen meiner Frau – das ganze Drumherum auszublenden. Sorry dafür und lieben Dank für eure Geduld, euer Verständnis und den kritischen Blick beim Mitlesen.

Auf weitere konstruktive Verbindungen, anregende Diskussionen in künftigen Zusammentreffen und Rückmeldungen, ob persönlich, schriftlich, digital, zu „Der Pelikan“ freue ich mich sehr.

Euch und Ihnen nochmals aufrichtigen Dank!

Leseprobe

Carsten Schütte

Im Fokus

Prolog
Die Begegnung

Anja Wilkens war gestresst von einer harten Arbeitswoche auf der CeBIT und genoss das Laufen in der Eilenriede. Die sportliche Mitvierzigerin ließ sich von Ed Sheerans Musik treiben und wartete auf die nächste Gabelung, an der sie nach links abbiegen musste, um wieder in Richtung des Hotels zu gelangen. Dass es hier ziemlich einsam war, fiel ihr nicht auf.

In einiger Entfernung nahm sie einen Jogger wahr, der ihr in einem hohen Lauftempo entgegenkam. Sie wählte bewusst die rechte Seite des schmalen Weges, um ihm Platz zu lassen. Als der Jogger näher kam, wunderte sie sich, dass er keine typische Laufbekleidung, sondern eine Art Baumfällerhemd, eine Arbeitshose sowie schwarze Arbeitsschuhe trug. Sein Laufstil war schwerfällig und wirkte alles andere als trainiert. Dabei drehte sich der Mann um, als sei er auf der Flucht, wobei Anja keine Person hinter ihm erkennen konnte. In ihr breitete sich ein mulmiges Gefühl aus.

Der Unbekannte schien mittleren Alters zu sein. Er hatte einen runden Kopf und eine Halbglatze. Sein Blick wirkte gehetzt, das Gesicht war puterrot und verschwitzt.

Anjas Nackenhaare sträubten sich. Sie schaute sich um. Konnte sie ausweichen? War Hilfe zu erwarten? In welche Richtung war es möglich zu fliehen?

Unwillkürlich verringerte sie ihre Geschwindigkeit, doch ihr Puls stieg, während Ed Sheeran sie zum Weiterlaufen animieren wollte. Ihr fiel auf, dass sich der Mann mit einer Hand den Schweiß von der Stirn wischte und dabei einen roten Film hinterließ. War das Blut?

Nur noch wenige Meter trennten sie. Sollte sie in den Wald laufen oder auf dem Weg bleiben und schreien? Ed Sheeran feuerte sie weiter an: „I'm in love with your body."

Zu spät, sie kam nicht weg.

Anja bemühte sich, direkten Augenkontakt aufzunehmen, aber der Mann starrte einfach geradeaus und lief in gleichem Tempo weiter auf sie zu. Anja erkannte jetzt deutlich: Es war Blut in seinem Gesicht! Geschockt versuchte sie ihr eigenes Tempo zu erhöhen, um doch noch ausweichen zu können. Gleich würde er sie packen. Eigentlich wollte sie schreien, aber sie bekam keinen Ton heraus. Der Unbekannte lief vorbei.

Verwundert blieb Anja stehen, schaute sich um und erwartete, dass er zurückkehrte. Doch nichts dergleichen geschah. Was sollte sie jetzt tun?

Sie sah, wie sich ihre unheimliche Begegnung weiter entfernte, und atmete auf. Wenn sie in ihrer Geschwindigkeit vorankam, würde er sie nie mehr einholen können, selbst wenn er den Rückweg antrat.

Als Anja sich außer Gefahr wähnte, musste sie über sich selbst lachen, weil sie sich vor Angst fast in die Hose gemacht hätte. Nur langsam konnte sie sich wieder beruhigen. Eine tolle Story für die Messeparty war das. Vielleicht hatte sich der Mann einfach nur an einem Ast verletzt und war durch den Schmerz durcheinander, überlegte sie.

Erleichtert nahm sie ihr Tempo wieder auf und ließ sich entspannt auf Ed Sheeran ein.

Doch plötzlich nahm sie wenige Meter vor sich im hohen Gras eine Bewegung wahr. Etwas Dunkles bewegte sich darin, möglicherweise ein Hund, vielleicht eine Katze? Gab es hier Wildschweine? Was war das für ein merkwürdiger Wald? Egal, es würde schon kein Raubtier sein, hoffte sie.

Ed Sheeran nervte jetzt. Anja nahm die Kopfhörer heraus. Sie sah jetzt zwar keine Bewegung mehr dort im Dickicht, drosselte aber trotzdem ihr Tempo, da sie ein Geräusch registrierte.

Ein Röcheln? Ein Wimmern? Als sie unerwartet von etwas am Knöchel berührt wurde und eine blutige Hand an ihrem Joggingschuh herunterrutschte, schrie sie vor Schreck auf und wich zurück.

Eine junge Frau, von Blut überströmt, versuchte sich aus dem Unterholz zum Weg zu schleppen. Anja konnte ihr röchelndes Flehen nur erahnen.

Erst jetzt wagte sie es, genauer hinzusehen, und entdeckte blutende Wunden an deren Oberkörper, Hals, Gesicht und ebenso an den Händen. Verstört rief sie nach Hilfe, aber ihre Stimme verebbte im Dunkel des Waldes.

Anja zog ihre Laufjacke aus und drückte sie der Frau auf eine der Halswunden, aber es waren zu viele. Sie wusste gar nicht, welche sie zuerst versorgen sollte.

Fahrig steckte sie ihre Kopfhörer wieder in die Ohren, um einen Notruf abzusetzen. Nein, Ed Sheeran wollte sie jetzt ganz bestimmt nicht hören. Mit nervösen Fingern tippte sie auf der Tastatur herum, als hätte sie zum ersten Mal ein Smartphone in der Hand.

Zahlenfeld, endlich. Notruf 112, sprach sie zu sich selbst, dabei presste sie die Jacke weiter auf die Wunden am Hals. Was sollte sie der Frau sagen? Dass alles wieder gut werden würde? Irgendetwas in ihr zweifelte daran. Sollte sie sie fragen, was passiert war? Anja kannte die Antwort längst. Jemand musste die Frau überfallen und schwer verletzt haben. Wahrscheinlich war Anja dem Täter sogar begegnet.

Nein, sie wollte erst den Notruf absetzen. Als sie die Stimme am anderen Ende der Leitung hörte, brach es aus Anja heraus. „Schnell, schwer verletzte Frau ...“ Sie war verwundert, dass sie der Mann am anderen Ende gar nicht zu Wort kommen ließ und er einfach weitersprach.

„Alle Notrufplätze sind belegt, bitte gedulden Sie sich ...“

Scheiße, ein Anrufbeantworter, fluchte sie innerlich. Was sollte das?

Sie legte auf und startete einen neuen Versuch. Wieder nichts ... Okay, komm runter und denk nach, redete sie sich ins Gewissen und wählte diesmal 110.

„Polizeinotruf!“

Endlich! Nachdem Anja mehrfach aufgefordert worden war, ruhiger zu sprechen und sich nur auf die Beantwortung der Fragen zu konzentrieren, konnte sie in einen rationalen Modus umschalten. Sie bat um die Unterstützung von Notarzt und Polizei. Auch eine Beschreibung des mutmaßlichen Täters übermittelte sie. Erst auf mehrfaches Nachfragen des Einsatzbeamten, wohin die Rettungskräfte denn kommen sollten, stellte Anja fest, dass sie diese Frage nicht beantworten konnte.

Sie wusste lediglich, dass der Stadtwald hier „Eilenriede“ hieß und von welchem Hotel aus sie losgelaufen war. Auf die Frage des Gesprächspartners, was sie sehe, wenn sie sich umschaute, konnte sie nur Bäume und Sträucher angeben.

Die Frage nach ihrer Handynummer verwunderte sie zunächst. An eine Ortung dachte sie in diesem Moment nicht, aber der Beamte erklärte ihr alles; auch dass ihre Rufnummer nicht übertragen wurde. Anja konnte sich nur bruchstückhaft an die Ziffernfolge ihres eigenen Anschlusses erinnern. Der Beamte sagte dennoch zu, dass die Einsatzkräfte und ein Notarzt auf dem Weg seien, und bat sie, so lange Erste Hilfe zu leisten.

Dann war es still, nicht nur am Telefon.

Doch darauf achtete Anja nicht. Sie redete auf die Frau ein, wobei sie den Blick auf den Verlauf des Weges richtete, um die Verletzte nicht anschauen zu müssen. Nur kurz wagte sie einen Blick auf den Hals und sah, dass die Wunden nicht mehr so stark bluteten. Durch das Dickicht hörte Anja die Sirenen der Rettungskräfte, die näher kamen und sich wieder entfernten.

Sie starrte in das Nirgendwo, aus dem die Geräusche drangen, und erschrak völlig, als plötzlich ein Fahrradfahrer hinter ihr stand und vom Rad auf sie zusprang. Sie ließ sich zur Seite fallen und nahm erst jetzt wahr, dass es ein Polizist auf einem Mountainbike war, der nun die genaue Position an die Rettungsleitstelle durchgab. Umgehend kümmerte sich der Beamte um die Versorgung der Schwerverletzten, wobei die Blutung aus den Halswunden und auch das Röcheln der Frau nun nachgelassen hatten.

Die soeben eingetroffenen Rettungskräfte leiteten weitere Maßnahmen ein. Parallel erfragte der Fahrradpolizist, was passiert sei, und begleitete Anja in einen Streifenwagen, der sie ins Gebäude der Mordkommission Hannover zur ersten Vernehmung brachte. Für das Opfer kam jede Hilfe zu spät.

Der Notarzt konnte nur noch den Tod der jungen Frau feststellen. So wurden am Tatort keine weiteren Veränderungen vorgenommen. Jetzt mussten die Beamten des Kriminaldauerdienstes und der Mordbereitschaft sowie die Rechtsmedizin zum Einsatzort bestellt werden.

Kapitel 1
Die zeugenschaftliche Vernehmung

Anja Wilkens saß im Gang des Fachkommissariates für Tötungs- und Sexualdelikte in Hannover. Sie wurde von Kriminaloberkommissarin Patricia Vogt mit einem freundlichen Lächeln begrüßt und ins Büro gebeten. Den angebotenen Kaffee sowie eine Flasche Mineralwasser nahm Anja dankend an, beides konnte sie jetzt gut gebrauchen.

In dem modernen, aber zweckmäßigen und recht kleinen Büro stapelten sich rote Aktenberge. An den Magnetwänden waren Tabellen und Zeitleisten sichtbar. Außerdem fielen ihr Fotos von zwei hübschen Frauen auf, und sie wunderte sich erst, warum weitere Aufnahmen darunter wohl bewusst verdeckt worden waren.

Als ob Oberkommissarin Vogt ihre Gedanken erahnte, erwähnte sie fast emotional: „Diese Fotos konnte ich Ihnen nicht zumuten."

Anja nahm an, dass es sich um dieselben Frauen handelte, aber sie sich von den geschmackvollen Fotos darüber offensichtlich stark unterschieden.

Die Kriminalbeamtin stellte sich inzwischen kurz vor und versuchte bewusst, Anja zu beruhigen, um eine angenehme Gesprächsatmosphäre zu schaffen. Sie erklärte ihr weiter in einem nun doch offizielleren Tonfall, dass sie

Zeugin eines Verbrechens war und dass sie nun eine sogenannte zeugenschaftliche Vernehmung durchführen würde. Die Aussage sei freiwillig, wobei sie aber die Wahrheit sagen müsse. Soweit okay. Anja müsse sich nicht selbst belasten und könne zudem die Aussage verweigern, wenn sie mit dem Täter direkt verwandt oder auch verschwägert sei.

Anjas irritierter Blick veranlasste Kriminaloberkommissarin Vogt nun doch, das typische Beamtendeutsch zu übersetzen, was Anja auch für nötig erachtete. Solche Formulierungen kannte sie nur aus spannungslosen Krimis.

Warum sollte sie sich selbst belasten? Wieso sollte ich mit diesem Typen verwandt sein? Aber wahrscheinlich waren diese Belehrungen nur die übliche Vorgehensweise.

Anja spürte, dass sich jetzt auch die Beamtin wohler fühlte, als sie den formellen Teil hinter sich hatte.

„Ich würde Sie gerne näher kennenlernen", begann Patricia Vogt, „erzählen Sie doch bitte über sich."

Anja Wilkens ertappte sich dabei, dass sie kurz und knapp ihren Lebenslauf herunterrasselte wie in einem Vorstellungsgespräch. Sie ergänzte, dass sie derzeit als Softwareentwicklerin für ihre Firma auf der CeBIT, der weltgrößten Computermesse, in Hannover arbeite, und beschrieb ihren aktuellen Tagesablauf.

Anja Wilkens war verheiratet, Mutter zweier Jungen im Teenageralter und wohnte mit ihrer Familie in Schwerin. Sie war während der Messe mit ihren Kollegen im Hotel am Stadtpark untergebracht und hatte heute einige freie Stunden, die sie für einen Lauf durch die Eilenriede genutzt hatte.

Patricia Vogt war froh, dass ein Diktiergerät die Gespräche aufzeichnete. Kein Mensch hätte in der Geschwindigkeit mitschreiben können.

Durch die aktive Mimik und Gestik der Beamtin erkannte Anja eine geschulte und aufmerksame Gesprächspartnerin, mit der man auch einen interessanten Abend bei einem leckeren Essen und einem Glas Rotwein verbringen könnte. Patricia Vogt war etwa 40 Jahre alt und wirkte fast attraktiv, wäre da nicht das streng zusammengebundene blonde Haar und das dienstliche Umfeld mit vermutlich nur schrecklichen Themen gewesen.

Und genau dazu kam die Oberkommissarin nun. Die Warm-up-Phase war beendet.

Die Beamtin stieg in die Vernehmung ein. „Kommen wir nun zu Ihrem Entspannungslauf. Erzählen Sie einfach mal. Bitte auch die Dinge, von denen Sie glauben, sie seien nicht wichtig. Sie dürfen auch Ihre Emotionen schildern, insbesondere bei der Begegnung mit der männlichen Person. Beschränken Sie sich aber bitte auf echte Wahrnehmungen."

Kriminaloberkommissarin Vogt ließ Anja frei erzählen und machte sich nebenbei einige Notizen, was aber nicht störte.

Anja, die sich im Alltag und besonders im Berufsleben als absolut tough bezeichnen würde, war überrascht, dass sie keine Worte fand, als sie erst den Mann und dann auch die verletzte Frau beschreiben wollte. Patricia Vogt legte eine Hand auf die zusammengepressten Finger der Zeugin. Ihr einfühlsamer Blick ließ sie schließlich weitersprechen.

Anja beantwortete noch einige Nachfragen, soweit sie konnte, und war völlig durchgeschwitzt, als sie erleichtert einen stärkeren Druck auf ihren Händen spürte und die Kommissarin sie lobte: „Anja, das haben Sie wirklich gut gemacht!"

Dann goss Patricia Vogt frischen Kaffee nach und reichte ihr ein neues Glas Mineralwasser. Anja fühlte sich bei Patricia gut aufgehoben und ernst genommen. Auch sie spürte ein echtes Vertrauensverhältnis zwischen den beiden. Erst jetzt fiel ihr auf, dass sie die Kriminalbeamtin, die sie erst seit zwei Stunden kannte, fast geduzt hätte.

Kommissarin Vogt telefonierte kurz und erwähnte, dass der Phantombildzeichner des LKA Niedersachsen eingetroffen sei. „Kann ich Ihnen zumuten, ihm die Person zu beschreiben, der Sie begegnet sind? Je länger wir warten, desto größer ist die Gefahr, dass sich Ihre Erinnerungen beeinflussen lassen."

Anja war eigentlich völlig fertig. Sie wollte nur unter die Dusche und nach dem letzten Messetag nach Hause. Patricia Vogt hatte sie jedoch so respekt- und vertrauensvoll behandelt; jetzt abzusagen, wäre einfach nicht fair gewesen, zumal der Aufwand später auch viel größer gewesen wäre, wieder hierherzukommen. Sie war einverstanden.

Kapitel 2
Die Erkenntnis

Patricia Vogt begrüßte den erfahrenen Phantombildzeichner Dirk Schütze und wies ihn in den Fall ein. „Wow, sie ist die Erste, die ihn gesehen und überlebt hat!“, stellte er fest. „Weiß sie Bescheid?“

„Nein!“, antwortete Patricia Vogt. „Ich warte bis zur Zeichnung. Wir haben einen guten Draht, und ich möchte den Druck noch nicht erhöhen. Die Gefahr, dass sie alles perfekt machen möchte, um einen Serienmörder zu fassen, ist zu groß. Sie wird morgen Abend nach Schwerin abreisen und ist dann erst mal aus der Schusslinie. Ich weiß, was ich ihr zumute, und werde es ihr hinterher erklären. Bitte verplappere dich nicht!“

Dirk Schütze war Profi genug, es zu verstehen und damit umzugehen.

Ein Phantombildzeichner hatte es in den seltensten Fällen mit normalen Zeugen zu tun, die sofort in der Lage waren, ihre Beobachtungen so zu beschreiben, dass in wenigen Minuten das perfekte Abbild einer fremden Person entstand. Eher waren es traumatisierte Opfer von Straftaten, die direkt einem Täter begegnet waren, der sie beraubt, körperlich oder sexuell misshandelt oder auch vergewaltigt hatte.

Das Risiko, einem Zeugen zu begegnen, der angab, der Täter hätte wie George Clooney ausgesehen, war nicht zu unterschätzen. Dabei beschrieben solche Zeugen meist auch George Clooney und nicht den eigentlichen Täter.

Deshalb musste auch hier eine intensive Warm-up-Phase der eigentlichen Fertigung der Täterskizze vorgeschaltet werden. Erst wenn Dirk Schütze die Zeugin als solche und die Qualität und Authentizität ihrer Angaben einschätzen konnte, begann der eigentliche Teil seiner Arbeit.

Mit Anja Wilkens klappte das ganz gut, und es entstand eine Phantomzeichnung, die sowohl nach Einschätzung der Zeugin, aber auch von Dirk Schütze durchaus das Potenzial haben würde, dass dieser Täter von seinem sozialen Umfeld erkannt werden könnte.

Nach kurzer Rücksprache mit Patricia Vogt baten die beiden Beamten Anja, noch einen Moment zu warten, den sie für einen Toilettengang nutzte.

Patricia Vogt und Dirk Schütze stimmten sich kurz ab und begleiteten Anja Wilkens zurück ins Büro.

Anja spürte sofort die angespannte Stimmung, der Ton wurde formaler. „Frau Wilkens, wir haben gerade die Info erhalten, dass die Frau aus der Eilenriede ihren Verletzungen erlegen ist. Die Verwundungen waren so schwer, dass selbst sofortige Hilfe durch einen Notarzt vergebens gewesen wäre. Sie haben alles richtig gemacht, niemand hätte mehr tun können."

Diesen Gedanken hatte Anja völlig verdrängt. Sie war geschockt.

Kommissarin Vogt musste aber noch einen draufsetzen. „Frau Wilkens, wir müssen Ihnen zudem mitteilen, dass in den letzten beiden Wochen schon zwei Frauen in der Eilenriede getötet worden sind. Bei dem heutigen Opfer müssen wir erst die Obduktion abwarten, bis wir dazu nähere Erkenntnisse haben. Sie sind bisher die einzige Zeugin, die den vermutlichen Täter gesehen hat und ihn beschreiben konnte“, stellte sie fest.

Anja war sprachlos. In ihrer Fantasie spielten sich schreckliche Szenarien ab. Werde ich jetzt von einem Serienmörder gejagt? Wartet er schon vor der Polizeidienststelle? Werden meine Kinder entführt und ich erpresst?

Die Worte von Patricia Vogt ließen sie kurz wieder in die Realität zurückkehren, was nicht besser war. „Ich hoffe, Sie haben Verständnis dafür, dass ich Ihnen das erst jetzt mitteile. Wir wollten eine möglichst unbefangene Aussage erhalten.“

Patricia, Handauflegen, Verständnis, Empathie. Alles Quatsch, dachte Anja. Sie war der Beamtin emotional voll auf den Leim gegangen, alles war antrainiert und top umgesetzt.

Wieder fühlte sie sich ertappt, als die Beamtin ergänzte. „Wir müssen mit der Phantomskizze schnellstmöglich in die Medien gehen, bevor es neue Opfer gibt. Spätestens dann wird nicht nur dem Täter bekannt, dass es eine Zeugin gibt. Allein die Medien werden alles daransetzen, Sie zu identifizieren. Und mit alles meine ich: ALLES! Über den Täter wissen wir noch zu wenig, um einschätzen zu können, wie er handeln wird. Bitte vertrauen Sie uns. Wir werden uns weiter um Sie kümmern und werden auch die

Kollegen aus Schwerin ins Boot holen", versuchte Patricia Vogt sie zu beruhigen.

Anja war völlig verwirrt und wollte nur raus und zurück ins Hotel.

„Wir halten es nicht für sinnvoll, dass Sie künftig noch an der CeBIT teilnehmen. Gern führen wir ein Gespräch mit Ihrem Chef und würden Sie unter einem Vorwand abmelden. Kollegen begleiten Sie jetzt ins Hotel und würden Sie dann direkt nach Schwerin bringen", schlug sie vor.

In Anjas Fantasie setzten sich die Horrorszenarien fort: „Sie glauben also auch, ich bin konkret gefährdet?"

Der Blick der Beamtin sprach Bände. „Sie sind derzeit die einzige Zeugin, die aller Voraussicht nach einen Serienmörder identifizieren kann. Wir sollten jetzt einfach vorsichtig sein."

„Wie soll das dann weitergehen?" hakte Anja nach. „Meine Kollegen schlafen ja auch nicht auf dem Baum. Sie wissen, ich war in der Eilenriede laufen, und am Tag nach dem Mord bin ich verschwunden. Wie soll das funktionieren?"

„Das überlassen wir meinen Kollegen vom Zeugenschutz, die sich anschließend darum kümmern. Unsere Aufgabe ist die, den Mörder von der Straße zu bekommen. Mit Ihrer Hilfe sind wir einen großen Schritt weiter."

Kapitel 3
Der Start in einen wunderschönen Tag

Celina Büthe war eine begeisterte Hobbyfotografin und unterstützte seit fast sechs Jahren ihren Vater bei seinem Steckenpferd, der Hochzeitsfotografie.

Sie begleitete heute eine Braut bei ihren Vorbereitungen im Seefugium in Isernhagen, einer top Location bei Hannover, die noch begehrter geworden war, seitdem der ehemalige US-Präsident Obama dort genächtigt hatte. Und genau diese Präsidentensuite war nun die attraktivste Hochzeitssuite im Raum Hannover geworden.

Bei der Anfahrt durch die idyllische Allee musste Celina schmunzeln, als sie darüber nachdachte, wie viele Kinder wohl in der Hochzeitsnacht in diesem Präsidentenbett gezeugt wurden.

Celina hatte sich insbesondere auf die Brautbegleitung spezialisiert. Fotos im Vorfeld, mit der Visagistin, der Friseurin, den Brautjungfern und natürlich Dessous-Fotos der Braut.

Ihr Vater Thorsten sagte, er sei zu alt für so etwas. Welche Braut mochte schon einen Foto-Opa in dieser intimen und emotionalen Phase um sich haben? Celina fand ihren Vater jedoch total cool, aber so sind Töchter eben. Die jungen Bräute empfanden das sicher anders.

Schon im Empfangsbereich hörte sie kreischende Stimmen und wusste, dass sie gleich auf eine super gelaunte Gruppe traf. Und genauso wurde Celina begrüßt – überschwänglich und herzlich. Es fiel ihr nicht schwer, sich der Partylaune unmittelbar anzupassen.

Celina war eine attraktive, blonde Frau, die ihr Umfeld mit ihrer offenen Art und ihrem Frohsinn anstecken konnte. Nach einer ebenso kreischenden Begrüßung der Braut, Brautmutter und den drei Brautjungfern lehnte sie das angebotene Glas Sekt jedoch dankend, aber bestimmt ab. Alkohol war während der Begleitung absolut tabu.

Celina stellte ihre Nikon auf Dauerfeuer und hielt jeden Moment künstlerisch fest.

Nachdem der Braut schon schwindelig und im Magenbereich mulmig wurde, riet Celina ihr, zwischendurch eine Kleinigkeit zu essen. Als sie dann erfuhr, dass sie das bei der Planung wohl völlig vergessen und der Caterer noch nicht geliefert hatte, begann das Rundum-sorglos-Paket dieses Fototeams.

Celina griff zu ihrem Handy und bat ihren Vater, noch ein paar Kanapees mitzubringen. Thorsten Büthe nahm den Anruf schmunzelnd entgegen und besorgte eine kulinarische Auswahl. Es waren eben auch diese Kleinigkeiten, die sie von anderen Hochzeitsfotografen unterschieden.

Von diesem Service höchst überrascht, genossen die Damen das Vorabshooting. Es war ein schöner Start in einen tollen Hochzeitstag.

Da Thorsten Büthe nun seiner Tochter zu Hilfe gekommen war, hielt er die geschmackvolle und aufwendige

Dekoration des Hochzeitssaales und den Empfang der ersten Gäste fotografisch fest, bevor sie sich beide mit dem Brautpaar zur freien Trauung im Garten des Seefugiums trafen.

Das Fototeam lernte jedes Brautpaar in den ersten Beratungsgesprächen sehr gut kennen. Hier wurden die individuellen Wünsche und Möglichkeiten für das Porträt-Shooting abgestimmt.

Bei Fragen zur familiären Struktur und der Gästekonstellation wurden häufig die Exoten genannt, die als besonders fotogen erschienen. So war es bei der Begrüßung jedes Mal spannend, diese Beschreibungen den realen Personen zuzuordnen. Thorsten und Celina waren dabei schon derart eingespielt, dass allein die Mimik beider untereinander Bände sprach.

Beide Fotografen waren stets genauso festlich gekleidet wie die Gäste. Sie hoben sich nur anhand der professionellen Kameras und dem großen Rimowa-Koffer voller Fototechnik von der Hochzeitsgesellschaft ab.

Nach einem kurzen Gespräch des Fototeams mit der freien Traurednerin nahmen die Gäste ihre Plätze ein. Thorsten gab dem aufgeregten Bräutigam noch einige Tipps, wie er bei seiner Braut und den Gästen punkten konnte. Keine Braut war begeistert, wenn ihr Bräutigam verschämt zu Boden schaute, während sie von ihrem Vater hereingeführt wurde. Auch die heruntergeklappte Kinnlade war keine Lösung. Büthes Ratschläge: „Zeig Emotionen, sag ihr, wie toll sie aussieht, nimm sie in den Arm, gib ihr einen innigen Kuss. Du darfst das!“, waren ja nicht uneigennützig. Fotografen brauchen Motive. So fokussierte sich Thorsten auf den ruhelosen Bräutigam, Celina auf die Braut, um beide Perspektiven abzubilden. Auch im gesamten Verlauf der Trauzeremonie waren die Aufgaben nach Motiven, Situationen oder auch Personen klar aufgeteilt. Thorsten und Celina leisteten eine perfekte Teamarbeit.

Kapitel 4
Die Maschinerie läuft an

Der Tatort in der Eilenriede war ausgeleuchtet wie ein Stadion unter Flutlicht, obwohl es noch taghell war. Generatoren brummten monoton vor sich hin. Beamte des Kriminaldauerdienstes (KDD)*, der Spurensicherung sowie ein Rechtsmediziner waren in weiße Spurensicherungsoveralls gehüllt. Sie beugten sich über die Leiche, deren Lage nach den misslungenen Erste-Hilfe-Maßnahmen der Zeugin, des Fahrradpolizisten und des Notarztes nicht mehr verändert worden war.

Selbst die von Anja geschilderte Laufstrecke wurde über Hunderte von Metern abgesperrt, hier waren weitere Teams mit der Spurensuche befasst.

Über einen sogenannten „Trampelpfad" näherten sich die Einsatzkräfte dem Tatortbereich an. Dies war ein angelegter und gekennzeichneter Weg, den der Täter mit großer Wahrscheinlichkeit nicht benutzt hatte. Auf diese Weise wurden keine Spuren zerstört oder Trugspuren angelegt. Selbst die Ermittler der hannoverschen Mordkommission kamen nicht an den Tatort heran und wurden von den eigentlichen Spurensicherungsbeamten und Rechtsmedizinern anhand von ersten Fotos am Rand der Absperrung informiert.

Nach den dort erlangten ersten Erkenntnissen sprach vieles dafür, dass der Serienkiller sein drittes Opfer gefunden hatte.

Der inzwischen erschienene Leiter der Mordkommission, der Erste Kriminalhauptkommissar Udo Strahl, übernahm die Koordination und das Briefing seines Teams. Er hatte bereits mit seiner Mitarbeiterin Patricia Vogt über die Vernehmung der Zeugin gesprochen und gab die wesentlichen Inhalte an die Gruppe weiter.

Am Rande der Eilenriede waren mittlerweile Heerscharen von Pressevertretern mit Übertragungswagen eingetroffen. Die ersten Meldungen gingen schon über den Ticker. In einer Stunde wird hier komplett die Hölle los sein, dachte Strahl.

Er blickte in die Runde und gab seiner Mannschaft kurze, knappe und bestimmte Anweisungen. „Jörg, ich brauche die Pressestelle vor Ort, bis dahin bist du hier ansprechbar. Halt mir die Meute vom Hals! Jens, kümmere dich bitte um die Mantrailer. Sie sollen vom Tatort die Laufstrecke, die die Zeugin beschrieben hat, nachverfolgen. Jutta, du alarmierst über das Lagezentrum des LKA die OFA. Die sollen sich gleich vor Ort ein Bild machen, wenn der Tatort freigegeben ist. Das spart Zeit, und wir müssen nicht ständig die nervigen Fragen zum Tatort beantworten. Karl, ich gehe davon aus, dass die Spheron-Kamera bereits auf dem Weg ist! Und go!"

Zur Information: Mantrailer sind speziell ausgebildete Fährtenhunde, die sich auf Bewegungsrichtungen von Personen konzentrieren und diesen durch hinterlassene Micro- und Geruchsspuren über Kilometer folgen können.

Mittels einer Spheron-Kamera ist man in der Lage, 360-Grad-Fotos von Tatorten zu fertigen.

Die Alarmierung der „OFA“, der Operativen Fallanalyse des LKA Niedersachsen, war in dieser Phase absolut sinnvoll, da das OFA-Team bereits sogenannte Fallanalysen zu den beiden Tötungsdelikten zuvor durchgeführt hatte. In einer Fallanalyse wird, basierend auf der objektiven Spurenlage, die Tat sequenziert und rekonstruiert. Das daraus resultierende Täterhandeln wird bewertet, um daraus alternative Ermittlungsansätze und schließlich Angaben zur Täterpersönlichkeit, das sogenannte Täterprofil, zu entwickeln.

Daher werden die Fallanalytiker gerade in den Medien auch Profiler genannt – eine Bezeichnung, die sie selbst nicht gerne hören.

Hier am Platz des Geschehens war alles eingespielt. Kein Wunder, allein in den letzten zwei Wochen hatte es die Mordkommission in der Eilenriede mit ähnlichen Tatorten zu tun, die nur wenige Kilometer auseinander lagen. Der Vorteil eines Pressesprechers vor Ort war die professionelle Abwägung, wann welche Informationen an die Medien gegeben werden konnten.

In der Regel kannten die Pressesprecher der Polizei die Medienvertreter persönlich, was in einer Stadt wie Hannover, mit über 500.000 Einwohnern plus Region mit fast gleich hohem Einwohneranteil, schon schwierig ist. Bei der Dimension eines Serienkillers jedoch waren neben der überregionalen Presse auch internationale Medienvertreter präsent, und da wurde es schon kniffeliger.

Kapitel 5
Die Alarmierung

Thorsten und Celina waren in ihrem Element, die Trauzeremonie war beendet, alle Freudentränen waren im Kasten.

Die Gesellschaft begab sich zum Sektempfang auf die Seeterrasse.

Es vibrierte in Thorstens Gesäßtasche. Er hatte die Gewohnheit, sein Handy hinten rechts zu tragen, so spürte er auch ohne Klingelgeräusche sofort, ob wichtige Anrufe eingingen.

Thorsten gab Celina ein kurzes Zeichen. Sie wusste Bescheid, übernahm seinen Part mit und deckte den Gästeempfang nun komplett ab.

Als Thorsten nach wenigen Minuten mit seinem großen Rimowa-Koffer auf Celina zuging, ahnte sie, dass es jetzt erst mal anstrengend werden würde. Er übergab ihr seine komplette Fotoausrüstung. Dann wandten sich beide zum Brautpaar. Sie wechselten ein paar Worte, wobei das Brautpaar Thorsten verständnisvoll zunickte und er sich mit einer Umarmung von den Frischvermählten und auch Celina verabschiedete.

Im Auto wurde Thorstens Freisprecheinrichtung stark in Anspruch genommen. Der erste Rückruf erfolgte an das

Lagezentrum des LKA, in dem Thorsten Büthe dem Einsatzleiter mitteilte: „So, ich bin auf dem Weg, das Team und unsere Psychologin setze ich direkt in Kenntnis."

Hochzeitsfotograf Thorsten Büthe war Leiter der Operativen Fallanalyse im LKA Niedersachsen und nannte seine nebenberufliche Leidenschaft eher „Therapeutisches Fotografieren". Es war für ihn sozusagen die heile Welt am Wochenende, was heute und auch während der nächsten Tage wohl nicht mehr klappen würde.

Thorsten schrieb noch eine kurze WhatsApp in die OFA-Gruppe. „Auf geht's! Wir haben vermutlich Nummer drei und treffen uns um 18 Uhr im Büro."

In ihren ersten beiden Fallanalysen hatte das OFA-Team prognostiziert, dass dieser Täter seine Serie fortsetzen würde. So hatte Thorsten diesen Anruf einkalkuliert und die mögliche Situation sowohl dem Brautpaar und seinen beiden Töchtern angekündigt.

Der nächste Anruf galt daher seiner zweiten Tochter Emma, die – bei dem entsprechenden Bauchgefühl – von Thorsten auf Stand-by gesetzt worden war. Emma war vier Jahre jünger als Celina. Die Schwestern waren zwar völlig unterschiedlich, aber ein Herz und eine Seele. Emma hatte einen blonden Kurzhaarschnitt und Schalk im Nacken. Sie kleidete sich frech und war auf eine süße Art recht selbstbewusst für ihr Alter. Emma war kein Freund langer Worte und antwortete knapp. „Okay, Paps, ich brauche 30 Minuten."

Die nächste und vorerst letzte WhatsApp ging an Celina: „Emma ist in 30 Minuten da" – was von Celina knapp mit dem „‚Daumen-hoch-Emoji'" kommentiert wurde.

Index

AFIS	Automatisiertes Fingerabdruck-Identifizierungs-System
BKA	Bundeskriminalamt
Glock	Selbstladepistole
JVA	Justizvollzugsanstalt
KDD	Kriminaldauerdienst
LBvD	Leitender Beamter vom Dienst
LKA	Landeskriminalamt
MEK	Mobiles Einsatzkommando
Moko	Mordkommission
OFA	Operative Fallanalyse
POLAS	POLizeiAuskunftsSystem
SEK	Spezialeinsatzkommando
Suicide by cop	das eigene Leben durch tödliche Schüsse eines Polizisten provozieren statt Selbstmord (Suizid) zu begehen
ViCLAS	Abkürzung für: Violent Crime Linkage Analysis System und bedeutet: Analyse-System zur Verknüpfung von Gewaltdelikten